Axel Brauns

Kraniche und Klopfer

Roman

GOLDMANN

Umwelthinweis:
Alle bedruckten Materialien dieses Taschenbuches
sind chlorfrei und umweltschonend.

1. Auflage
Taschenbuchausgabe September 2006

Umschlaggestaltung: Design Team München
Umschlagfoto: Corbis/Kennedy
CN · Herstellung : Str.
Satz: IBV Satz- und Datentechnik GmbH, Berlin
Druck und Bindung: GGP Media GmbH, Pößneck
Printed in Germany
ISBN-10:3-442-46118-0
ISBN-13:978-3-442-46118-9

www.goldmann-verlag.de

Das Glück liegt in Deutschland auf der Straße. Man muss es nur aufheben. Stühle, Schemel, Hocker, Tischtücher, Handtücher, Bettlaken, Wolldecken, Marmeladengläser, Einmachgläser, Weingläser, Mokkatassen, Porzellanteller, Plastikgabeln, Edelstahlmesser, Schallplatten, Elektrokabel, Armbanduhren, Wecker, Zeitungen, Zeitschriften, Hämmer, Nägel, Schrauben, Postkarten, Lippenstifte, Regenschirme: Das ist das Glück. Es hat seine eigenen Gesetze. Man kann es mit niemandem teilen, man mag es niemandem zeigen.

Carla Adelung klebt das Glück an den Händen. Sie hat schon vor Jahren aufgehört, sich dagegen zu wehren.

Ihre zwei Kinder wissen nichts von ihrem Glück. Sie wachsen auf wie in einem verwunschenen Schloss, durch das eine Dornenhecke wuchert.

I

Bimsstein

1

Es knackte und knirschte. Adina sprang die Hüpferstufen hinunter und rannte um das Adelunghaus herum. Sie wollte ihrem Glücksbringer noch schnell Guten Tag sagen, bevor sie das Klopferland bekucken durfte. Sie schlüpfte unter den tief hängenden Zweigen des Kirschbaumes hindurch und hockte sich neben den Komposthaufen. Behutsam stocherte sie mit einem Stöckchen in den schwarzen Augenhöhlen der Madenamsel herum, lupfte die obere Schwinge, ließ sie herabfallen. Der Madenamselkopf machte einen Hüpfer nach oben und einen Hüpfer nach unten. Kichernd rannte Adina zurück in den Windfang.

Herausgeputzt mit den neuen Klopferlandsachen, stand Bolko vor der Mantelwand. Adina schulterte ihren Ranzen und Carla überreichte ihnen die Schultüten. Zu Bolko sagte sie:

»Du bekommst eine kleine. Zum Trost, dass du erst nächstes Jahr eingeschult wirst.«

Sprachlos staunte Adina ihre sternenbunte Glitzertüte an, die oben mit Krepppapier verschlossen war. Ein süßer Duft hüpfte in ihre Nase: Schokolade. Wie lange war es her, dass sie Schokolade hatte naschen dürfen? Die letzten Klopferlandausflüge waren ohne Belohnung ausgeklungen. Dafür duftete es jetzt so verlockend – die Tüte musste randvoll mit Schokolade gefüllt sein. Am liebsten äße sie gleich alles auf. Sie nestelte die Schleife auf.

»Die Schultüten bleiben geschlossen«, sagte Carla streng. »Erst gehen wir zur Schule.«

Als Bolko doch hineingriff, versetzte sie ihm einen scharfen Klaps auf die Finger. Er gehorchte. Beide folgten ihrer Mutter mit den Schultüten im Arm, die Nasen an die zugeschnürten Krepppapieröffnungen gepresst, als Carla in die Helligkeit des Augustmorgens hinaustrat.

»Komm, Adina. Zeig deinem Bruder den Schulweg.«

Eingehüllt vom zarten Schokoladenduft, wanderte Adina los. Ihre Mutter hatte den Weg mehrere Male mit ihr geübt. Sie bemerkte, wie aufgeregt sich Bolko umschaute. Er kannte die Notkestraße nur dort, wo sie am Adelunggrundstück vorbeiführte. Klopferlandausflüge waren eine Kostbarkeit. Für einen Augenblick vergaß er sogar die schokoladengefüllte Schultüte in seinen Armen.

»Hier am Vorbeckweg muss man links und rechts kucken, ob kein Auto kommt«, sagte Carla. »Erst dann darf man über die Straße gehen.«

Klopfer waren derart böse, dass sie am liebsten kleine Kinder über den Haufen fuhren. Der einzige Schutz war Wachsamkeit.

»Es kommt kein Auto«, sagte Adina.

»Dann los, mein Schatz.«

Hinter dem Vorbeckweg fiel die Notkestraße sanft zu einer großen Kreuzung ab, und der Sandweg am Straßenrand glitt hinüber in eine prachtvolle Abfolge von bimssteinguten Gehwegplatten, in die Adina vernarrt war.

»An der Ampel musst du warten, bis das grüne Männchen auftaucht«, sagte Carla mit einem Blick auf Bolko. »Erst dann darfst du die Straße überqueren. Vorher kuckst du auch hier, ob alle Autos anhalten.«

Im Klopferland gab es kirschgute Ampeln, vor denen auch die Klopfer in ihren Autos Angst hatten. Adina wartete auf das grüne Männchen und überquerte die mit wolkenweißen Streifen herausgeputzte Notkestraße. Auf der anderen Seite gab es wieder bimssteingute Gehwegplatten und eine weitere kirschgute Ampel, die den Autoklopfern auf der Osdorfer Landstraße Angst einjagte. Glücklich schaute sie sich um und überblickte die riesige Klopferlandkreuzung.

»Jetzt gehen wir rechts bis zur Seestraße«, sagte Carla. »Lass dich auf dem Schulweg nicht von Klopfern ansprechen. Du darfst niemals einem Klopfer etwas über unser Zuhause erzählen. Hast du das verstanden?«

»Ja, Carla.«

»Wenn du nicht weißt, was du sagen sollst, schweig. Das ist der beste Schutz. Du musst wissen, die Klopfer sind furchtbar mächtig.«

»Wieso mächtig?«

»Sie haben die Macht, dich zu rauben. Du sähest deinen Bruder und mich niemals wieder.«

»Ich will nicht geraubt werden.«

»Das wirst du auch nicht, wenn du auf meine Worte hörst.«

Adinas Knie wurden wolkenweich. So gefährlich hatte sie sich das mit der Schule nicht vorgestellt. Hoffentlich machte ihre Mutter keinen Fehler, wenn sie sie hinschickte. Als sie die Seestraße entlangging, schöpfte sie aus den bimssteinguten Gehwegplatten Mut. Adina mochte die vielen Klopferhäuser und Klopfergärten, wagte aber nicht, das ihrer Mutter zu sagen. Und sie wusste, so ergiebig die Erkundung des Klopferlandes bisher war, es würde noch schöner. Bimssteingut – kirschgut – wolkengut: Auf dem Zebrastreifen stand ein Kellenklopfer. So einen hatte Adina noch nie gesehen. Ob der auch gefährlich war? Ihre Mutter sagte:

»Das ist ein Schülerlotse. Er passt auf, dass die Autos anhalten. Wenn er euch ein Zeichen gibt, könnt ihr über die Straße gehen.«

Der Kellenklopfer lächelte Adina an und winkte sie über die Straße. Windmühlenstieg: Ein paar Klopferkinder in Begleitung trugen Ranzen und Schultüten. Windmühlenweg: Obwohl es dort einen wolkenguten Zebrastreifen zu bekucken gab, schaute Adina zu, wie eine Klopfermutter schimpfte:

»Kannst du nicht aufpassen!«

Der madenblonde Klopferjunge wimmerte, verzog das Gesicht, als hätte er ein Amselauge verschluckt. Hilflos winkelte er sein Bein an und machte ein Igittgesicht nach dem anderen, dabei rutschte ihm fast seine Schultüte aus den Armen. Die Schimpfeklopferin bückte sich, griff ein Stöckchen und schabte an der Schuhsohle herum. Adina vermochte nicht mehr, sich von der Klopferigittfeier zu lösen. Ausflüge ins Klopferland boten immer wieder etwas Neues.

»Komm, der Schülerlotse winkt«, sagte ihre Mutter. »Carla, warum machen die Klopfer das?«

»Klopfer sind wehleidig.«

»Warum schimpft sie?«

»Er ist in einen Hundehaufen getreten.«

»Ist das schlimm?«

»Klopferhunde sind noch schlimmer als Klopfer.«

Während Bolko gierig an seiner schokoladengefüllten Schultüte schnüffelte, ging Carla würdevoll voraus. Gelassen betrat ihre Mutter das Gelände der Grundschule Windmühlenweg, obwohl es dort vor gefährlichen Schultütenträgern nur so wimmelte. Sie war nicht im Geringsten wehleidig. Sie war nämlich viel größer und stärker als die Schimpfeklopferin. Sie konnte die Wagenhütte in einer Nacht leer räumen und Kisten stemmen, die mehr wogen als Adina.

Auf den bimssteinguten Gehwegplatten vor der Schule fauchte die Schimpfeklopferin den madenblonden Igittjungen ein letztes Mal an und zog ihn am Arm auf das Schulgelände, wo sich immer mehr Schultütenklopfer sammelten. Adina hielt sich eng an ihre Mutter, die den Weg bahnte. Je dichter sie standen, desto vorsichtiger wurde Adina. Sie wollte auf keinen Fall an ihrem ersten Schultag einen Klopfer berühren. Vor dem

Klassenzimmer drängelten sich derart viele von ihnen, dass sich Adina am liebsten in sich selbst versteckt hätte. Unbeeindruckt lotste ihre Mutter sie in das Klassenzimmer hinein. Adina hielt die Schultüte umklammert, schnuppern mochte sie nicht mehr daran. Klopferland bekucken war gefährlich. Ihre Mutter brachte sie zu einem Tisch in der letzten Reihe. Der Platz neben Adina blieb frei, worüber sie sich bimssteinig freute.

»Gib mir die Schultüte. Du kannst sie während des Unterrichts nicht bei dir haben«, sagte Carla. »Ich bringe Bolko jetzt nach Hause und fahre dann zur Arbeit. Nach der Schule gehst du gleich nach Hause. Dein Bruder wird auf deine Schultüte aufpassen. Wir sehen uns dann heute Abend.«

Ihre Mutter und ihr Bruder stellten sich zu den Klopfern, die an den Wänden des Klassenzimmers warteten. Allmählich fühlte sich Adina wohler, da sie auf ihrem Stuhl sitzen bleiben durfte und keiner etwas von ihr wollte. Ein paar Reihen vor ihr drehte sich ein kecker Klopferjunge um. Den kannte sie! Gebannt schaute sie auf seine madenblonden Haare. Sie betrachtete alle Gesichter genauestens, vermochte aber zu ihrer Enttäuschung auf keinem eine weitere Igittfeier zu entdecken.

Dabei fiel ihr auf: Alle Klopfermütter trugen Röcke, nur die Klopferväter hatten Hosen an wie Carla und Adina. In diesem Augenblick ergriff vorn eine Klopferin das Wort. Sie sei Frau Lange, die Klassenlehrerin. Namensschilder wurden verteilt. Alle Kinder sagten ihren Namen. Der madenblonde Klopferjunge hieß Jan. Danach wurden Carla und Bolko zusammen mit den anderen Klopfern aus dem Klassenzimmer geschickt. Ein letztes Mal glitzerte Adinas sternenbunte Schultüte in Carlas Arm auf.

Die erste Aufgabe für die Kinder bestand darin, die Buchstaben ihres Namens mit Buntstiften auszumalen. Das Klopferland bot Überraschungen. Mit Vergnügen machte sich Adina an die Arbeit. Nach der ersten Schulstunde zeigte die Klassenlehrerin den Kindern einen kleinen Pausenhof gleich neben dem Klassenzimmer. Der große Schulhof sei noch nichts für sie, da dort die großen Kinder spielten. Allmählich war Adina von der Klopferfülle benommen. Sie achtete darauf, keinen zu berühren. Ihr fiel auf, dass etwas mit deren Geruch nicht stimmte. Die letzten beiden Unterrichtsstunden glitten an ihr vorüber. Bis morgen sollte eine erste Hausaufgabe erledigt werden.

Beim Hinausgehen wagte sie, heimlich an einem der Klopfermädchen zu schnuppern. Adina rümpfte die Nase. Es roch nicht gut, obwohl es wolkenschöne, blonde Haare hatte. Ihm fehlte der angenehme Adelunggeruch, den Adina so mochte. Sie schnupperte weiter. Die Klopferkinder rochen überhaupt nicht gut. Vor dem Erstklässler-Flachbau wartete eine Schar erwachsener Klopfer mit Schultüten. Die rochen so schlecht wie Klopferärzte und Klopferhaareschneider. Carla und Bolko waren nicht unter den Wartenden. Adina steuerte die Schulpforte an, wo sie wieder frei durchatmen mochte. Sie freute sich bimssteinig auf die Schultüte. Es würde eine Schokoladenfeier geben.

Windmühlenweg, wolkenguter Zebrastreifen, Kellenklopfer – Windmühlenstieg – Seestraße, wolkenguter Zebrastreifen, Kellenklopfer – Osdorfer Landstraße, kirschgute Ampel – Notkestraße, bimssteingute Gehwegplatten: Zum ersten Mal öffnete Adina allein die Gartenpforte und die Haustür mit ihrem Glitzerglanzspender. Es war kirschgut, die Tür knacken und knirschen zu hören. Carla war noch im Unternehmen. Ein süßer Geruch meldete sich in ihr zurück. Gleich würde sie das Krepppapier ihrer Schultüte aufnesteln. Im Flur schlüpfte sie durch die Wand von Kisten mit den »Wie schön das ist«, schlängelte sich auf der Treppe an den Packen mit den »Das will ich mir noch ankucken« vorbei, huschte im ersten Stock über eine Holzkiste mit den »Das kann man doch nicht wegwerfen«, schlich sich so vorsichtig ins Kinderzimmer, dass kein »O ist das wichtig« in den Flurborden klickerte. Im Kinderzimmer bahnte sich Adina einen Weg durch den Wirrwarr von Spielzeug und Büchern. Im offenen Kleiderschrank und davor verknäuelte sich Wäsche zu einem Hügel.

Adina glaubte nicht, was sie sah. Sie ließ ihren Ranzen von den Schultern rutschen. Auf ihren Bruder war immer Verlass! Hart schlug der Ranzen auf dem Teppichboden auf. Sie hob ihre aufgenestelte Schultüte hoch. Selig saß Bolko auf seinem Unterbett.

»Wo ist meine Schokolade?«, fragte Adina.

Verlegen rutschte Bolko inmitten von leerem Schokoladenpapier hin und her. Er hatte alles aufgegessen! Sie stürzte sich auf ihn und riss ihn vom Bett, zog an seinen Haaren, schlug auf ihn ein, fühlte, wie gut es ihr tat, ihm wehzutun. Als sie ihm so heftig ans Schienbein trat, dass er jaulte, ballte Bolko seine Fäuste und trat zurück. Mit beiden Beinen bearbeitete er Adina und mit einem kräftigen Tritt stieß er seine Schwester fort. Schnaubend richtete er sich auf und prügelte auf sie ein. Er traf sie an Hals und Kopf. Sie schrie auf. Er prügelte weiter auf sie ein, prügelte sie aus dem Kinderzimmer hinaus, prügelte sie über den Flur. Alle »O ist das wichtig« klackerten in den Borden, als würden sie zerbrechen. Erst an der Holzkiste mit den »Das kann man doch nicht wegwerfen« schrie er:

»Hast du genug?«

Adina heulte und wimmerte:

»Aufhören.«

Bolko stapfte zurück ins Kinderzimmer und knallte die Tür zu. Weinend blieb Adina liegen. Ihr kleiner Bruder war stärker als sie. Von Schmerzen zerfurcht humpelte sie in die Küche und setzte sich auf ihren Lieblingsstuhl im Wintergarten. Sie ließ ihren Kopf auf die sonnenwarme Tischplatte sinken und wimmerte. Ihre Mutter würde sie hier finden, würde sie trösten. Ihr Bruder war so gemein.

Gegen Abend hörte sie, wie der Adelungwagen auf das Grundstück fuhr. Gleich würde Bolko seine gerechte Strafe ereilen. Der Wagen wurde in der Wagenhütte abgestellt. Es dauerte lange, bis es knackte und knirschte. Vielleicht räumte ihre Mutter noch ein wenig auf. Geduldig verharrte Adina im Wintergarten. Endlich betrat ihre Mutter den Flur, hielt an der Küchentür inne:

»Was ist los?«, fragte sie, als Adina gekrümmt sitzen blieb. Im selben Augenblick trampelte Bolko die Treppe herunter.

»Carla, Carla! Adina hat mich verprügelt!«

»Stimmt das?«, fragte ihre Mutter.

»Nein«, sagte Adina. Doch bevor sie weiterreden konnte, wurde sie unterbrochen.

»Adina lügt«, rief Bolko.

Alle drei waren jetzt in der Küche. Adina rutschte von ihrem Lieblingsplatz herunter und starrte ihren Bruder an. Sie erschrak zutiefst über das, was sie sah: Seine Stirn war zerkratzt, seine Wangen geschwollen.

»Du hast deinen Bruder geschlagen und lügst mich an. Das hätte ich nicht von dir erwartet«, sagte ihre Mutter.

»Er hat meine Schultüte geplündert.«

»Stimmt das, Bolko?«

»Nein, sie lügt. Sie hat meine Schultüte geplündert.«

»Hast du deine Schwester geschlagen?«

Adinas Gesicht brannte und ihr Bauch schmerzte. Bolko zögerte, sagte dann kleinlaut:

»Ich hab sie geschlagen und dann hat sie mich verprügelt.«

»Seid ihr verrückt geworden? Euch gegenseitig grün und blau zu schlagen! Ihr lügt beide. Ich bin fürchterlich von euch enttäuscht. Zur Strafe geht ihr heute ohne Abendbrot ins Bett. Adina schläft im Kinderzimmer und Bolko im oberen Wohnzimmer.«

Ohne Widerworte zu dulden, scheuchte Carla ihre Kinder

vor sich her ins obere Stockwerk. Sie schloss beide Türen von außen ab. Aufgewühlt ließ sich Adina auf Bolkos Bett nieder. Ihr Magen zwackte vor Hunger. Vor ihr lagen die zwei geplünderten buntsternigen Schultüten inmitten von Einwickelpapier. Einen so schlimmen Tag hatte sie noch nie erlebt. Ihr Bruder war madengemein und ihre Mutter war komposthaufengemein. Weinend griff sie nach einem der Schokoladenpapiere, das sogleich verheißungsvoll knisterte. Leer waren sie, alle leer. Im weißen Knisterpapier schimmerten braune Bröckchen. Mit der Zungenspitze kostete Adina davon. Fein floss der Schokoladengeschmack durch ihren Mund. Sie leckte ein weiteres Bröckchen aus dem Knisterpapier. Es schmeckte so gut, als würde ein Bord mit »O ist das wichtig« in ihr klickern. Sie schleckte das ganze Knisterpapier ab, bis sich keine Süße mehr an ihre Zunge schmiegte. Dann machte sich Adina über das nächste Knisterpapier her und das nächste und auf einmal fand sie in einem der Knisterpapiere nicht nur ein Bröckchen, sondern eine ganze Schokoladenecke. Benommen atmete sie den Taumel erzeugenden Geschmack ein. Ihre Schmerzen verblassten. Erst als das letzte Knisterpapier blank geleckt war, kletterte sie kirschglücklich ins Oberbett.

2

Leise knarrten die Dielen. Sofort spitzte Adina die Ohren. Ihre Mutter ging zuerst in das obere Wohnzimmer, wo ihr Bruder die Nacht verbracht hatte. Carla schrie fast nie. Sie sprach gerade mit Bolko in marer Lautstärke. Scharf genug klänge auch das.

Wieder knarrten die Dielen leicht. Das Klickern der »O ist das wichtig« schaffte es nicht unter der Kinderzimmertür hindurch. Gespannt vor Erwartung saß Adina auf einem der Stühle beim Fenster. Carla wünschte ihr einen Guten Morgen, setzte sich zu ihr.

»Bolko hat die Nacht nicht gut verdaut«, sagte ihre Mutter. »Er hat sich fürchterlich in die Hose gemacht.«

Das Schmunzeln der Mutter lockerte die Stimmung auf. Komposthaufenglücklich kicherte Adina los: Bolko bekam seine gerechte Strafe.

»Er versucht gerade, sich zu waschen. Ich schaue gleich einmal nach, ob er es schafft. Danach kannst du hinunter ins Bad. Wir werden Bolko wieder einsperren. Ich lege den Zimmerschlüssel in die Küche. Wenn du nach der Schule der Meinung bist, dass dein Bruder genug gebüßt hat, darfst du ihn nach draußen lassen. Wenn nicht, muss er warten, bis ich wieder hier bin.«

Adina wusste sofort, sie ließe Bolko nicht aus dem Zimmer.

»Und morgen?«

»Das Gleiche. Du wirst entscheiden, wann seine Strafe vorbei ist.«

Das war madenamselgut. Carla kuckte sie streng an.

»Es gibt mare Klopfer und dann gibt es Klopfer, die richtig böse sind. Die könnten unsere Familie auseinander reißen. Ich kann nicht den ganzen Tag auf euch aufpassen. Das habe ich deinem Bruder auch gesagt. Ihr werdet euch wieder vertragen müssen.«

Adina nickte. Sie spürte den Komposthaufen und die Madenamsel zugleich in sich.

»In der Schule kein Wort darüber, ja?«

»Kein Wort.«

Ihre Mutter strich ihr über die Stirn und sagte:

»Wenn dich jemand nach der Beule fragt, sage einfach, dass du dich gestoßen hättest.«

Notkestraße – Osdorfer Landstraße – Seestraße – Windmühlenstieg – Windmühlenweg: An der Schulpforte rannte der kecke madenblonde Klopferjunge an ihr vorbei, in Jans Gefolge die zwei Klopferjungen, die neben ihm saßen. Der mit den braunen Haaren war so groß wie ein Komposthaufen, der andere mit den blonden Strubbelhaaren war kleiner. Inmitten der vielen Klopfer, die sich rasch bewegten, achtete Adina darauf, nicht beklopft zu werden. Erst im Klassenzimmer atmete sie durch. Bimssteingut war, dass sie eine Bank für sich allein hatte. Die Klopferkinder rochen wirklich nicht gut. Adina stellte ihr Namensschild auf die Tischplatte, die mit ihren Kratzern und Verzierungen so niedlich aussah. Frau Lange begrüßte die Klasse:

»Nun holt eure Hausaufgaben hervor. Ich will sie mir ansehen.«

Verlegen holte Adina den Zettel mit den vielen Buchstaben und den zwei Ziffern hervor. Es waren der Name der Schule, der Straßenname und die Hausnummer. Alle hatten ihre Aufgaben erledigt. Als Frau Lange Adinas farbloses Blatt erblickte, fragte sie:

»Warum hast du deine Hausaufgabe nicht gemacht?«

Weil ihr Bruder ihre Schultüte geplündert hatte. Doch vom Adelunghaus durfte Adina nichts erzählen. Sie hatte die strengen Worte ihrer Mutter in den Ohren und schwieg.

»Hast du nicht verstanden, was du machen solltest?«

Adina schwieg. Frau Lange roch auch nicht gut.

»Hast du Buntstifte?«

Adina nickte.

»Dann zeig sie mir einmal.«

Adina kramte die Federtasche mit den Buntstiften hervor.

»Das sind schöne Buntstifte. Malst du das Blatt bis morgen aus?«

Adina nickte.

»Tut die Beule noch weh?«, fragte Frau Lange.

Adina fühlte die Blicke der Klopferkinder an sich kleben. Sie nickte. Die nette Frau Lange war wie eine Kellenklopferin ohne Zebrastreifen.

*

Die Kisten mit den »Wie schön das ist« im Flur – die Packen mit den »Das will ich mir noch ankucken« auf der Treppe – oben die im Weg stehende Holzkiste mit den »Das kann man doch nicht wegwerfen« – die Borde mit den »O ist das wichtig« – die Tür zur Strafekammer des Schultütendiebes: Spaßeshalber drückte Adina die Klinke herunter. Wolkengut verschlossen.

»Adina?«

Sie schwieg.

»Bist du das?«

Sie kniff den Mund zu, um nicht loszukichern. Sie schlich an den »O ist das wichtig«-Borden vorbei ins Kinderzimmer und fühlte sich großartig. Sie konnte im ganzen Adelunghaus herumwandern und der Schultütendieb konnte das nicht. Bester Laune öffnete sie ihren Ranzen und legte ihre Federtasche auf den weißen Kinderzimmertisch, der nicht so niedlich war wie ihr Klopferlandtisch.

Nachdem sie die zwei Hausaufgaben erledigt hatte, ging sie hinaus in den Flur. Aus dem oberen Wohnzimmer, wo Bolko eingesperrt war, drang kein Laut. Es war so gut versperrt wie das obere Badezimmer, das nie fertig gestellt worden war. Im Erdgeschoss lagen das untere Wohnzimmer und die Küche im prallen Sonnenlicht. Im Wohnzimmer stapelten sich immer mehr Holz- und Pappkisten. Nach hinten zum Kirschbaum hinaus lagen Carlas Zimmer, das die Kinder nie betreten durften, und das Bad. Adina ließ einen Strahl Wasser in ihren Mund spritzen. Aus Vergnügen nahm sie den tropfenbesprenkelten Bimsstein in die Hand. So rau und so leicht lag er in der Hand. Von allen Steinen mochte Adina ihn am liebsten.

In der Küche nahm sie sich eine Hand voll Kirschen und setzte sich auf die Bank unterm Kirschbaum. Es war wolkengut, dass keiner der schlecht riechenden Klopfer in den Adelunggarten durfte. Zum Glück hatte sie noch keiner berührt.

Am Abend brachte Carla dem Schultütendieb das Abendbrot ins Zimmer. Adina aß in der Küche. Vor dem Schlafengehen durfte der Schultütendieb ins Badezimmer huschen, um sich zu waschen. Aber erst nachdem Adina fertig war.

Windmühlenweg – Schülerlotse – Schulpforte: Drei Klopferfreunde balgten sich und rannten dann weiter.

»Komm, Chagga!«

Hieß der madenblonde Klopferjunge nicht Jan? Adina beschloss, sich die Namensschilder der drei anzuschauen. In der großen Pause waren sie rasch zur Tür hinaus. Adina ging zu der Reihe weiter vorne und las laut die Namen:

»Tobias – Jan – Wilken.«

Hinter ihr tuschelten zwei Klopfermädchen.

»Die kann schon lesen.«

Adina drehte sich um. Die beiden holten gerade aus ihren Ranzen die Pausenbrote. Adina las stumm die Namensschilder: Amala und Wiebke. Beide hatten blonde Haare, Amala lange, lockige, wolkenschöne und Wiebke kurze, glatte, bimssteinhübsche. Schade, dass die Klopfermädchen immer noch nicht besser rochen.

Die Kistenwand mit den »Wie schön das ist« im Flur – die Packen mit den »Das will ich mir noch ankucken« auf der Treppe – die Holzkiste mit den »Das kann man doch nicht wegwerfen« im oberen Flur – die »O ist das wichtig« in den Borden – die Diebeskammer: Wieder drückte Adina die Türklinke herunter. Kirschgut verschlossen.

»Adina, mach auf! Bitte!«

Voller Genugtuung ging sie zurück ins Kinderzimmer. Sehnsüchtig nahm sie ein paar der blank geleckten Knisterpapiere in die Hand, schnüffelte und leckte an den Innenseiten. Kein Schokokrümel, kein Süßehauch. Sie schloss die Augen. Welch Unmengen von Schokolade hatte sich ihr Bruder bloß in den Bauch geschlagen! In ihr krampfte sich alles zusammen. Sie würde ihn nie wieder aus dem Zimmer lassen.

*

Die erste Schulstunde am Donnerstagvormittag klöpfelte an Adina vorüber. Sie achtete kaum darauf, was Frau Lange vorne erklärte, da sie bereits rechnen, lesen und ein wenig schreiben konnte. Sie kuckte lieber zum Fenster hinaus, um über die vielen Unterschiede zwischen Adelunghaus und Windmühlenschule nachzudenken. Es gab nur zu Hause »Wie schön das ist«, »Das will ich mir noch ankucken«, »Das kann man doch nicht wegwerfen« und »O ist das wichtig«. Zudem wirkte die Schule so, als hätte man alle guten Gerüche fortgeräumt und nur die schwachen übrig gelassen. Am besten gefielen Adina der scharfe Fußbodengeruch und der Holzduft ihrer niedlichen, schokoladenbraunen Tischplatte. Wann immer sie Lust hatte, schnupperte sie daran. In den kleinen Pausen wurden die Fenster geöffnet, was Adina gut gefiel. Vom Rasen sowie von den Büschen und Bäumen her wehte der gleiche Geruch ins Klassenzimmer, den sie am Adelunggarten so mochte.

Auf dem kleinen Pausenhof hielt sich Adina abseits, um nicht beklopft zu werden. Sie beobachtete, wie die Klopfermädchen die wolkenhaarige Amala und die bimssteinnäsige Wiebke umschwärmten. Die Klopferjungen scharten sich um den madenblonden Jan, den alle Chagga nannten. Der komposthaufengroße Tobias und der strubbelblonde Wilken hatten auch Spitznamen: Mammut und Gumpen. Adina dachte oft an die Carlawarnungen. Doch so gefährlich war die Klopferlandschule nicht.

»Wie schön das ist« – »Das will ich mir noch ankucken« – »Das kann man doch nicht wegwerfen« – »O ist das wichtig«: Dieses Mal wimmerte der Schultütendieb so laut hinter der bimssteingut verschlossenen Tür, dass es Adina kaum Spaß machte, die Klinke zu drücken. Grummelnd zog sie sich ins Kinderzimmer zurück, legte den Glitzerglanzspender auf den Tisch und schnupperte an der Tischplatte. Sie roch leider nicht so gut wie die in der Klopferlandschule. Erst klaute Bolko, dann weinte er. Im Garten lief Adina über den Rasen, stöberte hinter der Wagenhütte in den Stachelbüschen, setzte sich auf die Bank unterm Kirschbaum und zupfte an den tief hängenden Zweigen. Gut roch es hier.

Beim Abendessen saß sie still auf ihrem Platz. Seit Montag hatte sie ihren Bruder nicht mehr gesehen, nur gehört. Frühstück und Abendbrot bekam er auf sein Zimmer, zum Waschen durfte er ins Bad. Sie blickte auf seinen Platz, blickte hinaus zu den Klopferhäusern an der Notkestraße, schaute einer sandhaarigen Klopferfrau hinterher, die eine pralle Einkaufstüte trug. Adina reckte den Kopf, um die Klopferfrau ein wenig länger im Blick zu behalten. Auf der »Das will ich mir noch ankucken«-Treppe waren die Carlaschritte zu hören. Adina befeuchtete eine Fingerspitze und tupfte zwei, drei Krümel vom Esstisch. Ihre Mutter nahm Platz und aß Abendbrot, wie sie immer Abendbrot aß: schweigend. War ihre Mutter stolz auf sie, dass sie ihren Bruder so weise bestrafte? Unsicher horchte sie in die Stille. Es gab nichts am Abendessen, was Adina störte. Nur eines missfiel ihr: Sie war traurig.

*

Klopferland-Schulpforte – Klopferland-Parkplatz – Klopferland-Flachdachgang: Auf der Wiese las eine bimssteinfarbene Steinfrau in einem bimssteinfarbenen Steinbuch. Umklöpfelt von Klopferkindern wanderte Adina zu ihrer Bank. Was machte eigentlich ihr Bruder an diesem Morgen? Der hatte es gut. Er musste nicht mit schlecht riechenden Klopferkindern zusammensitzen. Zum Ausgleich schnupperte Adina an der bimssteingut duftenden Tischplatte.

In der großen Pause wagte sie sich zum Teich am Kreuzbau, wo nur wenige Klopferkinder herumklöpfelten. Spatzen tummelten sich am Schilf. Adina genoss das Dahinkucken und das Dahinhorchen. Die Sommersonne zerkräuselte das Glitzerglanzwasser. Sie würde ihren Bruder gleich nach der Schule aus seinem Zimmer lassen.

So schlimm wie erwartet waren die Klopferkinder nicht. Im Unterricht saßen alle artig auf ihren Plätzen und in der Pause blieben sie für sich. Schade war eigentlich nur, dass Bolko nicht mit in die Schule kam. Nie war sie von ihm getrennt gewesen und nun machten sie in dieser ersten Klopferlandwoche gar nichts mehr gemeinsam.

Zebrastreifen – Zebrastreifen – Ampel – Ampel: das Warten auf das Winken der Kellenklopfer und auf das grüne Laufemännlein. Sie holte den Strafeschlüssel aus dem Ranzen und steckte ihn in ihre Hosentasche. Nachdenklich ließ sie ihre Finger über die kalten Zacken gleiten. Mittlerweile mochte sie das letzte Stück ihres Heimweges. Es war zwar frei von bimssteinguten Gehwegplatten, dafür ließ es sich geräuschig-gut auf dem Sand schlurfen. Noch zwei kleine Straßen waren zu überqueren. Am Vorbeckweg blickte sie sich, wie es ihre Mutter gern hatte, nach allen Seiten um. Niemals würde sie einem Autoklopfer erlauben, sie zu überfahren. Auf der großen Wiese warf eine Klopferin Stöckchen für ihren Klopferhund. Leider zeigte die Hundeklopferin kein Igittgesicht. Im Drögenkamp, gleich vor dem Adelunggrundstück, hatte Adina noch nie einen Autoklopfer jagen sehen. Achtsam, wie es ihre Mutter gerne hatte, überquerte sie auch diese Straße, die eigentlich keine war, da ihr der Belag fehlte. Als sie am Adelunggrundstück zu den Fenstern des ersten Stocks hinaufblickte, sah sie ihren Bruder herabstarren. Wie hatte sie sich am Dienstagmorgen darüber gefreut, Bolko für seine Gemeinheit büßen zu lassen! Mit jedem Tag, den sie ihn im Strafezimmer ließ, bestrafte sie sich selbst. Sie winkte hoch zu ihrem Bruder, lächelte, sah ihn lächeln und winken, rannte zu den Hüpferstufen. Es knackte und knirschte. Adina sauste ins Haus, hakte aber im Windfang unter eine flach getretene Pappkiste, stürzte lang hin, stöhnte. Trotz schmerzender Knie rappelte sie sich auf und krümmte sich unter den »Wie schön das ist« hindurch, drückte sich an den »Das will ich mir noch ankucken« vorbei, überkletterte mit Feuerknien die im Weg stehenden »Das kann man doch nicht wegwerfen« und humpelte an den »O ist das wichtig« entlang, rief ihrem Bruder durch die Tür zu:

»Ich mach gleich auf!«

»Adina!«

Sie fuhr mit den Händen in ihre Hosentaschen. Beide leer.

»Mach auf!«, wimmerte Bolko.

Wo war bloß der Strafeschlüssel?

»Gleich!«

Der Schlüssel musste im Windfang aus der Hosentasche gerutscht sein. Adina eilte an den »O ist das wichtig« vorbei zu den »Das kann man doch nicht wegwerfen«. Wann brachte Carla diese komposthaufenschlechte Kiste endlich in den Keller? Mit Feuerknien stieg Adina auf die Holzkiste, rutschte dabei ab, ruderte mit den Armen, griff nach dem Handlauf, griff daneben, fiel auf die »Das will ich mir noch ankucken«, die sofort ins Rutschen gerieten. Der Zeitungspacken riss Adina mit sich und zog weitere Packen in die Tiefe. Beim Aufprall verlor sie das Bewusstsein.

*

Da war Bolkos Stimme. Er rief ihren Namen. Alles schmerzte. Warum lag sie in all den »Das will ich mir noch ankucken«? Nach und nach wurde sie klar im Kopf. Sie war die Treppe hinuntergestürzt. Sie kroch unter den »Wie schön das ist« hindurch in den Windfang, wo sie den Strafeschlüssel unter der flach getretenen Pappkiste fand. Keuchend richtete sie sich auf und rieb über ihre Stirn, hinter der es dröhnte und brannte. Es war Zeit, ihren Bruder von seiner Strafe zu erlösen. Sie humpelte den Flur entlang. Auf wackeligen Beinen stapfte sie über die hinuntergerutschten »Das will ich mir noch ankucken«. Zum Glück war jetzt auf der Treppe mehr Platz. Oben bei den »Das kann man doch nicht wegwerfen« konnte sie nicht mehr. Benommen lehnte sie sich an die Holzkiste.

»Adina, warum machst du nicht auf?«

»Gleich.«

Sie biss die Zähne zusammen, kroch noch einmal über die Holzkiste und humpelte den Flur entlang. Leicht ließ sich der Strafeschlüssel im Schloss umdrehen.

»Was hast du, Adina?«

»Bin hingefallen.«

Sie umarmte Bolko und drückte ihn so fest an sich, dass ihr alles wehtat, was ihr wehtun konnte. Ein Schwall Missgeschicksluft drängte auf den Flur hinaus. Bolko brachte seine Schwester zurück ins Kinderzimmer und tröstete sie. Als er sah, wie schwer ihr jede Bewegung fiel, fragte er:

»Möchtest du in meinem Bett schlafen?«

Adina wäre die Leiter in ihr Oberbett nicht hochgekommen. Wie angenehm sich das Kopfkissen anfühlte. Wie hatte sie ihren Bruder nur so lange bestrafen können? Bolko streichelte ihre Stirn und sagte:

»Bitte, Adina. Nicht mehr böse sein.«

»Bin nicht mehr böse.«

»Nächstes Jahr schenk ich dir meine Schultüte.« Obwohl sich Adina darüber freute, sagte sie:

»Das möcht ich nicht.«

»Ich will das aber. Es ist gerecht.«

»Mir würde die Schokolade nicht schmecken, wenn du keine Schokolade bekommst.«

»Dann schenk ich dir meine große Schultüte und du gibst mir deine kleine. Machen wir es so?«, fragte Bolko.

»Abgemacht.«

Ihr Bruder strich ihr durchs Haar und streichelte über ihre pochende Stirn. Wolkenglücklich kuschelte sich Adina an ihn.

»Was hast du eigentlich alleine in deinem Zimmer gemacht?«, fragte sie.

»Auf dich gewartet.«

3

Adelungrasen – Gartenpforte – Sandweg: Was waren das für seltsame Haufen auf der anderen Seite der Notkestraße? Adina bestaunte den Haufen, der am Schild »Drögenkamp« in beträchtliche Höhe aufgeschichtet war. Darin entdeckte sie lauter Kostbarkeiten: zusammengeschnürte Packen mit »Das will ich mir noch ankucken«, Pappkisten mit »Wie schön das ist«, jede Menge »Das kann man doch nicht wegwerfen« und dazwischen große Mengen von »Kommt noch weg«. Alles roch so gut.

Zum ersten Mal machte sie sich Gedanken über diese Kostbarkeitenhaufen, die hin und wieder im Klopferland auftauchten und so schnell verschwanden, wie sie über Nacht gekommen waren. Prüfend wandte sie sich um. Die Kostbarkeitenhaufen erstreckten sich über die ganze Länge der Notkestraße. Vor jeder Gartenpforte fand sich einer. Mit einer Ausnahme: Vor der Adelunggartenpforte war keiner. Gab es die Klopferhaufen nur hier oder im ganzen Klopferland?

Vorbeckweg, Klopferhaufen – Osdorfer Landstraße, Klopferhaufen – Seestraße, Klopferhaufen – Windmühlenstieg, Klopferhaufen – Windmühlenweg: Chagga wühlte in einem Haufen herum, griff nach einem Brett und hieb auf die Kostbarkeiten ein. Am Klirren hörte Adina, dass da zahlreiche »O ist das wichtig« zu Bruch gingen. Mammut und Gumpen feixten. Chagga warf das Brett auf den Klopferhaufen und zog seine Freunde mit sich. Von der anderen Seite kamen die wolkenhaarige Amala und die bimssteinnäsige Wiebke samt ihren Freundinnen den Windmühlenweg herauf. Würden sie sich auch mit Brettern an den »O ist das wichtig« zu schaffen machen? Enttäuscht sah Adina die fünf an dem Klopferhaufen vorbeigehen.

Im Unterricht überließ sich Adina dem Dahinkucken und Dahinhorchen. Artig machte sie alle Hausaufgaben und antwortete auf alle Fragen. Mehr als nötig sagte sie nie. Ihre Mutter wäre stolz auf sie. In den Pausen saß Adina immer am Kreuzbauteich, wo sich die Spatzen tummelten. Die größeren Klopferkinder am Teich beachteten sie nicht, was ihr angenehmer war als die Gesellschaft der Klassenklopfer. Die beachteten sie ebenfalls nicht. Doch dieses Nichtbeachtetwerden war anders als das angenehme Nichtbeachtetwerden am Teich, es war unangenehm, ja sogar leicht aufdringlich.

Auf dem Heimweg bestaunte Adina jeden Klopferhaufen. In dem einen fanden sich Massen von »Das will ich mir noch ankucken«, in dem nächsten fehlten die »Das will ich mir noch ankucken« und in dem übernächsten verbargen sich Unmengen von »Das kann man doch nicht wegwerfen«. Kopfschüttelnd und gleichzeitig gebannt spazierte Adina die Notkestraße entlang. Aus Neugier spazierte Adina nicht gleich durch die Gartenpforte, sondern die Notkestraße weiter hinauf. Staunend drehte sie sich auf der großen Wiese um: Kostbarkeiten noch und noch lagen im Klopferland auf der Straße. Zwischen der wogenden Blättermasse sah sie auf einmal im oberen Flurfenster des Adelunghauses ihren Bruder winken. Wolkenglücklich winkte sie zurück. Von den Klopferhaufen musste sie ihm gleich erzählen. Als sie losrennen wollte, rief eine unbekannte Stimme:

»Hallo, Adina!«

Erschrocken blieb sie stehen. Das war Erla Meier, die immer am Adelunghaus vorbeiging.

»Ist es in der Schule nett gewesen?«

»Ja.«

»Gehst du gern zur Schule?«

»Ja.«

»Aber deinen kleinen Bruder vermisst du?«

»Ja.«

Verlegen stand Adina da. Sie durfte nicht mit Klopfern reden. Doch Erla Meier war so nett wie eine Kellenklopferin mit Zebrastreifen. Dieses Beachtetwerden war in seiner Art genauso angenehm wie das Nichtbeachtetwerden am Kreuzbauteich.

»Was sind das für Haufen?«, fragte Adina.

»Wir haben heute Sperrmülltag.«

»Sperrmüll?«

»Der Müllwagen kommt gleich. Du kannst ihn schon hören.«

Erla Meier deutete die Notkestraße hinauf und sofort nahm Adina das Rumpeln wahr. Mit schlechtem Gewissen dachte sie an Carla. Das, was sie hier machte, war verboten! Ohne ein Wort zu sagen, rannte Adina zum Adelunggrundstück, rannte durch die offen stehende Gartenpforte. War die nicht verschlossen gewesen?

»Ach, Adina, mach bitte die Pforte zu«, sagte Carla, eine Kiste vor den Füßen.

Hatte ihre Mutter sie eben mit Frau Meier gesehen? Erschrocken schloss Adina die Gartenpforte. Warum war sie zu Hause? Sie musste doch arbeiten.

»Das ist lieb von dir. Es gibt gleich Mittagessen. Ich habe mir heute einen Urlaubstag genommen.«

Für Carla war Klopferhaufentag ein Urlaubstag. Dunkel erinnerte sich Adina. Im Windfang waren keine Pappkisten mehr! Flur und Treppe zeigten unverändert »Wie schön das ist« und »Das will ich mir noch ankucken«. Verwundert blieb Adina oben an der Treppe stehen. Die Kiste mit den »Das kann man doch nicht wegwerfen« war fort! Bei den »O ist das wichtig« zeigte Bolko zum Kinderzimmer.

»Adina, weißt du schon das Neuste?«

»Die Kiste ist im Kinderzimmer?«

»Nicht nur die Kiste.«

Im Kinderzimmer stapelten sich Dutzende von Kisten links an der Wand und reichten rechts fast bis zum Stockwerkbett. Der Weg zum Schreibtisch führte im Halbmond um einen Berg herum. Noch nie hatte Carla im Kinderzimmer Kostbarkeiten abgestellt.

»Carla räumt auf«, sagte Bolko.

»Wo?«

»Im Keller. Die Kisten kommen wieder weg.«

»Das sagt Carla?«

»Nebenan sind auch Kisten.«

»Komm mit. Das will ich sehen.«

»Ich geh nicht mehr in das Zimmer.«

Sie ließ Bolko stehen. Das Auf-Adina-warten-Zimmer war restlos voll gestellt mit Stühlen, Holz- und Pappkisten. Waren das die aus dem Windfang? Noch immer roch es im Raum nach Missgeschick. Befremdet zog Adina die Tür ins Schloss.

*

Die Kastanienblätter gefielen Adina kirschgut, so flächig, so fedrig. Die Eichenblätter waren nicht einmal bimssteingut, so hutzelig, so klobig. Sie passten nicht einmal zu den bimssteinguten Buchenblättern, die so abendsonnig rot leuchteten, dass Adina gerne noch ein paar mehr davon auf ihrem Tisch gehabt hätte. Kirschgut roch auch der Kleber, mit dem sie die Blätter auf dem Karton aufklebte. Frau Lange schaute bei Adina vorbei und fragte:

»Das sieht hübsch aus. Was soll das sein?«

»Ein Sperrmüllhaufen.«

Verwundert betrachtete Frau Lange das Blätterbild. Sie setzte ihre Runde fort. Allmählich gewöhnte sich Adina an den Klopferlandunterricht. Sie beachtete die Klopferkinder kaum und die Klopferkinder beachteten Adina kaum. Insgesamt war das Klopferland, abgesehen von einigen Merkwürdigkeiten, eher langweilig als gefährlich. Selbst die bösen Klopfer wurden ihrem Ruf nicht gerecht. Bisher hatte kein einziger Autoklopfer versucht, Adina über den Haufen zu fahren.

Der Regen vom Morgen hatte aufgehört und die Sonne schien stracks durch das Rot-Gelb-Grün der Blättermassen am Erstklässler-Flachbau. In der großen Pause verspürte Adina Lust, nicht gleich zum Kreuzbauteich zu gehen. Sie machte einen Schlenker zum kleinen Pausenhof. Der ganze Schwarm der Klopferkinder spielte bereits. An der Flachbauwand wetteiferten der Kostbarkeitenzerklopfer Chagga, der komposthaufengroße Mammut, der strubbelblonde Gumpen, der kleine Uwe und Roland mit den Mäusezähnen bei einem Spiel, das sie Ditschen nannten. Ein halbes Dutzend Klopferjungen bewunderten die fünf Freunde ehrfürchtig, ohne selbst mitzuspielen. So wie Chagga die Klopferjungen um sich scharte, zog die wolkenhaarige Amala die Aufmerksamkeit der Klopfermädchen auf sich. Ihre beste Freundin Wiebke, die Näsin, passte immer darauf auf, dass ihr Rang als Amalas beste Freundin von den anderen Umschwärmerinnen geachtet wurde. Die Klopfermädchen vergnügten sich bei einem Spiel, das sie Seilspringen nannten. Zwei von ihnen schwangen das Seil, während die anderen hindurchliefen oder hindurchhüpften. Die Hüpfeklopfermädchen lachten und scherzten so ausgelassen, dass Adina ihren Blick nicht abwenden mochte. Mitspielen wäre bimssteingut. Erst gegen Ende der Pause löste sich Adina von ihnen, um noch rasch beim Kreuzbauteich und den Spatzen vorbeizuschauen.

Im Unterricht dachte sie über die Versuchung nach, der sie widerstanden hatte. Die Klopferkinder zeigten sich zwar harmlos, doch ihre Mutter ermahnte sie immer wieder, wachsam zu sein. Adina erinnerte sich an den wilden Chagga, der die »O ist das wichtig« zerklopft hatte.

Beim Abendbrot beäugte Adina ihre Mutter. Sie wirkte

glücklicher als sonst. Der Urlaubstag hatte ihr gut getan. Wenn sie von der Arbeit kam, sah sie nie nach Urlaubstag aus. Ganz im Gegenteil, wenn sie aus dem Unternehmen kam, war sie erschöpft. Sie trug dann aber hübschere Klopferlandkleidung als morgens, wenn sie zur Arbeit ging. Zog sie sich im Unternehmen um? Adina fiel etwas auf, das sie bisher nicht beachtet hatte. Ihre Mutter roch heute so wie am Morgen. Ganz im Gegensatz zu einem maren Wochentag. Dann roch sie anders, wenn sie von der Arbeit kam. Ihr fehlte immer nach dem Zusammensein mit den Unternehmensklopfern der heimelige Geruch des Adelunghauses. Sie roch dann wie Adelunggarten, nur blütenhafter. Das Gefühl des Wohlaufgehobenseins verwob sich in Adina zu einem Wunsch. Am liebsten hätte sie ihre wolkengut riechende Mutter sofort umarmt, doch das durfte sie nicht. Das wäre ein Rückfall in die zweite Zeit.

Es hatte eine Zeit gegeben, da hatte ihre Mutter sie manchmal umarmt. Diese schönste Zeit war vorbei. Danach hatte Adina unzählige Male, wenn sie versucht hatte, Carla zu umarmen, gesagt bekommen, dass sie doch kein kleines Kind mehr sei. Diese zweite Zeit war auch vorüber. Und nach dieser zweiten Zeit kam die Zeit, in der Adina jetzt lebte.

4

Auf ein Blatt Papier schrieb Adina in kleiner Schrift einen Namen: Irina. Mit der Küchenschere schnitt sie sorgfältig ein Papierrechteck aus. Ihre Mutter reichte ihr einen himmelblauen Bogen Sternenpapier. Adina wickelte das Jo-Jo ins Sternenpapier ein, faltete und kniffte die schmalen Seiten spitz zu. Drei Klebestreifen zog sie zum Abschluss über die offenen Seiten, um das Papier zusammenzuhalten. Ihre Mutter sagte:

»Jetzt einen Tropfen Klebstoff auf das Namensschild und fertig ist die erste Schicht.«

»Wie viele Schichten soll ich machen?«

»Ein halbes Dutzend. Je nachdem, wie du Lust hast. Wer soll es Irina überbringen?«

Küchenschere – Papierrechteck – rot-grünes Kerzenpapier – drei Klebestreifen: Adina schrieb in kleiner Schrift den Namen Amala. Bei den nächsten Namen musste sie nachdenken. Von den wilden Klopferjungen wollte sie keinen nehmen. Ihr Bruder saß mit am Küchentisch und kuckte aufmerksam zu. Er war traurig, dass er noch nicht zur Schule gehen durfte. Er fragte:

»Warum packst du das Geschenk so oft ein?«

»Das ist beim Julklapp so.«

»Nächstes Jahr«, sagte Carla, »wirst du auch ein Julklappgeschenk einpacken.«

»Auch so oft?«

»Aber ja«, antwortete Carla. »Beim Julklapp bekommt man viele Geschenke. Man weiß aber nie, welches man behalten darf. Behalten darf man nur das Geschenk, auf dem der eigene Name als Letztes steht.«

»Ich möcht auch ein Julklappgeschenk bekommen.«

»Du bist noch zu klein dafür«, erwiderte Carla.

»Ich bin nicht zu klein!«

»Doch. Du würdest alle Geschenke auf deinem Tisch für dich haben wollen und sie nicht weiterreichen.«

»Würd ich nicht!«

»Bei der Schultüte deiner Schwester hast du das getan«, sagte Carla.

Schmollend sprang Bolko auf und rannte zur Küche hinaus. Adina schaute ihrem Bruder hinterher. Obwohl Carla Recht hatte, wäre es wolkengut, ihren Bruder mit in der Klasse zu haben. Er wäre der Einzige, der neben ihr sitzen dürfte. Adina hatte bereits fünf Schichten um das Irinageschenk gewickelt, als sie auf einmal fragte:

»Darf ich es noch weiter einpacken?«

»Das macht dir Spaß, oder?«

Stumm genoss Adina das Beisammensein mit ihrer Mutter. Bimsstein – Kirsche – Wolke: schön, schöner, am schönsten. Das Weihnachtspapier reichte am Ende für acht Umwicklungen. Für die letzte Schicht sollten alle Kinder dunkelblaues Papier benutzen, damit keiner erkennen konnte, von wem ein Geschenk stammte. Carla fragte:

»Hast du dir die Namen gemerkt?«

»Ja.«

»Morgen kannst du beobachten, wie dein Geschenk auf Wanderschaft geht.«

Carla hatte Recht. Um sich die umgekehrte Reihenfolge einzuprägen, sagte Adina die Namen ein paarmal rückwärts auf: Malte – Klara – Shirin – Vincent – Gisela – Ute – Amala – Irina.

*

Die Vorhänge im Klassenzimmer wurden zugezogen. Auf dem Lehrerpult prunkte der Geschenkeblauhaufen. Auf dem vordersten Schülertisch umkränzten Tannenzweige eine kirschrote Kerze, die so groß war wie ein Marmeladenglas. Frau Lange las mit andächtiger Stimme eine Weihnachtsgeschichte vor. Beklommen sah Adina dem gelben Zipfelmützchen beim Flackern zu. Weihnachten feiern: Das gab es im Adelunghaus nicht. Und dann war da in ihr auf einmal eine Erinnerung an einen geschmückten Tannenbaum, an Kerzen, an Geschenke, eingeschlagen in Glitzerpapier, an Dresdner Stollen und Zimtsterne. Ihr kleiner Bruder wackelte unsicher im Zimmer umher. Carla strahlte, Papa war nicht tot.

Frau Lange eröffnete den Julklapp. Gespannt verfolgte Adina, wie sich das erste Blaugeschenk auf die Reise machte. Es ging an Shirin, danach an deren Zwillingsbruder Vincent. Das zweite Geschenk ging als Erstes an Malte. Aufgeregt verfolgte sie, wohin es Malte brachte. Zu Klara? Dann wäre es wohl ihr Geschenk. Er brachte es aber zu Chagga. Solches Weihnachtspapier, sah sie jetzt, hatte sie auch gar nicht zum Einpacken benutzt. Adina rätselte, an wen sie wohl ihr erstes Geschenk weiterreichen würde. Am liebsten würde sie Amala eins überbringen. Die roch von allen Klopferlandkindern am besten. Vor Aufregung schlug ihr Herz schneller. Es würde wunderbar sein: durch die Klasse zu wandern – ein Geschenk zu überreichen.

Die Hälfte der Geschenke war verteilt. Weder war Adinas Geschenk auf die Reise geschickt worden noch hatte sie selbst ein Geschenk erhalten. Als der Resthaufen abermals um die Hälfte geschrumpft war, begriff Adina etwas. Alle Klopferlandkinder liefen ständig umher. Einige mehr, andere weniger; Adina gar nicht.

Bei Amala und Chagga ballte sich das aufgerissene Geschenkpapier zu Haufen. Bei Wiebke und Shirin lag ebenfalls eine ansehnliche Menge herum, jedoch deutlich weniger als bei Amala und Chagga. Mit jedem Geschenkpapier, das zerrissen zu Boden fiel, wurde Adina frösteliger. Auf einmal drehte sich Irina um:

»Hier, für dich.«

Vor Freude musste Adina schlucken. War das jetzt ihr Geschenk? Oder musste sie es weiterreichen? Das wolkenschöne Weihnachtspapier war kostbarer als das von Adina benutzte. Es wurde auch nicht mit Klebestreifen zusammengehalten. Ein kirschenbreites Zierband hielt das Paket verschnürt. Und das Namensschildchen sah viel edler aus als Adinas Zettelchen: eine zauberhafte Handschrift in einer Umkränzung aus hingetuschten Tannenzweigen. Behutsam, ohne das Papier zu beschädigen, wickelte Adina das Geschenk aus: eine bananengelbe »Das kann man doch nicht wegwerfen«. Ungläubig nahm Adina sie in die Hand. Ein sanftes Klicken und sie machte Licht. Ein erneutes Klicken und sie machte Schluss mit Licht. Gerührt bestaunte Adina ihr Geschenk. Sie würde es heute Nacht mit ihrem Bruder zünftig einweihen.

Als sie zum ersten Mal wieder aufblickte, sah sie überrascht, dass das letzte Blaugeschenk auf die Reise geschickt wurde. Es ging wieder an Chagga. Wo war ihres unterwegs? Sie hatte nicht aufgepasst! Da kam Amala nach hinten und überreichte Irina ein Geschenk, das in himmelblaues Sternenpapier eingewickelt war. Da war es. Amala lächelte Adina an und kam an ihren Tisch.

»Was hast du bekommen?«

»Eine Taschenlampe.«

»Kannst du so was gebrauchen?«

»Sie ist so schön.«

Als Amala sich bereits umgedreht hatte, fiel Adina ein, dass sie gar nicht gefragt hatte, was Amala bekommen habe und ob sie über das Geschenk genauso glücklich sei. Vor ihr gluckste

Irina freudig herum, als sie anfing, das Jo-Jo einzuweihen. Tatjana bestaunte das Geschenk und fragte ihre Freundin:

»Darf ich auch einmal?«

Glücklich sah Adina den beiden Freundinnen zu. Zum Ausklang der Weihnachtsfeier wiederholte Frau Lange noch einmal die wichtigste Julklappregel:

»Ihr dürft auf keinen Fall den Beschenkten erzählen, von wem die Geschenke sind. Der Reiz beim Julklapp liegt darin, dass man nicht weiß, wer einem etwas schenkt. Ich hoffe, es hat jedem Spaß gemacht. Nächstes Jahr wird es wieder einen Julklapp geben.«

Beim Einpacken des Ranzens ließ sich Adina Zeit. Sie bevorzugte es neuerdings, das Klassenzimmer als Letzte zu verlassen. Wann immer es möglich war, ging sie den Chaggas aus dem Weg. Die waren nicht harmlos. Sie stießen andere herum. Kühl und trübe war der letzte Schultag des Jahres. Warum gab es auch für Adina Weihnachtsferien? Weihnachten wurde zu Hause gar nicht gefeiert.

Die weiße Schulpforte – der Zebrastreifen über den Windmühlenweg – der Sandweg des abschüssigen Windmühlenstieges – der Zebrastreifen über die Seestraße – die sanft ansteigende Seestraße – die Ampeln an der großen Kreuzung der Osdorfer Landstraße – der Sandweg der Notkestraße: Am Vorbeckweg blickte Adina nach links und rechts. Kein Autoklopfer war auf der Jagd. Dafür winkte auf der anderen Straßenseite am »Urnenfeld« eine Klopferin zu ihr herüber. Adina erkannte sofort, wer die kleine Straße hochgekommen war. Frau Meier trug eine prall gefüllte Einkaufstasche und überquerte flott die Notkestraße.

»Guten Tag, Adina. Hast du jetzt Weihnachtsferien?«

»Ja.«

Frau Meier hatte traurige Hände, so gerötet, als hätten sie gerade geweint. Sie war vielleicht ein paar Jahre älter als Carla.

Verunsichert ging Adina weiter. Sie war es nicht gewohnt, in Begleitung nach Hause zu gehen. Andererseits fühlte sie sich an der Seite dieser Klopferin bimssteinwohl.

»Ich habe gerade im Landhausmarkt eingekauft«, sagte Frau Meier.

Der Name des Geschäftes sagte Adina nichts. Sie ging nie einkaufen. Das war verboten. Adina warf einen Blick in die Einkaufstasche. Da waren ein Buch über Kraniche und ein Fernglas. Obenauf ragte eine Packung heraus. Laut las Adina vor:

»Lebkuchen.«

»Ich habe eine Schwäche für Lebkuchen«, sagte Frau Meier. »Magst du sie auch?«

»Weiß ich nicht.«

»Wieso weißt du das nicht?«

»Ich habe noch keine gegessen.«

»Das kann nicht sein. Lebkuchen sind das Weihnachtsgebäck überhaupt! Kauft denn deine Mutter keine zu Weihnachten?«

Adina schwieg. Sie spürte, wie gefährlich sich das Gespräch entwickelte. Frau Meier war eine Klopferin. Sie war nett, doch das könnte schnell umschlagen. Adina nahm sich vor, nichts mehr zu sagen, wie es Carla für solche Fälle geraten hatte. Auf dem himmelblauen Straßenschild waren bereits die wolkenweißen Buchstaben zu lesen: Drögenkamp. Zum Glück wäre sie gleich zu Hause – in Sicherheit. Frau Meier ging schweigend neben ihr her und fragte auf einmal:

»Möchtest du einen Lebkuchen probieren?«

Erla Meier blieb stehen, stellte ihre Einkaufstasche auf den Sandboden und holte die Lebkuchenpackung hervor. Adina blieb – ein Haufen Bimssteine lag in ihrer Brust – ebenfalls stehen. Erla Meier riss die Packung auf und reichte ihr einen Lebkuchen.

»Nimm schon.«

Das war verboten! Was Adina hier geschehen ließ, war madenamselgefährlich. Doch sie mochte sich nicht wehren. Der Lebkuchen lag leicht zwischen den traurigen Meierfingern und auf seiner Oberfläche glänzte Schokolade. Adina lief das Wasser im Mund zusammen. Erla Meier schnupperte am Lebkuchen.

»Wie der duftet. Riech mal.«

Sie hielt Adina den Lebkuchen vor die Nase. Schokolade ... Das war verboten! Adinas schlechtes Gewissen zerpustete eine kirschrote Wolke. Sie musste nach Hause – und konnte nicht gehen. Sie packte den Lebkuchen. Am liebsten hätte sie ihn in einem Stück hinuntergeschlungen. Es war verboten ... Wie konnte so etwas Schultütenschönes nur verboten sein? Bimsstein – Kirsche – Wolke. Erla Meier war keine Autoklopferin, die Adina über den Haufen fahren wollte.

»Ich geb dir einen für deinen Bruder mit.«

Auf einmal hielt Adina zwei Schokoladenlebkuchen in der Hand. Ohne sich umzukucken, rannte sie los, sperrte die Gartenpforte auf und rannte zu den Hüpferstufen, wo sie von der Straße aus nicht mehr zu sehen war. In Sicherheit. Nach einer Weile traute sich Adina die Hüpferstufen hinunter. Sie stopfte die Lebkuchen in ihre Manteltasche und ging zur Wagenhütte. Sie wusste, wie sehr ihr Bruder auf Süßes aus war. Hinter der Wagenhütte lag der Baumstreifen, der das Adelunggrundstück von dem Sportplatz Wilhelmshöh trennte. Sie brach von einer Tanne ein paar Zweige ab und ging zurück zu den Hüpferstufen.

Es knackte und knirschte. Im Windfang keine Pappkisten – im Flur immer mehr Holzkisten mit »Wie schön das ist« – auf der Treppe weitere zusammengeschnürte Packen mit »Das will ich mir noch ankucken« – im oberen Flur mehrere Kisten mit »Das kann man doch nicht wegwerfen« – dahinter die Borde mit den »O ist das wichtig«: Es wurde für Adina immer schwieriger, nicht mit dem Ranzen an den vielen Ecken und Kanten hängen zu bleiben. Jeden Tag räumte Carla im Adelunghaus auf. Nimmermüde wuchtete sie riesige Holzkisten die Treppe hinauf, schleppte zwei Stühle auf einmal. Ihre Mutter war fleißig, nur beschlich Adina das Gefühl, dass das ganze Klopferland zum Adelungbesitz dazugehörte und mit aufgeräumt wurde.

Im Kinderzimmer hielt sich ihr Bruder in der Räuberhöhle versteckt. Er hatte die Höhle in seinen einsamen Vormittagsstunden zwischen den Kisten gebaut. Adina drückte sich an den Kistenmassen vorbei, die mittlerweile fast den ganzen Raum ausfüllten. Die Kisten waren voll mit »Das kann man doch nicht wegwerfen«, »Wie schön das ist« und »O ist das wichtig«. Am Schreibtisch räumte sie ihren Ranzen aus. Sie holte aus dem Schrank ihre große Schultüte, in die sie zwei kleine Löcher bohrte, so dass sie das kirschrote Zierband ihres Julklappgeschenks hindurchziehen konnte. Ihr Bruder in der Räuberhöhle wurde allmählich unruhig. Er klopfte und kratzte, sagte jedoch kein Wort. Er litt an der Einsamkeit wie ein Bimsstein im Komposthaufen. Adina setzte ihren Schultüten-Zauberhut auf, schnürte den Zierband-Kinnriemen fest, knipste die Taschenlampe an, nahm die Lebkuchen und die Tannenzweige und kroch so vorsichtig wie möglich zwischen den Holzkisten in die Räuberhöhle. Den Kopf drückte sie weit in den Nacken, damit ihr der Zauberhut nicht vom Kopf rutschte.

»Adina, wie siehst du denn aus?«

»Wir feiern jetzt Weihnachten.«

Sie stellte die leuchtende Taschenlampe aufrecht hin. Der Strahl erhellte die Räuberhöhle, die so hoch war, dass die Adelungkinder fast aufrecht darin hätten stehen können.

»Das ist unsere Kerze.«

Adina umkränzte die Taschenlampenkerze mit den duftenden Tannenzweigen.

»Die ist zu hell«, sagte Bolko und stellte die Kerze auf den Kopf.

Nur ein feiner Lichtkranz umschloss den Taschenlampenfuß und verlieh den Nadeln schwach Gestalt. Adina holte die zwei Lebkuchen aus der Manteltasche und reichte ihrem Bruder einen. Er schien ihn nicht gleich zu sehen.

»Nimm schon. Das ist ein Lebkuchen.«

Zaghaft griff er zu. Bevor sie wieder etwas sagen konnte, hörte sie Bolko bereits kauen.

»Lass dir Zeit. Ich habe nur die zwei.«

Sie biss ein fingernagelgroßes Stückchen ab. Es war viel größer als das größte Schokoladenbröckchen in einem der Glitzereinwickelpapiere vom August. Die Süße und die Würze des Gebäcks wogten über ihren Gaumen. Sie schluckte die Kostbarkeit hinunter und gönnte sich ein zweites Häppslein. Vor Verzückung wippte sie mit ihrem Zauberhut hin und her, tippte mit der Spitze gegen eine der Kisten. Darin waren ganz und gar unersetzliche »O ist das wichtig«. Sie hörte, wie sich Bolko die Finger ableckte.

»Hast du nicht noch einen?«, fragte er.

»Frau Meier hat mir nur zwei geschenkt. Einen für dich und einen für mich.«

Bolko ergriff die Taschenlampe, leuchtete suchend in der Räuberhöhle umher.

»Wirklich nicht?«

Adina biss ein drittes Häppslein von ihrem Lebkuchen ab und schüttelte den Kopf. Bolko flackerte mit der Taschenlampenkerze hin und her. Dann und wann erhellte der Strahl sein Gesicht. Ein solches Verlangen hatte Adina bei ihm noch nie gesehen. Wenn man nur einen Lebkuchen hatte, musste man sich Zeit lassen! Er hatte seinen – happshapps – hinuntergeschlungen. Er fragte:

»Warum hat sie dir nicht noch einen Lebkuchen geschenkt?«

»Die Packung hat sie für sich gekauft. Sie liebt Lebkuchen über alles.«

Bolko stellte die Kerze aufrecht hin. Im Zwielicht konnte Adina sein Gesicht gut erkennen. Er verzehrte sich nach einem weiteren Bissen. Adina selbst spürte die Macht der Gier, sie konnte kaum den Drang unterdrücken, den ganzen Lebkuchen in einem Stück hinunterzuschlingen. Je mehr sie sah, wie ihr Bruder litt, desto leichter fiel es ihr, langsamer zu kauen. Auf einmal brach sie ein großes Stück Lebkuchen ab und reichte es ihm. Ungläubig fragte er:

»Ist das für mich?«

»Nimm schon.«

Er stellte die Kerze aufrecht zwischen die Tannenzweige, und – happs – weg war das Lebkuchenstück. Für einen Augenblick entspannte sich Bolkos Gesicht, doch wenig später kehrte dieser ausgehungerte Zug in sein Gesicht zurück. Er sagte nichts. Er fragte nicht. Er bettelte nicht. Er saß da und litt. Adina hatte ihm eine Freude bereiten wollen und jetzt aß sie ihm etwas vor. Kurz entschlossen brach sie zwei Stückchen von ihrem Restlebkuchen ab. Eines für sich und eines für ihren Bruder. Das wiederholte sie zweimal. Das letzte, kirschkerngroße Stück schenkte sie ihrem Bruder ganz. Ohne ein Wort zu sagen, schlang er es hinunter, wie er alle anderen zuvor hinuntergeschlungen hatte. Die Kerze strahlte hoch in die Räuberhöhle, schief saß der Zauberhut auf ihrem Kopf und langsam, Finger für Finger, leckte Adina ihre Hände sauber. Diese Schlusssüße genoss sie, wie sie die Schlusssüße im Sommer genossen hatte. Das Auslecken der Glitzereinwickelpapiere war kreuzbauteichschön gewesen. Und die Lebkuchenweihnachtsfeier war auch kreuzbauteichschön. Erla Meier war eine Bimssteinklopferin.

»Kannst du mir deinen Hausschlüssel geben?«

»Wieso?«, fragte Adina verblüfft. Er hatte noch nie nach ihrem Glitzerglanzspender gefragt.

»Ich will Frau Meier fragen, ob ich noch einen Lebkuchen haben kann.«

»Bist du verrückt? Das ist eine Klopferin!«

»Du hast zwei Lebkuchen bekommen. Dann darf ich auch zwei Lebkuchen bekommen.«

Entsetzt erkannte sie, dass Bolko keinen Spaß machte. Auf einmal begriff sie, was ihrer Schultüte im Sommer widerfahren war. Adina musste irgendetwas sagen, was ihren Bruder bremsen würde. Er wurde ungeduldig.

»Gib mir – bitte – den Schlüssel!«

»Das hat keinen Sinn.«

»Wieso?«

»Die Lebkuchen sind bereits alle.«

»Sie hat doch eine ganze Packung.«

»Da waren nur acht drin.«

An seinen Fingern zählte Bolko mühsam ab, wie viele Lebkuchen noch übrig sein mussten.

»Fünf und einen hat sie noch.«

»Nein.«

»Doch!«

»Frau Meier mag Lebkuchen genauso gern wie du. Wie lange brauchst du, um sechs Lebkuchen aufzufuttern?«

Bolko grübelte. Auf seinem Gesicht verschwand nach und nach die Gier. Auf einmal – es fiel ihm sichtlich schwer – sagte er:

»Danke, dass du mir so viel abgegeben hast.«

Adina nahm ihren Zauberhut ab, krabbelte über die Kerze, die umfiel und Licht vergoss, und stülpte ihrem Bruder den Zauberhut über. Vorsichtig zog sie den Zierband-Kinnriemen fest und sagte:

»In einem halben Jahr wirst du eingeschult. Dann können wir gemeinsam in die Schule gehen.«

Sie kuschelte sich an ihn und öffnete ihren Mantel, allmählich wurde ihr warm. In das Zwielicht hinein fragte Bolko:

»Von wem ist die Taschenlampe?«

»Ich glaube, von Amala.«
»Woher weißt du das?«
»Sie ist die Einzige, die gefragt hat, wie mir die Taschenlampe gefällt.«
Adina legte ihren Arm um Bolko, der über etwas nachzudenken schien, und streichelte seine Haare. Er fragte:
»Wie sind eigentlich die Klopfer?«
»Es geht. Man muss aber aufpassen.«
Ihr Bruder drückte sich enger an sie.
»Muss ich vorher lesen und schreiben können?«
»Ach, nein. In der Schule hast du jede Menge Zeit, das zu lernen.«
Ohne Wachs zu vertropfen, glomm die Kerze auf dem Boden vor sich hin. In ihrem Strahl schimmerten die frischen Tannenzweige.

5

Schnee fiel auf den Notkestraßensand, fiel auf die Gehwegplatten der Osdorfer Landstraße, fiel auf eine Kreuzung und zwei Zebrastreifen. Klopferautos wühlten sich durch den Neuschnee. Adina fühlte sich kirschwohl in ihren neuen Anziehsachen.

Während des Unterrichts übte sie sich im Hinauskucken. Der Flockenfall hatte etwas Beruhigendes. Frau Lange erklärte geduldig die neuen Zahlen. Bei den richtig großen Zahlen wie 30 oder 40 murksten viele der Klopferkinder herum. Gerade quälte sich der kleine Uwe an der Tafel ab. Immerhin war er recht geschickt darin, das Kreidestück nicht fallen zu lassen. Komposthaufenmitleidig kuckte Adina genauer hin. Jetzt brach er es ab! Einige der Klopferkinder, darunter auch Chagga, stöhnten laut auf. Denen musste das Quietschkreischen genauso wehtun wie Adina. Der kleine Uwe war einer der schwächsten Schüler in der Klasse. Für Adina war er ein Halskucker, da er ihr mit seinen Augen nicht einmal bis zum Mund reichte. Roland Mäusezahn war da schon etwas größer, aber als Schüler kaum besser als der Quietschkreisch-Halskucker. Der schweigsame Tobias, Mammut genannt, war der Größte in der Klasse und im Unterricht gar nicht einmal schlecht. Aus der Chaggabande fand sie ihn am rätselhaftesten. Der strubbelblonde Wilken, Gumpen genannt, war der einzige aus der Chaggabande, der wie Adina schon vor der Schule Lesen und Schreiben gelernt hatte.

In der großen Pause mochte Adina nicht die ganze Zeit am schneegefüllten, schilflosen Kreuzbau-Teichbecken bleiben. Was machten die Klopferkinder bei so viel Schnee auf dem kleinen Pausenhof? Einige der Klopfermädchen und Klopferjungen rollten Schnee zu großen Kugeln zusammen. Sie nannten das einen Schneemann bauen. Die anderen Klopferkinder warfen mit Schneebällen. Aus sicherer Entfernung beobachtete Adina das Geschehen. Der Quietschkreisch-Halskucker war recht geschickt im Werfen. Auf einmal sauste sein Schneeball genau in Chaggas Gesicht. Vergnügt bemerkte sie Chaggas Verblüffung. Der Quietschkreisch-Halskucker hüpfte vor Freude herum. Das hätte er besser nicht getan. Chagga sprang ihn an und riss ihn in den Schnee. Der Quietschkreisch-Halskucker quiekte vor Schmerzen, versuchte sich aus dem Schwitzkasten zu befreien. Doch Chagga drückte ihn immer wieder in den Schnee. Als der Widerstand des Quietschkreisch-Halskuckers gebrochen war, seifte er ihn ein und stopfte ihm zum Abschluss Schnee unter den Pulli. Im Unterricht saß der Quietschkreisch-Halskucker reglos da. Adina war von dem Vorfall schwer verblüfft, weil sie gedacht hatte, dass der kleine Uwe zu Chaggas besten Freunden gehörte.

*

Am nächsten Tag ging Adina mit einer unguten Vorahnung zur Klopferlandschule. Wenn Chagga seine Freunde verprügelte, würde er sie kaum verschonen. Nachts hatte es geschneit. Genügend Schnee für eine Einseifung wäre vorhanden. Aber vielleicht würde die Chaggabande sie nicht beachten. Unversehrt gelangte sie ins Klassenzimmer. Die große Pause verbrachte sie am Kreuzbauteich und wieder geschah nichts. Während der letzten Schulstunde grübelte Adina, was klüger sei. Sofort bei Ende der Stunde den Ranzen nehmen und so schnell wie möglich die Schule verlassen? Oder sich Zeit lassen und in aller

Ruhe den Heimweg antreten? Adina entschied sich, einfach so zu tun, als hätte es ein Gestern nicht gegeben. So gelassen wie möglich schritt sie zum Klassenzimmer hinaus. Mit ernsten Befürchtungen ging sie die paar Schritte zum Ausgang. Es musste ekelhaft sein, von den Klopferkindern berührt zu werden. Wie die rochen! Durch die großen Fenster spähte sie zum Kreuzbauteich und zum Flachdachgang. Von den Chaggas keine Spur. Sie trat hinaus in den platt getretenen Schnee. Klopferschüler strömten an ihr vorbei. Kein Chagga war zu sehen. Von dort, wo es zum kleinen Pausenhof ging, hörte sie leise Geräusche: Da heulte einer, während er eingeseift wurde. Sie ging zur Ecke, um nachzukucken. Vielleicht war das, was sie gerade tat, das Dümmste, was sie überhaupt tun konnte. Adina zögerte. Bei Klopfern konnte man nicht vorsichtig genug sein. Doch ihre Neugier schob sie weiter, lenkte ihre Schritte um die Ecke. Und da sah sie es. Der Quietschkreisch-Halskucker seifte den heulenden Malte ein, der von Mammut, Gumpen und Roland Mäusezahn festgehalten wurde. Chagga stand daneben, den Rücken Adina zugewandt. Mit Malte würden die Chaggas gleich fertig sein. Hierher zu kommen war ein riesiger Fehler gewesen. Sie musste sofort verschwinden und zwar ganz leise. Doch Adina war wie festgefroren.

Da hob Mammut den Kopf und ihre Blicke trafen sich. Mammut sagte nichts, drückte Malte weiter zu Boden und blickte ihr in die Augen. All das mit offenem Mund. Sein Atem bauschte sich in der Winterluft. Lauf, Adina, lauf! Sie musste fort, ohne Zeit zu verlieren, sonst wäre sie die Nächste, die eingeseift würde. Doch sie starrte wie vereist auf das, was sie von gestern kannte.

Dann gelang es ihr, sich mit einem Ruck zu lösen. Sie rannte so schnell, wie sie konnte, weg. Erst im Windmühlenstieg wagte sie es, sich umzudrehen. Sie hatte Glück, niemand war ihr auf den Fersen. Was war mit Mammut? Ein Wort von ihm hätte genügt und Chagga hätte sich umgedreht. Doch er hatte geschwiegen. Hatte ihr in die Augen geschaut – auf eine seltsame Weise.

In den Tagen des Schnees blieb ihr das Glück treu. Die Chaggas beachteten Adina nicht, seiften aber nach und nach fast die halbe Klasse ein. Die Pausen verbrachte sie am Kreuzbauteich, als gäbe es keine Gefahr im Klopferland. Wochen später, im Februar, taute der Schnee weg.

*

Dunkelheit lag im Adelungkinderzimmer. Von der Notkestraße drang ein wenig Straßenlicht unter dem Vorhang hindurch. Es rumpelte laut und hart im Treppenhaus, klapperte, rumpelte. Adina rieb sich die Augen, lauschte in den Flur hinaus. Das Rumpeln verzog sich nach nebenan ins Missgeschickszimmer. Sie hörte, wie sich im Bett unter ihr Bolko bewegte.

»Bist du wach?«, fragte sie.

Sie knipste die Amala-Taschenlampe an und leuchtete im Zimmer umher.

»Komm«, sagte er, »wir sehen im Treppenhaus nach.«

Vorsichtig schlichen die beiden Adelungkinder zur Tür, öffneten sie und glotzten. Es ging keinen Schritt weiter.

»Was ist das?«, fragte Bolko.

»Ich mach Licht«, sagte Adina.

Klick. Entgeistert betastete Bolko die Holzkisten.

»Carla räumt auf«, sagte Adina.

»Sie kann uns doch nicht mit ihren Kisten einmauern.«

»Los, klettern wir hinauf. Oben ist noch ein Spalt frei.«

Adina holte ihren Schreibtischstuhl. Auf dem Rückweg zur Kinderzimmertür stieß sie mit den Stuhlbeinen immer wieder gegen die Holzkisten. Vom Stuhl aus war es möglich, an den Rand der obersten Kiste und an den Türrahmen zu greifen. Der Spalt dort war zwar schmal, aber breit genug, um sich hindurchzuzwängen. Oben angelangt reichte sie ihrem Bruder die Hand. Von hier oben hatten die beiden einen guten Überblick über den Flur. Ein wenig wacklig war es zwar, die Kisten fanden aber guten Halt an den Borden mit den »O ist das wichtig«, ohne dass es ständig klickerte. Aus dem Missgeschickszimmer trat Carla heraus und blickte zu ihren Kindern empor.

»Was macht ihr denn da oben?«

»Wir können nicht schlafen.«

»Tut mir Leid, dass es etwas laut ist. Ich habe heute länger im Unternehmen bleiben müssen und morgen kommt der Schornsteinfeger. Der will in den Keller. Die Kisten sind hier nur, bis er wieder weg ist. Versucht am besten wieder zu schlafen. Gute Nacht.«

Aneinander gekuschelt lugten Adina und Bolko von ihrem Auskuck ins Treppenhaus. Carla wirkte von der Anstrengung erschöpft, stieg jedoch wieder die Treppe hinunter, wo zwischen den »Das will ich mir noch ankucken« kaum noch Platz war. Es rumpelte unten im Flur. Schlafwandlerisch sicher wuchtete Carla eine besonders schwere Kiste Stufe um Stufe nach oben, ohne danebenzutreten, und verstaute sie im Missgeschickszimmer. Ihre Kraft schien unerschöpflich. Adina war so stolz auf ihre fleißige Mutter. Nach zahllosen Kisten wurden die Adelungkinder wieder müde und schlüpften zurück ins Kinderzimmer.

Am Morgen bot die Küche einen überraschenden Anblick. Verwundert nahm Adina erst einmal auf ihrem Lieblingsstuhl Platz. Alles was es an »Kommt noch weg« und Krimskrams gegeben hatte, war verschwunden. Dafür stapelten sich überall prall gefüllte, hübsche Plastiktüten, auf denen der Aufdruck »Landhausmarkt« zu lesen war. Carla hatte aufgeräumt. Draußen war es noch dunkel. Bolko verschmierte den ersten Teil seiner Banane auf einer Knäckebrotscheibe. Ihr kleiner Bruder war so dumm. Es schmeckte viel besser, wenn man die Banane in zarte Scheiben schnitt. Adina rümpfte die Nase. Carlas winterblonde Haare waren zu einem Zopf zusammengebunden. Über der zimtfarbenen Narbe an der Nasenwurzel glitzerte ein wenig Schweiß. Erschöpft, aber glücklich trank sie Tee.

Vom Windfang führte eine Treppe in den Keller. Die Tür zu dieser Treppe war immer verschlossen. Es war den Adelungkindern verboten, den Keller zu betreten. Adina war neugierig, wie es im Keller aussah, zumal er jetzt für den Schornsteinfeger aufgeräumt war. Es wäre zwecklos, einfach zu fragen, ob sie sich den Keller anschauen dürfe. Carla würde es nicht erlauben. Vielleicht böte sich aber nachher eine Gelegenheit, heimlich in den Keller hinunterzuschlüpfen. Kribbelig trank Adina ihren Tee und knusperte ein Stück von ihrem mit zarten Bananenscheiben belegten Knäckebrot ab.

*

Im Linienheft schrieb Adina säuberlich das letzte Wort auf, das Frau Lange diktierte. Besonders viel Spaß hatte sie bei den Schwüngen für die Unter- und Oberlängen der Buchstaben. Sie stellte sich dabei immer vor: in den Keller gehen und auf den Dachboden steigen. Beides war verboten. Das war bimssteinlustig. Sie musste aufpassen, dass sie nicht einfach loslachte. Sie ging zur Schule, wie es ihre Mutter wollte, und dabei war das, was sie hier machte, kreuzverboten.

»Warum lachst du, Adina? Wenn es etwas Lustiges gibt, dann wollen wir das alle erfahren.«

Frau Lange hatte mit einer gewissen Strenge gefragt. Jetzt war es um Adina geschehen, sie kicherte laut los. Ihr Lachen gewann an Stärke, schüttelte sie durch. Frau Lange kam an ihren Tisch, schaute Adina an, die kichernd versuchte, ihren Mund zuzuhalten, und rief streng:

»Hör auf mit dem Unfug! Bist du von Sinnen? Zur Strafe stellst du dich in die Ecke.«

Die harschen Klopferworte taten Adina gut, sie gewann ihre Fassung zurück. Sie ging in die Böse-Kinder-Ecke und versuchte sich zu schämen. Doch während sie die kirschulkige Klassenzimmerwand anschaute, musste sie ihre Hand auf den Mund pressen, um nicht gleich wieder loszukichern. Es war verboten, mit Klopfern zusammen zu sein. Aber ihre Mutter wollte es so.

In der großen Pause schaute Adina nach langer Zeit wieder einmal auf dem kleinen Pausenhof nach, was die Klopferkinder so machten. Ditschen war langweilig. Sie besaß auch keine Münzen, mit denen sie hätte spielen können. Seilspringen hingegen wäre kirschgut. Sie schaute aufmerksam zu und bemerkte erst spät, dass Chagga sich immer wieder nach ihr umblickte.

Nach der letzten Stunde verließ Adina mit einem mulmigen Gefühl den Erstklässler-Flachbau. In der großen Pause war sie leichtsinnig gewesen. Es gab nur den einen Ausgang zum Windmühlenweg. Sie musste am kleinen Pausenhof vorbei, obwohl sie das am liebsten vermieden hätte. Heute würden ihr die Chaggas auflauern. Zum Glück würde ihr Bruder im Sommer eingeschult. Mit ihm an ihrer Seite würde sie sich wegen der Klopferkinder keine Sorgen machen müssen. Wo es rechter Hand zum kleinen Pausenhof ging, blieb sie stehen. Nichts geschah. Niemand da. Sie ging weiter. Erst unterm Flachdachgang löste sich ihre Anspannung. Es musste scheußlich sein, von Klopferkindern berührt zu werden. Sie streifte mit einem Blick die lesende Steinfrau und freute sich auf zwei wolkengute Zebrastreifen.

Vor dem Adelunggrundstück verlangsamte sie erschrocken ihre Schritte. Das hatte sie noch nie gesehen! Ein schwarz gewandeter Halskuckerklopfer kam ihr über die Steinplatten entgegen. Er hielt ihr die Gartenpforte auf und sagte vergnügt:

»Guten Tag, kleines Fräulein.«

»Guten Tag«, antwortete Adina verwirrt.

Das musste der Schornsteinfeger sein. Er verließ den Garten und verabschiedete sich mit einer angedeuteten Verbeugung. Adina schloss die Gartenpforte ab und blickte dem höflichen Klopfer hinterher. Der roch viel besser als jeder andere, den Adina kannte. Er gehörte gewiss nicht zu den bösen Klopfern, vor denen ihre Mutter immer warnte. Aber warum hatte Carla dann für ihn das Haus aufgeräumt? Im Windfang erstarrte Adina. Die Kellertür war offen. Das war die Gelegenheit, auf die sie gewartet hatte. Zu ihrer Enttäuschung hörte sie Carlaschritte im Flur.

»Hallo, Adina. Das ist immer kribbelig mit dem Schornsteinfeger.«

Warum machte der kurze Besuch des Schornsteinfegers Carla jedes Jahr so kribbelig? Der roch doch kirschgut.

»Ich werde mich erst einmal hinlegen«, sagte Carla. »Nachher räume ich weiter auf.«

»Warum dürfen Klopfer nicht ins Haus?«, fragte Adina.

»Das wäre das Ende.«

Carla verschloss die Kellertür. Sie würde aufräumen! Adina war unglaublich stolz auf ihre Mutter und wäre am liebsten die Stufen wieder hinuntergesprungen, um Carla in die Arme zu schließen. Sie ließ es bleiben. Sie waren nicht mehr in der Zeit, in der sie das hätte tun dürfen. Warum wäre es das Ende, wenn Klopfer ins Haus kämen? Sie hörte den Spruch öfter von ihrer Mutter, die aber nie erklärte, was er bedeutete.

»Hallo, Adina.«

Bolko winkte von der Kistenklippe herab. Carla hatte den Zugang zum Kinderzimmer noch nicht frei geräumt. Adina kletterte zu ihrem Bruder hinauf und ließ sich durch den Spalt ins Kinderzimmer hinabgleiten. Ihre Zuversicht blieb an den Kisten hängen. Vielleicht würde das mit dem Aufräumen etwas mehr Zeit in Anspruch nehmen als nur einen Nachmittag.

*

Beim Seilspringen mitzuspielen wäre wolkengut. Der Regen vom Morgen war vorüber, die Frühlingssonne ließ die Steinplatten dampfen. Kurz entschlossen ging Adina über den kleinen Pausenhof und reihte sich in die Schlange der wartenden Hüpfeklopfermädchen ein. Sie wusste ganz genau, dass das, was sie da machte, verboten war. Sie hatte jedoch Lust, es zu tun. Gleich wäre sie an der Reihe und sie wollte ihre Sache gut machen. Als Adina loslief, um unter das Seil zu gelangen, hörten die zwei Klopfermädchen mit dem Seilschwingen auf.

»Du spielst nicht mit!«

Wie übergossen stand Adina auf dem Seil, das schlaff auf dem Boden lag. Auch andere Klopfermädchen meldeten sich zu Wort:

»Wir spielen hier. Verschwinde!«

Nur kurz zögerte Adina, dann zog sie sich zurück. Sollten diese madendummen Klopfermädchen doch allein spielen! Verärgert achtete sie nicht auf die Ditscheklopferjungen. Chagga schnippte gerade eine Münze zu den anderen Münzen an der Flachbaumauer.

»Zu kurz! Ich hab gewonnen«, rief Gumpen.

Chagga sprang auf und fauchte Adina an:

»Pass doch auf!«

»Ich hab nichts gemacht.«

»Du blöde Kuh! Deinetwegen hab ich verloren.«

Rüde stieß Chagga sie fort. Auf den feuchten Steinplatten geriet Adina ins Rutschen und fiel rücklings in eine Pfütze, dass es platschte. Roland Mäusezahn und Esel-Uwe lachten laut auf. Gumpen, Mammut und die anderen bis auf Amala fielen ins Gelächter ein. Chagga grinste und sagte:

»Jetzt bist du da, wo du hingehörst.«

Beschämt erhob sich Adina. Nass und matschbeschmiert scheuerte ihre Hose an den Beinen. Sie strebte zum Kreuzbauteich. Warum war sie nicht gleich dorthin gegangen? Die Klopfer waren böse. Carla hatte sie gewarnt, aber sie musste so dumm sein, mit ihnen spielen zu wollen. Hätte sie das bloß nicht gemacht! Erleichtert sah sie, dass ihre Pausenbank am Kreuzbauteich frei war. Bevor sie sich setzen konnte, sagte einer der großen Klopferschüler:

»Du siehst scheiße aus.«

Die anderen Klopfer grienten.

»Lern erst, aufs Klo zu gehen, dann darfst du wieder kommen.«

Gedemütigt wandte sich Adina ab und verschwand Richtung Erstklässler-Flachbau. Sie wagte nicht nachzukucken, wie schmutzig ihre Hose aussah. Erst wollte sie in Sicherheit sein. Sie huschte in das Innere des Flachbaus und verschwand auf dem Mädchenörtchen. Sie stellte sich vor den Spiegel und zupfte an ihrer Hose. Das sah wirklich wie Aa aus, dabei war es nur der Matsch einer Pfütze. Adina griff nach dem salatgrünen Papier neben dem Waschbecken und wischte über ihre Hose. Als es zur Stunde schellte, sah die Hose notdürftig besser aus, klebte aber feucht und backig an ihren Beinen. Sie stahl sich aus dem Örtchen und lief im Flur genau in die Chaggabande hinein. Esel-Uwe johlte:

»Hallo, Adina. Die Pfütze ist draußen.«

Wieder hatten die Klopferjungen ihren Spaß. Erst als Frau Lange im Flur auftauchte, verstummte die Bande. Die letzte Schulstunde verbrachte Adina mit dem Wunsch, möglichst schnell nach Hause zu kommen. Ihr nasser Hintern backte immer wieder auf dem Stuhl fest. Beim Schellen verließ Adina als Erste das Klassenzimmer. Sie wetzte aus dem Flachbau und wollte nichts von dem mitbekommen, was die anderen hinter ihr tuschelten. Sollten sie lachen, sollten sie feixen. Sie würde nie mit ihnen spielen. Im Adelunghaus würde sie in aller Ruhe die Kleidung wechseln und dann am Nachmittag mit ihrem Bruder spielen. Sollte sie ihrer Mutter etwas von dem

Vorfall erzählen? Hin- und hergerissen, fand Adina keine Antwort.

Windfang ohne Pappkisten – Flur mit Kisten – Treppe mit Packen – Flur ohne Kiste – Borde mit »O ist das wichtig«: Auf einmal fühlte Adina, wie weise es von Carla war, keine Klopfer ins Haus zu lassen. Ihr Bruder spielte auf den Kinderzimmerkisten.

»Was ist mit deiner Hose?«

»Das waren die Klopfer.«

Sofort kroch Bolko von seinem Kistengebirge herunter und fragte:

»Was haben die gemacht?«

Adina erzählte ihm, was sich ereignet hatte, und bat ihn, Carla nichts zu sagen.

»Den verprügel ich!«, stieß Bolko hervor. »Im Sommer bist du nicht mehr allein.«

Kirschglücklich kuckte sie auf seine Fäuste. Auf ihren Bruder war Verlass. Adina wühlte in ihren alten Sachen herum. Sie wollte die Pfützenhose nie wieder tragen und suchte sich eine trockene, die war zwar fleckig und steif, roch aber nicht nach Pfütze, sondern wolkengut nach Adelunghaus.

6

Genüsslich kaute Adina, ließ den Bananengraubrot-Seim über ihre Zunge gleiten, kaute weiter. Ihre Blicke wanderten über den Frühstückstisch, wanderten zu ihrer Mutter, verweilten bei der Zimtnarbe an der Nasenwurzel, wanderten hinaus auf die Notkestraße, verweilten an einem Sperrmüllhaufen, wanderten weiter zu einem Bananenstück, das gerade auf einem Graubrot verschmiert wurde. Sie beäugte ihren Bruder und zerkaute ihren leichten Ärger über die Schmiererei. Bolko machte es so, wie er es mochte. Er machte es nicht so, wie sie es mochte. Auf seiner Schulter glitzerte ein Fussel, den Adina wegschnippte. Ihr Bruder mümmelte unbeeindruckt an seiner Quetschebananen-Graubrotscheibe weiter. Sie schaute wieder zu den Kostbarkeitenhaufen. Sie fragte Carla:

»Du hast heute einen Urlaubstag?«

»Ja.«

Hatte sie es sich doch gedacht. Das Klopferland gehörte mit zu dem, was Carla aufräumte. Seit dem Schornsteinfegertag war ein Monat vergangen und im Adelunghaus sah es noch immer so aus wie an jenem Nachmittag. Überall in der Küche lagerten die prall gefüllten, hübschen Plastiktüten mit dem Aufdruck »Landhausmarkt«, das Kinderzimmer war zugemauert mit Kisten, woran die Adelungkinder jedoch mittlerweile Gefallen fanden. Sie krabbelten, wann immer sie krabbeln mussten, mit großer Freude über die Kistenwand. Das Kinderzimmer war die äußere Räuberhöhle und darin versteckt lag im

Kistenberg die Lebkuchen-Räuberhöhle. Carla schaute nie mehr im Kinderzimmer vorbei. Die Adelungkinder genossen die gewonnene Freiheit.

Beim Hinausgehen blieb Adina im Windfang stehen. Der Kellerschlüssel steckte im Schloss! Sie drehte sich um und winkte ihren Bruder herbei.

»Ich muss in die Schule.«

Kellergierig nickte Bolko. Auf dem Dachboden waren beide vor langer Zeit schon einmal mit Carla gewesen. Mittlerweile war er jedoch so voll gestellt, dass ihre Mutter nie mehr hinaufstieg. Dafür ging sie umso häufiger in den Keller. Leider durften Adina und Bolko nie mit hinunter.

»Pass auf, wo Carla den Schlüssel hintut.«

Bolko zog den Kellerschlüssel aus dem Schloss!

»Meiner.«

»Tu ihn zurück!«

Bolko zuckte mit den Schultern und steckte ihn wieder ins Schloss. Ihr Bruder wurde immer wagemutiger. Er fände bald heraus, wo Carla den Kellerschlüssel aufbewahrte. Kribbelig vor Neugier verließ Adina das Adelunghaus. Aus dem Eckreihenhaus an der großen Wiese trat die Bimssteinklopferin heraus, eine Stehlampe im Arm. Adina steuerte auf die Nachbarin zu, die die Stehlampe auf einen Kostbarkeitenhaufen legte.

»Guten Morgen«, sagte Frau Meier.

Adina traute sich nicht, den Gruß zu erwidern. Es war verboten, was sie hier tat. Aber sie wollte unbedingt etwas von Erla Meier erfahren. Es wäre bestimmt vorteilhaft, bimssteinhöflich zu sein. Sie machte eine kleine Verbeugung, wie sie es beim Schornsteinfeger gesehen hatte, und fragte:

»Was machen Sie da?«

»Es ist Sperrmülltag.«

Das wusste Adina bereits. Ungeduldig schüttelte sie den Kopf und zeigte auf die Stehlampe mit dem bananengelben Schirm.

»Die brauch ich nicht mehr.«

»Das kann man doch nicht wegwerfen«, sagte Adina mit Carlaworten.

»Doch, doch. Ich hab mir eine neue gekauft.«

»Wieso?«

»Die alte gefällt mir nicht mehr. Sie sieht so altmodisch aus.«

Ratlos starrte Adina die bananengelbe Stehlampe an, die aussah wie eine bimssteingute Stehlampe. Sie traute sich nicht, Erla Meier zu fragen, was das Wort »altmodisch« bedeutete. Ihre Mutter verwendete es nie und Bolko auch nicht. Das Wort »modisch« kannte sie und das Wort »alt« kannte sie auch. Adina fragte:

»Die neue Stehlampe sieht jungmodisch aus?«

Erla Meier lachte los:

»Ich hoffe es, ich hoffe es.«

Sie verschwand im Eckreihenhaus. Wie festgeklopft wartete Adina. Sie wollte noch etwas fragen. Als Erla Meier wieder aus dem Haus herauskam, trug sie ein offenes Pappkistchen vor sich her, das sie betont vorsichtig auf ihrem Kostbarkeitenhaufen abstellte. Verblüfft starrte Adina hinein. Im Morgenlicht glänzten die »O ist das wichtig« so jungmodisch verlockend, dass es Adina weh ums Herz wurde.

»Sie werfen die weg?«

»Was weg muss, muss weg.«

»Muss das weg?«

»Doch, doch. Das ist Müll.«

»Was ist Müll?«

»Das sind alte Sachen, die man nicht mehr braucht.«

Eine jungmodische Stehlampe war kein Müll. Eine altmodische Stehlampe war Müll. Alles drehte sich in Adinas Kopf. Sie japste.

»Nun kuck nicht so. Musst du gar nicht in die Schule?«, fragte Erla Meier.

Alles, was sich in Adina drehte, blieb auf einen Schlag stehen. Sie hatte die Zeit vergessen! Die Stehlampenklopferin schaute auf ihre Armbanduhr.

»Es ist zwölf vor acht.«

Entsetzt rannte Adina los, rannte mit klapperndem Ranzen zum haufenlosen Adelunghaus, rannte am Notkestraßenmüll vorbei, rannte durch das Klopferland, bis sie in der Seestraße den Zebrastreifen erreichte. Zum Glück hatten die Klopfer den nicht auf den Müll geworfen. Hoffentlich käme sie nicht zu spät. Keuchend und hustend eilte sie den Windmühlenstieg hoch: überall Müll. Oben angelangt, erblickte sie die wolkenhaarige Amala und die Näsin. Erleichtert überquerte sie den Zebrastreifen. Sie war noch in der Zeit. Doch in ihr raste es: Müll – Müll – Müll.

*

In der Klopferlandschule gebärdeten sich die Chaggas immer wilder, doch Adina hielt sich geschickt abseits. Die Wochen gingen ins Land, aber der Kellerschlüssel blieb gut versteckt. Die Unterschiede zwischen Adelunghaus und Klopferland waren ein einziger Wirrwarr. Was klar getrennt war, verknäuelte sich. Je mehr Adina vom Klopferland kennen lernte, desto fremdartiger erschien ihr das Adelunghaus. Tief in sich spürte sie, dass es einmal eine Zeit ohne Wirrwarr gegeben hatte. Aber diese Zeit verschloss sich ihr.

Adina trat aus dem Erstklässler-Flachbau hinaus und freute sich an der Junisonne, die die letzten Regenwolken vertrieb. Sie näherte sich der Ecke, wo es zum kleinen Pausenhof ging. Die Pfützen glitzerten gefährlich. Nie wieder wollte sie von Chagga in eine Pfütze gestoßen werden. Adina hatte das mulmige Gefühl, dass es an diesem Freitag doch so weit sein könnte. An der Ecke zum kleinen Pausenhof lauschte sie in die blättergrünen Büsche hinein. Alles ruhig. Sie ging weiter. Kein Chagga war zu sehen. In zwei Monaten wäre Bolko an ihrer Seite. Dann sollten sie nur kommen. Nächste Woche wäre sein sechster Geburtstag. Sie würde mit ihm heimlich in der Lebkuchenhöhle feiern. Vorher würde sie bei der Bimssteinklopferin klingeln und fragen, ob sie ein paar Schokoladenkekse bekommen könnte. Hüpferstufen – Glitzerglanzspender – ein Knacken und Knirschen: Völlig überrascht sagte Adina:

»Was machst du da?«

»Hab auf dich gewartet.«

Im Schneidersitz saß Bolko auf dem Windfangboden und grinste seine Schwester an. Warum denn das? Er versteckte sich fast immer in der Lebkuchenhöhle, wo Adina ihn zu begrüßen hatte. Bolko hielt ihr seine rechte Faust entgegen.

»Ich hab was.«

»Zeig schon.«

Ihr Bruder öffnete seine Faust und gab den Blick frei.

»Wo hast du den gefunden?«

»Hier im Windfang.«

»Heute Morgen? Ich hab doch nachgesehen.«

»Du warst schon weg. Da ist Carla noch mal in den Keller gegangen und hat ihn dann stecken lassen.«

»Bist du schon unten gewesen?«

»Nein, ich will mit dir runtergehen.«

Voller Anerkennung schaute Adina ihren Bruder an. Er hatte den ganzen Vormittag auf sie gewartet. Für sie selbst wäre die Versuchung zu groß gewesen.

»Los, schließen wir auf.«

Sie nahm Bolko den Kellerschlüssel aus der Hand und steckte ihn ins Schloss. Beim Umdrehen musste sie stark drücken. Das Schloss brauchte viel mehr Daumendruck als die Haustür, und die brauchte bereits eine ganze Menge. Hinter der Kellertür fiel die Treppe ins Dunkel hinab. Bolko griff um die Ecke und knipste das Licht an. Über Stufen und Wände schleuderte die Glühlampe Strahlengrelle. Wortlos stiegen die Adelungkinder in den Keller hinab. Keine Stufe knarrte. Kühl und trocken empfing sie die Kellerluft. Im Treppenvorraum stapelten sich Kisten über Kisten. Alles sah geordnet aus. Im Kellerflur standen alte Schränke an der einen Wand, waren gefüllt und voll gestellt mit Sächelchen und Dingelchen. Vor einem Schrank mit Glastüren blieb Adina gebannt stehen. Wie altvertraut kam ihr der Anblick vor. Die Glastüren waren von innen mit weißen, rot gewürfelten Vorhängen behängt. War sie schon einmal im Keller gewesen? Sie öffnete die Schranktür. Eine große Pappschachtel, auf dem Deckel ein vergilbtes Eisenbahnbild, leuchtete ihr ins Herz. Die kannte sie. Sie zog die Pappschachtel hervor, lupfte den Deckel und nahm eine Holzlok sowie ein Holzgleis und eine Holzweiche heraus. Sie hatte das Gefühl noch in den Händen, wie sie das kugelige Endgelenk der einen Schiene in die kugelige Einbuchtung der anderen stecken musste.

»Was machst du da?«

Bolko beugte sich zu ihr herunter und kuckte sich die Eisenbahnsachen an.

»Kennst du das?«, fragte Adina.

»Nö. Komm schon, ich muss dir was zeigen.«

Widerstrebend verstaute Adina die Pappschachtel wieder im Schrank und folgte Bolko. Im Heizungskeller fiel sofort der Brenner ins Auge. Er sah so jungmodisch aus wie nichts anderes im Adelungkeller. Bolko hüpfte auf die blau gepolsterte Bank und begann zu schaukeln. Klongklong und wieder nach vorne. Jedes Mal beim Zurückschwingen stieß die Blaubank an die Heizungskellerwand. Freudestrahlend holte ihr Bruder mit den Beinen Schwung. Klongklong. Adina wusste, was das war. Sie hatte selbst einmal darauf gesessen und mit den Beinen Schwung geholt.

»Das ist unsere Hollywoodschaukel.«

Klongklong.

»Die stand früher im Garten.«

Jetzt stand sie nicht mehr im Garten. Adina ging zu den Gartenstühlen neben der Hollywoodschaukel. Klongklong. Eine riesige Rolle Stacheldraht lehnte an der Kellerwand. Klongklong. Adina sah sich, wie sie vor langer Zeit im sonnenwarmen Garten auf der Blaubank schaukelte. Ihr Papa arbeitete am hinteren Zaun und zog Stacheldraht von der Rolle.

Kein Klongklong. Bolko machte sich in der anderen Ecke des Heizungskellers zu schaffen. Adina schaute ihm zu, wie er mit einem Draht an einer Holztruhe herumprökelte. Das Schloss sprang auf und Bolko hob den Deckel hoch. Ein grünes, mit kirschroten Sternen und Kerzen verziertes Tischtuch lag gefaltet obenauf. Bolko zog es beiseite. Darunter prunkten Glitzerkugeln mit Glitzerglanz, hielten Holzgestalten Musikinstrumente in den Händen. Ein verlockender Geruch entströmte der Truhe. Adina griff sich eines der Schnupperpäckchen.

»Was ist das?«, fragte Bolko.

»Hier steht, die sind zum Anzünden.«

»Sind da auch Streichhölzer?«

»Ohne Carla dürfen wir kein Feuer machen.«

»Mama ist nicht da.«

»Das ist zu gefährlich.«

Tief sog Adina den Weihrauchduft ein und spürte, wie er in ihr etwas öffnete.

»Bolko, das sind Weihnachtssachen. Erinnerst du dich? Wir haben auch mal Weihnachten gefeiert – als Papa noch lebte.«

Ihr Bruder blickte sie leer an.

»Riech mal.«

Sie hielt ihm den Weihrauchkegel vor die Nase. Schnuppernd versuchte er sich an der Vergangenheit. Neugierig fragte sie nach:

»Kennst du das?«

Ganz leicht nickte ihr Bruder. Adina genehmigte sich noch einen Schnupperzug vom Weihnachtsduft. Bolko griff tiefer in die Truhe und zog einen durchsichtigen Beutel mit schultütenbunten Einwickelpapieren hervor. Sofort riss er ihn oben auf, schüttete den Inhalt auf den Heizungskeller-Boden und zerrte einen roten, kugeligen Strahlenstern in der Mitte entzwei. Die eine Glitzerhälfte reichte er Adina. Kaum hatte sie den Halbstern in der Hand, rissen die Adelungkinder die Glitzerknisterpapiere herunter. Indessen Adina über ihr Glück staunte, gierte der Fressdachs den Halbstern in sich hinein.

»Iii!«

Bolkos Gesicht verzog sich zu einer Igittfeier. Er spie den zerkauten Halbstern aus, spuckte, stöhnte und fuhr mit seinen Fingern durch den Mund, um sich von den letzten Ekelbrocken zu befreien. Voller Leid schaute er seine Schwester an.

»Iss das nicht!«

Er sprang auf und eilte zur Tür hinaus. Verblüfft hielt Adina ihren ausgewickelten Halbstern in der Hand. Das war Schokolade. Sie sah gut aus. Adina knabberte eine Zahnesspitze von der Leckerei ab, um den Geschmack zu prüfen. Wie ein Schlag erwischte sie die Bitterkeit. Sie spuckte aus. In ihr schlug das Bedürfnis hoch, Wasser in den Mund zu bekommen, Wasser und noch einmal Wasser, um den widerlichen Geschmack fortzuspülen. Die Schokolade schmeckte nach Madenamsel. Ein lautes Krachen und Rumpeln über ihr ließ sie hochfahren. Es folgte ein Schrei. Und noch ein Krachen und Rumpeln. Dann war es still.

Das musste aus dem oberen Flur gekommen sein. Adina eilte die Kellertreppe empor und blieb entsetzt stehen. Die eine Seite der Kistenwand war zusammengestürzt. Einige der Holzkisten waren zerbrochen und zahllose »Wie schön das ist« lagen herum, teils in Scherben, teils heil. Unter den Kisten hörte sie ein Wimmern.

»Bolko!«

Vorsichtig stieg Adina über die Teller und Schüsseln, suchte Halt an der anderen, wackeligen Kistenwand und hörte ihren Bruder wimmern.

»Ich helfe dir.«

Sein Wimmern tat ihr weh. Sie würde ihn befreien. Unter dem Kistenhaufen konnte sie ihn nicht sehen. Sie musste eine der geborstenen Holzkisten wegziehen. Sie klammerte sich an die andere Kistenwand. Es rumpelte. Bevor sie hochschauen konnte, schlug es hart auf sie ein. Sie verlor augenblicklich das Bewusstsein.

*

Als Adina aufwachte, dröhnte ihr Kopf. Er fühlte sich klobig an, wie umwickelt. Langsam meldete sich ihr Augensinn zurück. Die Zimmerdecke über ihrem Bett war ungewöhnlich weiß. In der Räuberhöhle war sie nicht. Unter Schmerzen drehte sie den Kopf ein wenig. Ihre Mutter stand am Fenster und wandte sich zu ihr um.

»Oh, mein Schatz.«

Ihre Mutter setzte sich zu ihr aufs Bett und streichelte ganz vorsichtig Adinas Wangen.

»Carla, wo bin ich?«

»Im Krankenhaus.«

»Es tut so weh.«

»Das sind die Kopfschmerzen.«

Was geschehen war, fehlte. Keine Erinnerung fand sich, wie sie in dieses Krankenhausbett gekommen war. Auf einmal verklumpte in ihr etwas. Sie hatte sich hausgroße Sorgen gemacht.

»Wo ist Bolko?«

Ihre Mutter zögerte mit der Antwort. Sie musste schlucken, ihre Augen schimmerten.

»Ihm geht es gut. Er ist bei Papa.«

7

Die Zeit im Klopferland-Krankenhaus verbrachte Adina schweigsam wie ein Bimsstein. Es roch hier wie Zahnarzt und Erstklässler-Flachbauflur zusammen. Weiß waren die Wände, grün die Bäume draußen, kernlos die Bewegungen der kirschschönen Carla, die täglich zu Besuch kam, ohne dass Adina ein einziges Mal das Gefühl hatte, besucht zu werden. Der Schmerz hinter ihrer Stirn löste sich allmählich auf. Adina gelang es ab und zu, irgendein Gutes in den Tagen zu finden. Manchmal wehte eine Brise durch das gekippte Fenster, wehte Duft von Blättern und Blüten herbei, füllte die Leere im Kopf. So zogen zwei Wochen ohne Schule, zwei Wochen ohne Adelunghaus vorüber. Es war an der Zeit, heimzukehren.

Im Adelungwagen saß sie bimssteinig auf dem Rücksitz, wo sie noch nie alleine gesessen hatte, und ließ die Straßen an sich vorübergleiten. An der großen Kreuzung, die Adina auf dem Schulweg immer so gerne überquerte, bog Carla nicht in die Notkestraße ein, sondern in die Flottbeker Drift, von der sie gleich wieder abbog. Stiller Weg hieß die Straße. Langsam ließ Carla den Wagen auf einen Parkplatz rollen, der an einem Rhododendronrundbeet lag. Sie stiegen aus. Zuerst führte der Weg unter Buchen hindurch, danach öffnete sich der Wald. Carla ging den heckengesäumten Sandweg entlang. All die Wacholder, Rhododendren und Buchsbaumhecken weckten Adinas Neugier. So einen Großgarten hatte sie noch nie gesehen. Und auf den heckenumsäumten Gartengärtlein standen überall die unterschiedlichsten Steine und Blöcke, allesamt beschriftet. Ihre Mutter hielt vor einem der Gartengärtlein an. Er sah auf den ersten Blick so aus wie die anderen Gartengärtlein, an denen sie bisher vorbeigegangen waren. Erst als Adina auf den beiden Steinen die Adelungnamen ihres Bruders und ihres Vaters las, begriff sie, was für ein Garten das hier war. Es war der Ort, wo es Bolko gut ging.

Adina starrte an Carla vorbei auf die Gartengärtleinsteine und entzifferte die grau gewordenen Jahreszahlen ihres Vaters. Die schwarzen Todeszahlen ihres Bruders leuchteten frisch im Granit. Sie bedauerte zutiefst, in den Keller hinabgestiegen zu sein. Ihr Bruder wäre noch am Leben, wenn sie ihn abgehalten hätte. Beim Blick auf die Angaben zu ihrem Vater wurde sie traurig. Ein letztes Bild hakte sich in ihr fest: er im Garten mit Stacheldraht am Zaun. Es war so lange her. Er war nicht da, ihr Bruder war nicht da, und ihre Mutter tat so, als wäre sie auch nicht da. Adina fühlte sich wie ein Bimsstein in einer Madenamsel.

Adelunggarten – Hüpferstufen – ein Knacken und Knirschen: kein Schlüssel in der Kellertür. Die Kistenklippen im Flur ragten höher empor als zuvor. In der Küche bedeckten hübsche Plastiktüten mit dem Aufdruck »Landhausmarkt« den Fußboden, darauf stapelten sich neuer Krimskrams und »Kommt noch weg«. Auf ihrem Stuhl am Esstisch stand ihr Ranzen. Carla verschwand im Keller, um aufzuräumen. Adina nahm den Ranzen und stieg die Treppe hinauf. Nur ein Saumpfad war noch frei zwischen den Packen mit den »Das will ich mir noch ankucken«. Die Borde mit den »O ist das wichtig« waren hinter lauter Kisten verschwunden. Wo holte Carla all diese Kisten nur her? Adina kletterte die Kistenwand hoch und ließ sich auf der anderen Seite in die Räuberhöhle hinuntergleiten. In der Räuberhöhle hatte sich in den letzten zwei Wochen fast nichts verändert. Nur ein wenig Staub war hinzugekommen.

Plötzlich durchzuckte es Adina: Bolko war gar nicht im Gartengärtlein! Wie konnte er dort sein, wo er nie gewesen war? Das war nur ein Gedanke, doch er funkelte. Ihr Bruder versteckte sich in der Lebkuchenhöhle! Adina musste nur hineinkrabbeln, dann würde er sie begrüßen und umarmen. Sie würden lachen, kichern. Er würde ihr durch die Haare streichen und alles wäre wieder gut.

Adina bückte sich und kroch in die Dunkelheit hinein. Leer war es in der Lebkuchenhöhle. Leerer als je zuvor. Adina vergrub ihr Gesicht im kühlen Kissen, das da seit zwei Wochen lag, und begriff nichts mehr.

Da Carla verschwunden war, fiel das gemeinsame Abendbrot aus. Adina nahm sich vom Graubrot, von den Bananen und trank Wasser. Vor dem Schlafengehen fehlte ihr im Bimssteinzimmer die rechte Lust, sich zu waschen. Sie putzte sich die Zähne, spülte den Mund aus. Kein Lachen war an ihrer Seite. Leer gähnte sie das Waschbecken an. Sie säuberte unter dem Wasserstrahl die Zahnbürste, wischte die Schaumreste in den Ausguss und fuhr ein paarmal mit wasserfeuchten Fingern über ihr Gesicht. Eigentlich müsste sie sich ausziehen. Da sie es aber bisher nicht getan hatte, ließ sie es bleiben. Sie strich mit dem Daumen über den besprenkelten Bimsstein, zog die Spritzer zu Striemen lang. Zurück in der Räuberhöhle legte sie sich angezogen ins Bett. Sie hatte das Krankenhaus mit ins Adelunghaus gebracht.

*

Am Morgen überließen sich Mutter und Tochter stumm dem Frühstück. Carla fuhr zur Arbeit, Adina machte sich auf den Weg zur Schule. Es war die letzte Woche vor den Sommerferien. Vor dem Adelunghaus blickte Adina noch einmal zum Kinderzimmerfenster hoch. Nie mehr würde er auf sie warten, nie mehr würde er sich auf ihre Heimkehr freuen. Notkestraße – Osdorfer Landstraße – Seestraße – Windmühlenstieg – Windmühlenweg: Nicht einmal mehr die Zebrastreifen heiterten Adina auf.

Der Parkplatz – der Flachdachgang – die Steinfrauwiese – der Kreuzbauteich: Nie würde Bolko mit ihr diesen Weg gehen. Frau Lange freute sich, dass Adina gesund zurück war. Sie habe sich Sorgen gemacht, da sie nur einen kurzen Brief von Carla erhalten hätte. Wie ein Bimsstein saß Adina im Unterricht. Da waren die Chaggas, Amala, die Näsin und all die anderen Klopferkinder. In der Pause spielten alle, als wäre nichts geschehen. Adina nahm auf der Bank am Kreuzbauteich Platz und starrte auf das sich im Wind wiegende Schilf. Sie versuchte sich über das Glitzern des Wasserspiegels zu freuen. Es gelang ihr nicht so recht. Kraftvoll scheuchte die Sonne zwischen wandernden Wolken Strahlen herab. Ein Spatz hüpfte zum Rosenbeet und fächerte seine Flügel auf, spreizte sein Gefieder und mugelte sich in die staubtrockene Erde. Erst beim Verlassen des Schulgeländes freute sie sich dann doch über das Wetter.

Im Kinderzimmer zog Adina Bolkos Schlafdecke vom Bett und kroch in die Lebkuchenhöhle. Am Abend aß sie ein paar Bissen und ging zum Zähneputzen ins Bimssteinzimmer. Sie wischte ihren Mund sauber, starrte auf den Wasserstrahl, der ins Becken brauste, und auf den Strudel, der über dem Abfluss tanzte. Nach ein paar Augenblicken drehte sie den Wasserhahn zu, gab dem Bimsstein einen Stups und zog sich zum Schlafen zurück. Carla war noch nicht zurück von der Arbeit.

*

Am letzten Schultag verteilte Frau Lange die Zeugnisse, in denen es noch keine Noten gab, nur eine schriftliche Beurteilung. Adina sei zu still, sie würde sich nicht am Unterricht beteiligen und sich stets abseits halten. Die Lehrerin wünschte sich für die Zukunft, dass Adina ihre Scheu ablegen würde. Sie sei ein kluges Mädchen, das noch viel Spaß am Unterricht haben werde. Außerdem wäre es wünschenswert, dass sie etwas mehr auf ihre Kleidung achten würde. Adina las die Beurteilung ein paarmal durch und fühlte sich jedes Mal ein wenig besser. Es war gut, was da stand. Carla wäre auf keinen Fall enttäuscht.

Die Kraft ihrer Mutter reichte für ein spärliches Lob. Sie könne sich bis zum vierten Schuljahr mit den guten Noten Zeit lassen. Adina versuchte nach dem Abendbrot, ein Gespräch über das Gartengärtlein anzufangen. Carlas Augen wurden feucht und sie stand auf: Sie müsse den Wagen aufräumen. Adina schaute zum Windfang hinaus und sah, was Carla meinte. Er war randvoll mit Klopferlandkisten und -tüten. Adina zog sich von dem Anblick zurück und ging ins Bimssteinzimmer Zähne putzen. Sie wischte ihren Mund sauber, starrte auf den Wasserstrahl, der ins Becken brauste, und auf den Strudel, der über dem Abfluss tanzte. Nach ein paar Augenblicken drehte sie den Wasserhahn zu, gab ihrem geliebten Bimsstein einen Stups und zog sich zum Schlafen zurück.

*

Der Sommer in Hamburg wurde heiß. Carla sorgte dafür, dass genügend zu essen im Haus war, pflegte den Garten, hielt die Kellertür verschlossen und räumte weiter das Klopferland auf. Manchmal wachte Adina bis tief in die Nacht am Kinderzimmerfenster, um zu sehen, wann Carla nach Hause kam. Immer war der Adelungwagen gut gefüllt. Sie konnte das Ausräumen vom Flurfenster aus beobachten. Zuerst schaffte Carla die Klopferlandsachen in die Wagenhütte und in den Keller. Müll und nochmals Müll war das. Beklommen verfolgte Adina das Tun ihrer Mutter. Manchmal blickte Carla hoch zum Kinderfenster und winkte ihrer Tochter zu, immer winkte Adina zurück. Nie kam ihre Mutter zu ihr ins Kinderzimmer.

*

Eines Tages überkam Adina beim Spielen der Wunsch, in der Räuberhöhle ein wenig Ordnung zu schaffen. Sie könnte die Kiste, auf der Bolko so gerne gehockt hatte, vom Kleiderschrank wegschieben und auf die Kisten über der Lebkuchenhöhle stellen. Adina umfasste die Holzkiste und zog mit aller Kraft. War die schwer! Nur einen Fingerbreit bewegte sie sich. Die würde sie niemals auf die Räuberhöhle heben können. Adina öffnete den Deckel und begann sie auszuräumen: Elektrokabel, Schnüre, Fahrradschlösser, Hämmer, Wecker, Uhren und ein Radio. Sie griff unter die Kiste und stemmte sie mit aller Kraft empor. Das Holz der Kiste schrammte an der Wand entlang, fand Halt eine Kistenstufe höher. Adina frohlockte. Sie war zwar noch nicht so kräftig wie ihre Mutter, konnte aber die Kiste Stufe für Stufe hochwuchten. Wenig später thronte die leere Holzkiste oben auf dem Kistenberg. Adina blickte hinunter und sah, was noch zu tun war: Elektrokabel, Schnüre, Fahrradschlösser, Hämmer, Wecker, Uhren und ein Radio mussten eingeräumt werden. Beim Hinunterklettern erschrak sie. Wenn Carla den Riss in der Tapete entdecken würde! Er musste von der Holzkiste stammen. Sie setzte sich auf den Kinderzimmertisch und starrte den Schaden an. Aber dann löste sich ihre Anspannung. Carla würde ihn nie entdecken.

Erleichtert machte sich Adina ans Einräumen. Bei den Weckern schaute sie genauer hin. Was unterschied diese von ihrem Wecker? Eigentlich brauchte sie keinen Wecker. Sie wachte immer früh auf. Es war schon lange her, dass ihr Räuberhöhlenwecker geklingelt hatte. Adina ließ ihn jetzt läuten. Hörte er sich jungmodisch an? Ihr Bruder hatte den hellen Klingelklang nie gemocht, ihm waren dunkle Töne lieber gewesen. Von den

Müllweckern läuteten nur wenige. Die Wecker, die läuteten, sahen deutlich weniger jungmodisch aus als ihr Räuberhöhlenwecker. Kratzer und Dellen im Gehäuse, Sprünge im Anzeigenglas fielen Adina auf. Das fehlende Klingeln war das, was den Müll vom Nichtmüll am deutlichsten unterschied. Hübsch waren jedoch alle. Ihre Mutter hatte einen Sinn für schöne Dinge. Adina wählte einen Wecker aus, dessen dunkler Klackerklang ihrem Bruder Vergnügen bereitet hätte, und stellte ihn neben ihren Klingelwecker.

Sie räumte die restlichen Wecker zusammen und stopfte sie in die Kiste, deren Deckel sich auf einmal nicht mehr schließen ließ. War der Müll beim Umräumen mehr geworden? Adina drückte den Müll zusammen und bekam dabei eine winzige »Das kann man doch nicht wegwerfen« mit Armband in die Finger. So eine trug auch ihre Mutter. Adina begutachtete ihren Fund. Kratzer auf dem Gehäuse, Kratzer auf dem Anzeigenglas: also Müll. Sie zog sie auf, hielt sie ans Ohr und horchte hinein. Sie tickte: also kein Müll. Sie stellte die Uhrzeit nach ihrem Klingelwecker und band sich die »Das kann man doch nicht wegwerfen« ums Handgelenk.

Der Schaden in der Tapete sah übel aus. Sie zupfte an dem Tapetenstreifen herum, der am Ende des Risses zusammengeschoben war. Sie zog ihn wieder in die Länge und versuchte ihn dort auf die Tapete zu drücken, wo sie ihn herausgerissen hatte. Er hielt nicht. Mit einem Schwung riss Adina den Streifen ab und kicherte. Mit den Fingernägeln kratzte sie am Riss einen weiteren Streifen ab. Kichernd kratzte sie die Tapete Streifen für Streifen von der Wand. Als sie am Kleiderschrank plötzlich eine Stelle freilegte, die sich von der übrigen Wand unterschied, stutzte sie. War es das, wonach es aussah? Adina kratzte flink weiter. Ihre Finger taten weh. Immer größere Streifen schälte sie von der Wand. Da war etwas hinter der Tapete verborgen! Sie musste den Kleiderschrank wegschieben, um es ganz freizulegen. Sie zog an den Stummelbeinen des Kleiderschrankes. Er bewegte sich überhaupt nicht. Adina räumte ihn aus. Danach versuchte sie es erneut. Wieder hatte sie keinen Erfolg. Der Kleiderschrank war schwerer als die Holzkiste. Sie würde ihn nicht an den Stummelbeinen wegschieben können. Vielleicht gab es aber eine andere Möglichkeit. Sie lehnte sich rücklings gegen die Seitenwand des Schrankes und stemmte sich mit den Füßen gegen die untere Kiste des Räuberhöhlenberges. Mit aller Kraft drückte sie gegen den Schrank. Er bewegte sich, stieß aber an die Wand neben dem Fenster. Adina fing an, hin- und herzuruckeln. Fingerbreit um Fingerbreit verschob sich der Schrank ins Zimmer. Bald war der Spalt zwischen Wand und Schrank so breit, dass Adina hineinschlüpfen konnte. Mit ihren Händen drückte sie sich von der Wand ab und ruckelte ächzend den Schrank Stück für Stück von der Wand fort. Je breiter der Spalt wurde, desto leichter fiel es ihr.

Als der Raum zwischen Wand und Schrank so breit war, dass sich Adina frei darin bewegen konnte, fing sie wieder an zu kratzen. Streifen um Streifen schälte sie herunter. Wie benommen setzte sie die Arbeit fort. Für den oberen Teil musste sie auf einen Stuhl steigen. Sie hatte eine Geheimtür freigelegt, die zwar ein Schlüsselloch besaß, aber keine Klinke. Adina spähte hindurch: alles dunkel. Stracks ging sie zur Räuberhöhlentür und zog den Schlüssel ab. Vielleicht passte er ja. Zuerst prökelte sie das leicht verklebte Schloss der Geheimtür sauber. Der Schlüssel passte genau hinein und ließ sich leicht umdrehen. Adina kicherte. Sie öffnete die Geheimtür und war überrascht von dem Anblick. Das, was sie sah, kannte sie. Eine Kistenwand füllte fast die ganze Tür aus, nur ein kleiner Spalt war oben frei. Sie kletterte hinauf und schlüpfte in den Geheimraum. Überall standen Holzkisten und Stühle. Schnuppernd sog sie die Luft ein. Es roch anders als in der Räuberhöhle. Auf einmal wusste sie, wo sie war: Das hier war das Missgeschickszimmer, in dem sie Bolko eine Woche lang gefangen gehalten hatte. Mit Tränen in den Augen kroch sie über die Kisten, kroch um einen ganzen Haufen von Stühlen herum und erreichte die andere Seite des Missgeschickszimmers. Sie zog den Vorhang beiseite und spähte von oben zum Fenster hinaus. Sie blickte schräg auf das Vordach des Adelunghauses, das bereits im Schatten lag.

Sie merkte auf einmal, wie hungrig sie war. Es musste spät sein. Sie wollte gerade zurück ins Kinderzimmer kriechen, um auf ihrem Klingelwecker nachzuschauen, als sie innehielt. Das hatte sie gar nicht nötig! Sie drehte ihr Handgelenk zum Fenster und warf einen Blick auf ihre »Das kann man doch nicht wegwerfen«: zehn nach sechs – Abendbrotzeit.

Nach dem Essen putzte Adina ihre Zähne und starrte wieder lange auf Wasserstrahl und Wasserstrudel. Dieses Mal hielt sie ihre Hände hinein und bürstete die Tapetenreste unter den Fingernägeln weg. Den Bimsstein rührte sie nicht an.

Müde wie nie lag Adina im Bett. Auf einmal stand sie auf, ging zur Tapetentür und kletterte die Kistenwand hinauf. Sie kroch zur Mitte des Raumes, wo sich der Stühlehaufen befand, zog Hose und Schlüpfer herunter und machte Bächlein. Kichernd kroch sie zurück in die Räuberhöhle und versteckte sich in ihrem Bett. Gartengärtleinglücklich schlief sie ein.

II

Kirsche

8

Früher war der halbjährliche Ausflug ins Klopferland, um Kleidung zu kaufen, immer ein bimssteingroßer Spaß gewesen: aufregend und ungewiss. Dieses Mal war es für Adina eine lästige Pflicht, der sie nur Carla zuliebe nachkam. Ihre Mutter schaffte die vielen Tüten aus dem Adelungwagen bis zu den Kistenklippen im Flur und verschwand dann im Keller, um aufzuräumen. Da der Saumpfad schmal war, schleppte Adina die Tüten einzeln die Treppe hoch. Im Flur vor der Räuberhöhle blieb sie ratlos stehen. Für einen Augenblick dachte Adina daran, die Tüten einfach da stehen zu lassen, wo sie standen. Doch dann regte sich in ihr etwas. Die Tüten mussten ins Kinderzimmer. Sie griff sich die Hemdentüte und versuchte einhändig die Kisten hochzuklettern. Nein, das war sinnlos. Sie brauchte beide Hände, um sich festzuhalten. Sie räumte die Tüte aus, nahm ein Hemd zwischen die Zähne und kletterte die Kistenwand hoch, ließ sich auf der anderen Seite in die Räuberhöhle gleiten und stopfte das Hemd in den Kleiderschrank. Es folgten die anderen Hemden, die Hosen, die Schlüpfer, die Strümpfe, die Pullis und die Schuhe. Noch nie war Adina in so kurzer Zeit so oft über die Kistenwand geklettert. Erschöpft legte sie sich aufs Bett. Doch bevor sie zur Ruhe kam, stand sie wieder auf. Sie ging zur Tapetentür, krabbelte die Kistenwand hinauf, kroch zum Stühlehaufen und machte Bächlein. Kichernd kroch sie zurück und schlief gartengärtleinglücklich ein.

Am Nachmittag erwachte sie mit knurrendem Magen. Draußen klapperte im Vorgarten der Rasenmäher. Adina kletterte aus der Räuberhöhle und blieb im Flur zwischen all den Kisten stehen. Noch lagen dort die drei Papiertüten vom Einkauf herum. Adina könnte sie liegen lassen, doch das würde ihren Sinn für Ordnung stören. Sie faltete sie zusammen und schob sie zwischen zwei Packen mit »Das will ich mir noch ankucken«. Vorsichtig stieg sie den Saumpfad hinab, achtete auf jeden Schritt. Noch einmal wollte sie hier nicht hinfallen. Aus der Küche holte sie sich eine Banane. Windfang – Hüpferstufen: Die Auffahrt lag im Schatten. Der Adelungwagen stand wieder in der Wagenhütte. Dort war also genügend Platz. Im Vorgarten, wo Carla den Rasen mähte, duftete es wolkenhaft nach geschnittenem Grün. Adina bückte sich, ergriff eine Hand voll Rasenschnitt und roch daran. Ohne die Banane hätte sie sich am liebsten hingelegt und wäre über den Rasen gerollt. Sie ging mit der Hand voll Rasen zu ihrer Mutter und hielt ihr das duftende Grün hin.

»Riech mal.«

Ihre Mutter schnupperte und verzog keine Miene.

»Du kannst das Gras auf den Komposthaufen werfen«, sagte sie.

Enttäuscht über die fehlende Begeisterung watschelte Adina über den noch ungeschnittenen Rasen zur Rückseite des Adelunghauses. Sie warf die Hand voll Rasen auf den Komposthaufen und die Bananenschale obenauf. Das Gelbe und das Grüne sahen aus wie Ei mit Spinat. Mit einem Stöckchen stocherte sie im Kompost herum und legte etwas Weißes frei. Sie hielt es in die Höhe und schnupperte daran. Der weiße Kopf roch nicht mehr nach Madenamsel, sondern nach Komposthaufen. Nach und nach wurde aus dem Gartenkrimskrams Erde. Warum gab es im Adelunghaus keinen Komposthaufen? Mit zwei Fingern zog sie einen Regenwurm hervor, trug ihn zum Gartenzaun und spießte ihn am Stacheldraht auf. Unter den tief hängenden

Zweigen des Kirschbaumes nahm Adina Platz und beobachtete, wie sich der Regenwurm im Sonnenschein kringelte, ohne freizukommen. Nach einer Weile flog eine Amsel herbei und setzte sich auf den Zaun. Zwei Schnabeldrehungen später flog die Amsel zum Sportplatzgelände hinüber. Sie würde dort ihr Nest haben. Zufrieden über die geglückte Fütterung kehrte Adina zurück in den Vorgarten, wo sie ausgiebig auf dem wolkengut duftenden Rasen herumrollte.

*

Am Montagmorgen beim Frühstück bekuckte Adina ihre Mutter ein wenig genauer. Carla trug andere Kleidung als am Wochenende bei der Gartenarbeit. Die Sachen sahen überaus ordentlich aus. Ihre Mutter schlief immer im Schlafanzug und nie in Straßenkleidung, wie es sich Adina gerade angewöhnte. Carla war bereit für ihre Arbeit im Klopferland. Wieder verginge ein Tag, dachte Adina traurig, und ihre Mutter brächte am Abend Kostbarkeiten mit, nicht aber das, wonach sich Adina sehnte. Warum konnte Carla nicht wenigstens wieder so sein wie vor dem Krankenhaus?

Einsam verbrachte Adina den Tag. Sie spielte im Haus. Sie spielte im Garten, fütterte Amseln und Ameisen mit Regenwürmern, spielte in der Räuberhöhle, machte Bächlein im Bächleinzimmer, wo es allmählich immer besser roch.

Abends kehrte Carla heim, als Adina gerade am Küchentisch eine Scheibe Graubrot aß. Ihre Mutter begrüßte sie kurz. Sie wirkte erschöpft, wie nach zwei Tagen Gartenarbeit auf einmal, doch ihre Kleidung sah nicht danach aus. Sie trug eine andere Bluse und eine andere Jacke. Hatte sie für sich auch neue Kleidung gekauft? Oder sich im Unternehmen umgezogen? Carla kam in die Küche, blieb am Küchentisch stehen und schaute Adina zu, wie sie an ihrem Graubrot kaute. Adina roch es ganz genau. Ihre Mutter duftete zart nach Blüten und etwas fremdartig Schönem. Der Geruch drängte sich nicht auf. Er war wie eine Hüpfspur im Sand.

Ihre Mutter strich Adina durch die Haare. Nicht nur ein Mal, viele Male. Starr vor Glück hörte Adina auf zu kauen. Sie mochte nicht einmal mehr den Graubrotbissen hinunterschlucken – aus Angst, dass der kostbare Augenblick zerbrechen könnte.

»Schatz, du hast hübsche Haare. Willst du sie wachsen lassen?«

Mehr als ein Nicken brachte Adina nicht zustande. Mit einem Bimsstein im Hals sah sie ihrer Mutter hinterher, die die Küche verließ. Vor dem Zubettgehen vergaß Adina, ihr Bächlein im anderen Zimmer zu machen. Es würde alles gut werden. Ihre Mutter würde bald einen Komposthaufen im Adelunghaus anlegen und dann würde der Müll jungmodisch.

*

Sechs Wochen lang wuchsen Adinas Haare unberührt weiter; Carla fehlte die Zeit, ihre Tochter zu streicheln. Der erste Schultag brachte Kribbel und Unruhe. Adina wuchtete den Ranzen auf die Kistenwand vor der Räuberhöhlentür, kletterte hinauf und ließ sich in den Flur hinabgleiten. In der Küche war das Frühstück nicht aufgedeckt. Adina nahm sich ihren krümeligen Teller vom Abendbrot, wischte ihn über der Spüle mit den Fingern ab, stellte ihn auf den Küchentisch, spülte ihren Becher aus und füllte ihn mit Wasser. Ein Blick auf ihre »Das kann man doch nicht wegwerfen« machte sie unruhig. Da stimmte etwas nicht. Adina ging zum Zimmer ihrer Mutter. Sie klopfte.

»Carla, es ist schon zwanzig nach sieben.«

Im Zimmer, das Adina nie betreten durfte, blieb es ruhig. Adina klopfte noch einmal. Erleichtert hörte sie ein Geräusch. Sie wiederholte, was sie gesagt hatte. Sie bekam eine gemurmelte Antwort:

»Ich komme gleich.«

Noch verschlafen öffnete ihre Mutter die Tür, blinzelte, gähnte und sagte:

»Der Wecker hat nicht geklingelt.«

»Nimm doch zwei. Ich hab auch zwei.«

»Du hast zwei Wecker?«

»Eine ganze Kiste davon ist in meinem Zimmer.«

»Ach, mein Goldstück.«

Ihre Mutter schloss Adina in die Arme, strich ihr durch die Haare. Ohne zu zögern, schlang Adina ihre Arme um Carlas Hüften. Ganz warm war der Schlafanzug und ihre Mutter roch besser als Zimt und Banane zusammen. Vor Glück wurden Adinas Augen feucht. Sie hatte Angst, dass sich Carla, weil die Zeit drängte, aus der Umarmung lösen würde. Ihre Mutter strich ihr durch die Haare und hielt sie ganz fest. Lange.

»Mein Schatz«, sagte Carla, »für das Frühstück habe ich keine Zeit mehr. Sieh zu, dass du einen Happen isst.«

Graubrot war alle. Obst war alle. Adina nahm sich aus der geöffneten Knäckebrotpackung eine Scheibe. Allein, aber glücklich setzte sie sich an den Küchentisch. Es war so schön, wenn Carla ihr durch die Haare strich. Das Knäckebrot knackte nicht beim Abbeißen. Adina spülte es mit einem Schluck Wasser hinunter. Mehr als eine der muffigen Scheiben schaffte sie nicht. Um zwanzig vor acht schulterte Adina im Flur ihren Ranzen. So spät machte sich ihre Mutter nie auf den Weg zur Arbeit. Die Bimssteinzimmertür öffnete sich, Carla trat hinaus auf den Flur und schenkte Adina ein Lächeln zum Abschied. Glücklich lächelte Adina zurück. Es würde alles gut werden.

Hüpferstufen – Steinplattenweg – frisch gemähter Rasen: Fröhlich schlurfte sie über den Sandweg. Sie freute sich auf den Schulweg. Notkestraße – Osdorfer Landstraße – Seestraße: Ein Kellenklopfer winkte sie über den Zebrastreifen. Wie im letzten Jahr. Je weiter sie den Windmühlenstieg nach oben ging, desto trauriger wurde sie. Auch am Zebrastreifen des Windmühlenweges winkte ein Kellenklopfer. Mit jedem Schritt fühlte sich Adina elender. Nie wieder würde sie Bolko den Zauberhut überstülpen können.

Von rechts rückten die Chaggas heran, von links der Amala-Schwarm. Adina beeilte sich, um vor ihnen das Schulgelände zu erreichen. Flachdachgang – Steinfrau – Kreuzbauteich: Ein Schild wies den Weg zum neuen Klassenraum. Er lag ganz hinten am großen Pausenhof. Auf allen Tischen standen Namensschilder. Die Sitzordnung war wie in der ersten Klasse. Das zweite Schuljahr begann.

*

Mit der stummelnasigen Papierschere schnitt Adina kleine Rechtecke aus und klebte sie auf dem großen weißen Bogen kunterbunt übereinander.

»Was soll das sein?«, fragte Frau Lange. »Das ist hübsch.«

»Ein Berg aus Kisten und das ist der Eingang zur Räuberhöhle.«

»Du spielst gerne in der Räuberhöhle?«

»Ja.«

»Das sieht man.«

Adina war nicht klar, was ihre Klassenlehrerin damit meinte. Sie ließ sich aber nicht ablenken, bekleckste die Rückseite einer kirschroten Papierkiste mit Kleber und brachte sie oben auf dem Kistenberg in die richtige Lage. Frau Lange fragte:

»Ihr habt das große Haus an der Notkestraße beim Sportplatz?«

Woher wusste ihre Lehrerin, wo sie wohnte?

»Meine Eltern hatten auch ein großes Haus. Am liebsten spielte ich auf dem Dachboden zwischen all dem Gerümpel mit meinem Bruder Verstecken.« Frau Lange lächelte. »Meine Mutter nannte mich immer Dreckspatz.«

Jetzt wurde das Gespräch gefährlich. Für einen Augenblick

leuchtete in Adina das Bild von Frau Lange auf, wie sie als Dreckspatzmädchen auf dem Dachboden herumtobte. Auch erwachsene Klopfer waren einmal kleine Klopfer gewesen. So richtig bewusst gemacht hatte Adina sich das nie.

»Spielst du mit deinem Bruder Verstecken?«

In Adina verrutschte alles. Frau Lange lächelte immer noch.

»Deine Mutter hatte ihn hier am Windmühlenweg angemeldet. Doch dann hat sie ihn wieder abgemeldet. Bist du enttäuscht, dass er auf eine andere Grundschule geht?«

Begraben unter Gartengärtleinelend brachte Adina eine Antwort hervor:

»Ja.«

Chagga rief durch die Klasse:

»Frau Lange, Sie müssen unbedingt herkommen! Ich hab hier was ganz Tolles!«

»Gleich, Jan.«

»Frau Lange!« Chagga wedelte mit seiner Papierschere. »Bitte! Sie müssen kommen!«

Am Chagga-Tisch rief die Klassenlehrerin entsetzt aus:

»Jan, bist du verrückt geworden?«

»Sie haben doch gesagt, wir können alles nehmen.«

»Aber doch nicht die Hand deines Freundes!«

Mammut riss seine linke Hand mitsamt dem weißen Bogen, an dem sie festgeklebt war, in die Höhe. Mit der Papierschere klappernd johlte Chagga:

»Halt still! Sonst kann ich sie nicht abschneiden.«

»Schluss mit dem Unfug!« Frau Lange zog den noch nicht richtig festgeklebten Bogen von Mammuts Hand ab und stauchte die beiden zusammen: »Tobias, ab nach draußen und wasch deine Hand! Jan, in die Ecke!«

In der Klasse mochte bis zum Ende der Stunde die Heiterkeit nicht mehr verebben. Immer wieder drehten sich einige der Klopferkinder zu Chagga um. Er stand viel öfter in der Böse-

Kinder-Ecke als Gumpen und Esel-Uwe. Von den Chaggas landete nur Mammut kaum einmal dort. Bei den Mädchen wurde die freche Näsin am häufigsten von Frau Lange bestraft. Amala war noch nie in die Ecke geschickt worden.

In der großen Pause wanderte Adina aus alter Gewohnheit zum Kreuzbauteich, während die Klopferkinder auf dem großen Pausenhof herumtobten. Sie musste immer noch an das Dreckspatzgespräch mit Frau Lange denken. Zum ersten Mal war sie Chagga dankbar. Er hatte sie aus diesem Klopfergespräch befreit.

Adina wurde wieder traurig. Wäre Bolko eingeschult worden, säßen sie jetzt zusammen am Kreuzbauteich. Er würde ihr von seiner Klopferklasse erzählen. Sie würde ihm Ratschläge geben, wie er sich am besten verhielte, und ihm verraten, was als Nächstes im Unterricht an die Reihe käme. Trübsinnig stand sie auf und ging zum kleinen Pausenhof neben dem Erstklässler-Flachbau. Es wäre so schön, wenn Bolko hier herumtollte. Sie verriete es auch nicht Carla, wenn er mit seinen Klassenkindern spielte. Traurig schaute sie den kleinen Klopfermädchen zu, die Seil sprangen. Plötzlich wurde Adina mit einem Ruck nach hinten gerissen. Eine nach Klebstoff riechende Hand drückte ihr den Mund zu. Kräftige Arme zerrten sie ins Gebüsch am Flachbau. Sofort schlug Chagga zu. Er zischte sie an:

»Du stinkst! Du bist dreckig!«

Seine Schläge verloren an Härte. Adina wimmerte in die Klebstoffhand und wurde zu Boden gedrückt. Chagga griff sich eine Hand voll Erde, zog Adinas Hemd nach oben und seifte sie am Bauch ein. Fürchterlich kalt war die schwarze Erde.

»Nur ein Wort zu jemandem und ich mach dich fertig.«

Die Chaggas verschwanden so schnell, wie sie gekommen waren. Adina schluckte ihre Tränen hinunter, rieb sich die Erde von der Haut und stand voller Schmerzen auf. Erstarrt glotzten die Erstklässler sie an. Erst als sie sich bewegte, fingen die kleinen Klopferkinder wieder an zu spielen. Gekrümmt ging Adina zurück zum Zweitklässler-Flachbau. Carla hatte Recht. Auf dem Örtchen spülte sie ihre Hände sauber. Für einen Augenblick dachte sie daran, auch ihren Bauch zu waschen. Doch sie ließ es bleiben. Sorgfältig trocknete sie mit dem salatgrünen Papier ihre Hände ab. Zwischen ihren Beinen spürte sie etwas. Sie schob ihre wasserkalte, trockengerubbelte Hand in die Hose. Der Schlüpfer war feucht. Zu allem Unglück hatte sie auch noch Bächlein gemacht. Kreuzunglücklich saß sie die letzte Stunde ab.

Bolkolos machte sie sich auf den Heimweg. Der feuchte Stoff scheuerte zwischen ihren Beinen. Im Adelunghaus wusch sich Adina als Erstes und wechselte ihre Bächleinsachen. Danach kuckte sie sich hungrig in der Küche um: weder Obst noch Brot, nur die alte Packung Knäckebrot. Lustlos zupfte Adina eine Scheibe heraus, füllte ihren Becher mit Leitungswasser und setzte sich an den sonnenüberfluteten Küchentisch. Sie nippte am Wasser und biss ein Stück vom muffigen Knäckebrot ab. Sie spülte den Brotbrei mit einem Schluck Wasser hinunter und machte es mit dem nächsten Bissen genauso.

Nach der ersten Scheibe hatte sich der Hunger beruhigt. Adina zog eine zweite Scheibe aus der Packung und fing an, einen großen Bissen Knäckebrot zu kauen. Sie stopfte sich einen zweiten Bissen in den Mund und kaute weiter. Mit Kugelbacken starrte sie nach draußen, wo Erla Meier gerade vorbeiging und zu winken begann. Wild winkte Adina zurück. Erla Meier blieb stehen. Adina schob eine der oberen Plastiktüten mit dem hübschen Aufdruck »Landhausmarkt« beiseite, spie den Doppelbissen Knäckebrot aus und drückte die Tüte zurück an ihren Platz. Flur – Windfang – Knacken und Knirschen: Adina sauste die Hüpferstufen hinunter. Lächelnd wartete die Bimssteinklopferin am Gartenzaun.

»Hallo, Adina, was hast du auf dem Herzen?«

»Hunger.«

»Du willst etwas zu naschen haben?«

Bevor Adina eine Antwort zusammenbrachte, zog die Bimssteinklopferin aus der gut gefüllten Einkaufstasche eine Packung Kekse hervor.

»Hier.«

Verlegen streckte Adina die Hand aus.

»Guten Appetit, meine kleine Dame.«

Die Bimssteinklopferin deutete ein Winken an. Adina winkte zaghaft zurück. Erst als Frau Meier über den Notkestieg außer Sicht geriet, zog sich Adina ins Adelunghaus zurück. In der Küche hielt sie die Buntpackung in der Hand. Sie musste an Bolko denken. Alles sträubte sich in ihr. Sie konnte keinen Schokoladenkeks in den Mund stecken. Mit einer Madenamsel im Bauch schob sie die Buntpackung tief unter die Landhausmarkt-Tüten.

*

Der Herbst vertrieb den Sommer. Carla ging zur Arbeit und räumte Tag für Tag das Klopferland auf. Kiste auf Kiste schaffte sie vom Wagen in die Wagenhütte und von dort in den Keller. Ein leeres Adelunghaus müsste schöner sein als Bimsstein, Kirsche und Wolke zusammen. Adina hoffte, dass ihre Mutter nach dem Aufräumen wieder Zeit für sie hätte. Die Erlakekse schlummerten unentdeckt unter den Tüten in der Küche, wo Adina fleißig Doppelbissen verstaute.

In der Klopferlandschule wurden die Chaggas immer dreister und wilder. Jeden Tag verklopften sie jemanden hinter dem Zweitklässler-Flachbau, wo sie vor den Blicken der Lehrer besser geschützt waren als im Gebüsch beim kleinen Pausenhof.

*

Das Aufräumen im Adelunghaus nahm kein Ende. Adina und Carla redeten immer weniger miteinander. Im Dezember erzählte sie ihrer Mutter nichts von dem bevorstehenden Julklapp. Sie brauchte keine Hilfe. In einer Räuberhöhlenkiste stöberte sie einen »Das kann man doch nicht wegwerfen« auf und wickelte ihn mit dem Weihnachtspapier vom Vorjahr ein.

Tannenzweige – eine rote Kerze mit gelber Zipfelmütze – ein Blauhaufen von Geschenken: Die Julklappstimmung nahm Adina gefangen wie im letzten Jahr. Als das Verteilen der Geschenke begann, durchkribbelte es sie. Es gab im Klopferland Bräuche, die Spaß machten. Immer mehr Geschenke wurden auf die Reise geschickt. Bei Amala wuchs der Papierhaufen in die Höhe. Was Adina verwunderte, war der riesige Haufen bei Chagga. Der war sogar größer als der von Amala.

Es wäre so schön, auch einmal Papier in Massen von Geschenken herunterzureißen und dann durch die Klasse zu flitzen. Während der letzten Monate hatte Chagga gut und gerne die Hälfte der Klasse verklopft. Seiner Beliebtheit tat das keinen Abbruch. Das Klopferland war sonderbar. Alle freuten sich, wenn er kam. Alle freuten sich, wenn sie ihm ein Geschenk auf den Tisch legen durften. Er trieb seinen Spaß mit ihnen und sie freuten sich, ihm ein Geschenk zu überbringen. Kein Kind in der Klasse kam jedoch so oft unter die Fäuste wie Adina. Leicht wütend beobachtete sie, wie sich ihr Geschenk auf die Reise machte. Dieses Geschenk würde Chagga nicht in die Finger bekommen. Seinen Namen schreiben? So etwas Erbärmliches täte sie niemals. Als Shirin ihr Geschenk auspackte, wurde Adina leicht ums Herz. Dann war es so weit! Klackernd hüpfte der »Das kann man doch nicht wegwerfen« über die Tischplatte und zog die Blicke auf sich. Shirins Zwillingsbruder Vincent durfte als Erster den Metallfrosch in die Hand nehmen. Auf einmal stand Esel-Uwe vor Adina und legte ein Geschenk auf den Tisch.

»Das ist für dich, oder?«

Ohne eine Antwort abzuwarten, verschwand Esel-Uwe wieder. Adina nahm das Päckchen in die Hand. Die Amala-Taschenlampe vom letzten Jahr war wunderschön gewesen. Auf dem Zettelchen war zu lesen: Stinki. Was würde sie dieses Jahr bekommen? Es war ein Stück Seife.

9

Kalt zwickte die Winterluft in Adinas Nase und Wangen. Erleichtert und traurig ging sie die Notkestraße hoch. Die Weihnachtsferien brächten Alleinsein. Wie schön wäre es, mit Bolko die nächsten Wochen zu verbringen. Sie wühlte ihre Hände tiefer in ihre Manteltaschen. Da entdeckte sie eine vertraute Gestalt, die aus dem »Urnenfeld« kam. Die Kirschklopferin trug ihre Einkaufstasche gemächlich die Notkestraße entlang. Adina beschleunigte ihre Schritte. Vielleicht könnte sie sie noch einholen. Doch je näher sie kam, desto langsamer wurden ihre Schritte wieder. Sie hätte laufen können, sie tat es nicht. Sie näherte sich der Kirschklopferin, ohne aufzuschließen. Vor dem Adelunghaus blieb ihre Nachbarin stehen und schaute in den Garten. Warum ging sie nicht weiter? Adina blieb auch stehen. Erla Meier wandte den Kopf nach links und freute sich.

»Ich habe gerade an dich gedacht. Wie geht es dir?«

»Gut.«

»Und deinem Bruder? Ich habe ihn so lange nicht mehr gesehen.«

Adina zögerte. Das war eine gefährliche Frage. Obwohl sie nicht darüber reden durfte, sagte sie:

»Bolko ist im Juni gestorben.«

Die Kirschklopferin sprach Adina ihr Beileid aus. Sie sagte noch ein paar Sätze und fragte nach dem Wann und Wieso, doch Adina mochte nicht mehr reden. Sie musste gegen ihre Tränen kämpfen. Zum Abschied schenkte ihr die Kirschklopferin eine ganze Packung Lebkuchen. Verlegen zog sich Adina ins Adelunghaus zurück. Mit feuchten Augen vergrub sie die zweite Buntpackung unter einer anderen Landhausmarkt-Tüte. Sie nahm sich von dem alten Graubrot, stopfte es in sich hinein – es schmeckte madenamselig. Adina kroch zurück in ihr Kinderzimmer und legte sich ins Bett. Sie könnte sterben und Carla würde es nicht merken. Adina beschloss, ihr Zimmer nicht mehr zu verlassen. Durstig und hungrig wachte sie am nächsten Morgen auf. Wenig später hörte sie Schritte auf der Treppe und dann die Stimme ihrer Mutter:

»Adina, aufstehen! Wir wollen nachher zum Einkaufen in die Stadt fahren.«

Sie schwieg.

»Adina, aufstehen!«

Wolkenglücklich rief Adina:

»Ich komm gleich!«

Sie sprang aus dem Bett und riss sich die Straßenkleidung vom Leib, in der sie sich seit Wochen wohl fühlte. Ihre Füße waren gräulich dunkel, Bauch und Brust waren so erdgrau, dass die blauen Flecke kaum ins Auge stachen. Adina schlüpfte in frische Sachen, die sie seit dem letzten Kleiderkauf nicht ein einziges Mal getragen hatte, und fühlte sich klopferlandsauber. Im Bimssteinzimmer zog sie sich noch einmal aus und wusch sich halbherzig mit warmem Wasser. Den Bimsstein rührte sie nicht an. Sie wollte den Schmutz der letzten Monate nicht fortwaschen. Den Kleiderkauf ließ sie teilnahmslos über sich ergehen. Ausflüge ins Klopferland besaßen nicht mehr den Reiz wie früher.

*

Im neuen Jahr kam der Winter grimmig über Hamburg. Am Sonnabend nach der ersten Schulwoche spielte Adina ausgiebig im Garten. Zum ersten Mal baute sie einen Schneemann, wie sie es auf dem Schulhof gesehen hatte. Müde vom Spielen im Schnee schlief sie anschließend bis in den Nachmittag hinein. Abends ging sie zeitig ins Bett, wachte aber bereits nach Mitternacht wieder auf. Sie versuchte einzuschlafen, was ihr nicht gelang. Sie stieg aus dem Bett, zog ihre Schuhe an und kletterte zur Räuberhöhle hinaus. Vielleicht war ihre Mutter auch wach. Es wäre so schön, wenn sie einmal wieder mit ihr reden könnte. Unschlüssig stand sie im unteren Flur vor dem Zimmer, das sie nie betreten durfte. Adina hob ihre Hand, um zu klopfen. Sie hielt inne. Durfte sie ihre Mutter tief in der Nacht wecken? Unsicher ließ sie die Hand sinken. Es wäre so schön, wenn Carla das Haus aufräumen würde. Am liebsten hätte sie ihrer Mutter befohlen: Räum auf! In aller Strenge, so wie Carla es tat. Aber vielleicht wäre es besser, ganz lieb zu bitten: Bitte, räum auf. Sie würde diese Nacht nicht klopfen. Sie würde niemals klopfen.

Es knackte und knirschte. Adina verschloss die Haustür und stieg die schneebedeckten Hüpferstufen hinunter. Das Licht der Straßenlampen tauchte den Garten in Zwielicht. Alles war so ruhig. Adina ging ums Haus herum. Die schneebeladenen Zweige des Kirschbaumes hingen tief durch. Am weiß bedeckten Komposthaufen hielt der Schneemann Wache. Sie würde ihren Bruder niemals mehr mit Lebkuchen füttern können. Vor Traurigkeit wurden ihre Beine schwer. Nur langsam setzte sie ihre Runde fort. Im Vorgarten sprang in Adina der Wunsch auf, Bolko zu besuchen. Sie hatte ihn so lange nicht mehr besucht. Es war zwar verboten, nachts das Grundstück zu verlassen, aber Carla schlief. Mit dem Glitzerglanzspender schloss sie die Gartenpforte auf. Die Notkestraße lag so ruhig da, dass Adina sich sicherer fühlte als am Tage. Wenn Carla sie erwischen sollte, würde sie die Gelegenheit nutzen und ihr sagen, dass sie endlich das Haus aufräumen sollte. Sie ballte ihre Fäuste und fühlte sich in ihrer aufsteigenden Wut allmählich besser. Unten an der

Osdorfer Landstraße verrichteten die Ampeln ihren Dienst, obwohl kaum ein Auto unterwegs war. Hie und da waren ein paar Klopferfenster erleuchtet. Als Adina den Friedhof betreten wollte, war das Eisengittertor verschlossen. Daran hatte sie nicht gedacht. Traurig verweilte sie vor dem wuchtigen Tor. Schlaf gut, Bolko.

Sie trottete hinunter zur Osdorfer Landstraße. Ziellos tapste sie durch den Schnee. Das Klopferland sah nachts im Schnee so unschuldig aus. Sie überquerte die Osdorfer Landstraße, ließ die Seestraße links liegen und wanderte die Osdorfer Landstraße hinauf. Vergnügt trat sie mit den neuen Winterstiefeln den Schnee von den Gehwegplatten, dass es staubte. Ab und zu sauste ein Auto mit hellem Scheinwerferlicht auf sie zu und an ihr vorbei. Von denen hatte sie nichts zu befürchten. Die rochen genauso gut wie der Adelungwagen.

Sie kam an einer kleinen Seitenstraße vorbei: Viereck. Die kannte sie nicht. Sie ließ die Straße links liegen, wanderte weiter und blieb überrascht vor dem nächsten Straßenschild stehen: wieder Viereck! War sie nicht gerade an dem Schild vorbeigekommen? Seltsam. Das wollte sie genauer wissen. Sie ging in die Straße hinein, bog um zwei Ecken und kam ein Stück weiter unten an der Osdorfer Landstraße heraus. Die Straße Viereck hatte die Form eines Vierecks! Belustigt setzte Adina ihren Weg fort. Vielleicht hieße die nächste Seitenstraße Dreieck? Adina lachte vor sich hin. Nachts unterwegs zu sein brachte Bimssteinspaß. Das nächste Straßenschild konnte sie erst lesen, als sie davor stand: Windmühlenweg! Für Autos war hier kein Durchkommen, nur für Fußgänger. Adina strebte los. Wenn sie dem Windmühlenweg folgte, musste sie zu ihrer Schule gelangen. Vielleicht war das Schultor offen, dann könnte sie dem Kreuzbauteich einen Besuch abstatten. Zu ihrer Linken kam sie an drei Straßen vorbei, die sie von der Seestraße her kannte: Wolsteinkamp – Staudingerstraße – Von-Thünen-Straße. Bei der Schulpforte hatte sie erneut Pech. Sie war verschlossen. Mit ihren Fäustlingen strich Adina über das Schneehäubchen auf der Pforte und schob den Schnee zusammen. Es staubte. Vergnügt ballte sie ein paar Schneebälle und warf sie auf die Bogenlampe am Zebrastreifen. Einer traf, die anderen sausten auf die Straße. Warum hatte sie das bisher noch nicht gemacht? Immer wieder ballte sie Schneebälle und warf sie an Bäume, Zäune, Schilder und Lampen. Am liebsten hätte sie Chagga einen ins Gesicht geschleudert, aber der war zum Glück nicht da. Die Nacht gehörte ihr.

Beschwingt machte sie sich auf den Heimweg. Windmühlenstieg – Seestraße – Osdorfer Landstraße – Notkestraße: Ohne Ranzen ging es sich viel angenehmer. Als Adina den Fäustling auszog und den Glitzerglanzspender hervorholte, wurde ihr leicht ums Herz. So still lag das Adelunghaus da, so schön war es. Viel schöner als jedes andere Haus im Klopferland. Es knackte und knirschte. Im Windfang verschlug es ihr die gute Stimmung. Zornig atmete sie ein und aus. So klar war die Winterluft gewesen, so streng roch es im Adelunghaus nach madenamseligen Doppelbissen und tigerigem Bächleinzimmer.

Adina legte Mantel, Schal und Fäustlinge ab und witterte in die Küche hinein. Es roch nicht gut. Sie ging am Carlazimmer vorbei. Sie würde nicht klopfen. Ihre Mutter würde bald alles sauber machen. Adina stieg den Saumpfad hinauf. Je höher sie stieg, desto kräftiger wurde der Tigergeruch. Er war auf der Treppe viel stärker als im Windfang. Sie pirschte sich voran. Vor der Flurtür zur Tigerhöhle roch es am stärksten. Ihre Mutter war vor Weihnachten hier oben gewesen. Sie hatte nichts gesagt. Es war also nicht so schlimm. Adina verkrümelte sich in die Räuberhöhle, wo es viel weniger roch als im Flur. Vielleicht sollte sie mit Doppelbissenkauen und Bächleinmachen aufhören? Sie zog ihre Schuhe aus, legte sich ins Bett und wog das Für und Wider ab. Bevor sie müde wurde, fand sie die Antwort. Sie stand auf, kletterte in die Tigerhöhle und machte Bächlein, wie sie immer Bächlein machte. So scharf wie hier roch es nirgends. Ihre Mutter würde es bald entdecken. Sie würde fürchterlich böse werden, aber alles sauber machen. Der Müll käme auf einen Komposthaufen und im Adelunghaus wäre es so schön, als hätte es gerade geschneit.

*

In den nächsten Wochen wanderte Adina immer öfter durch die Nacht. Der Schnee schmolz. Erste Blätter sprossen. Bald verschwand sie jede Nacht aus dem Adelunghaus, um das Klopferland zu erkunden. In der Schule wurde sie wie eh und je verklopft. Doch es gelang ihr, nicht mehr Bächlein zu machen. Da ihre Mutter sie auf die Gemeinheit der Klopfer vorbereitet hatte, wanderte Adina ohne Angst über das Schulgelände.

Die letzte Woche im April verlief seltsam. Am Montag wurde sie verklopft. Am Dienstag geschah nichts. Am Mittwoch geschah nichts. Und am Donnerstag geschah erneut nichts. Eine solche Woche hatte es seit langem nicht mehr gegeben. Während der großen Pause am Freitag wanderte Adina umher, zeigte sich auf dem Schulhof, machte einen Bogen zur hinteren Ecke des Zweitklässler-Flachbaus, wo die Chaggas sie immer verklopften. Keiner beachtete sie. Adina wanderte um den Kreuzbau herum, setzte sich an den Teich, freute sich über das Schilf und die Spatzen. Sollte sie etwa um ihre Verklopfung bitten? Es war ein so schöner Apriltag. Bestimmt schlügen sie nach der letzten Stunde zu.

Die letzte Stunde klöpfelte an Adina vorüber. Sie beobachtete die Chaggas. Sie gaben sich im Unterricht wie immer. Roland Mäusezahn war mundfaul, Chagga frech und vorlaut, Esel-Uwe dumm, Gumpen klug; nur Mammut war anders. Nichts fiel ihm leicht, nichts fiel ihm zu, doch er bemühte sich, ohne aufzugeben.

Nach dem Klingeln ließ sich Adina Zeit mit dem Zusammenpacken ihrer Sachen. Die Chaggas verschwanden einer nach dem anderen aus dem Klassenzimmer. Nichts deutete auf etwas hin. Die Woche schien ohne weitere Verklopfung auszuklingen. Als eine der Letzten verließ sie die Klasse. Im Mantelvorraum standen die Chaggas dann doch beisammen und schienen auf sie zu warten. Adina gab sich Mühe, den Ekel vor dem Klopfergeruch zu unterdrücken. Vielleicht hätte sie Glück und könnte an ihnen vorbei aus dem Zweitklässler-Flachbau hinausschlüpfen, ohne einmal atmen zu müssen. Doch Chagga hatte sie fest im Blick. Freundlich sagte er:

»Adina, komm mit. Wir wollen mit dir mal reden.«

Wie klang denn das? Zu bereden gäbe es nichts. Ohne ein Wort zu sagen, ließ sie sich von den Chaggas nach draußen geleiten. Das mit dem Nichtatmen konnte Adina nicht durchhalten. Tapfer ließ sie die Klopfer so riechen, wie sie rochen. Die Chaggas führten sie zur hinteren Ecke des Zweitklässler-Flachbaus und umringten sie enger. Chagga befahl:

»Rolli, gib her.«

Roland Mäusezahn holte aus seinem Ranzen eine kleine Flasche, in der sich eine braune Flüssigkeit befand. Chagga sagte:

»Adina, es tut uns Leid, wie wir dich behandelt haben. Lass uns Freunde sein.«

Erschrocken starrte sie Chagga an, der ihr die Flasche hinhielt.

»Trink das als Zeichen unserer Freundschaft.«

Die Chaggas ihre Freunde? Das war das Letzte, was sie sich vorstellen mochte. Wenn sie aber mit den Chaggas befreundet wäre, hörten die Verklopfungen auf und sie könnte in aller Ruhe die Pausen am Kreuzbauteich verbringen. Was war in der Flasche? Die Chaggas untereinander waren Freunde. Alle Kinder in der Klasse hatten Freunde. Adina hatte keine Freunde. Sie durfte keine Freunde haben. Gumpen befahl:

»Trink die Cola.«

»Schmeckt gut«, sagte Esel-Uwe.

»Schraub die Flasche auf!«

Noch war Chagga freundlich. Es war besser, zu tun, was er sagte. Adina drehte den Verschluss auf und roch an der Flaschenöffnung. Es blitzelte und zischte. Ein Hauch Süße schlich in ihre Nase.

»Trink!«

Adina setzte die Flasche an die Lippen und nippte. Die Flüssigkeit prickelte über ihre Zunge. Das schmeckte wirklich gut. Sie nahm einen kräftigen Schluck.

»Du musst sie ganz austrinken«, sagte Gumpen.

Bis auf Mammut redeten alle auf sie ein. Die Cola schmeckte lebkuchengut. Sie hatte ein solches Getränk noch nie getrunken. Als sie die Flasche geleert hatte, klopften ihr alle – außer Mammut – auf die Schulter und begrüßten sie als neue Freundin. Überwältigt von dieser über sie hereinbrechenden Freundschaft löste sich Adinas Anspannung. Sie fing an mitzulachen. Mit Cola waren die nicht so gut riechenden Klopfer leidlich zu ertragen. Ihre neuen Freunde nahmen sie in die Mitte und begleiteten sie bis zum Schultor. Adina war sich sicher, dass sie sich hier von ihr verabschieden würden. Die Chaggas hatten alle einen anderen Heimweg.

»Wir bringen dich nach Hause«, sagte Chagga.

Jetzt wurde die Freundschaft der Chaggas bedrohlich. Sie durften nicht auf das Adelunggrundstück. Wenn sie erst vor dem Haus wären, könnte sie sie nicht daran hindern, es zu betreten. Die Chaggas im Adelunghaus? Adina wusste nicht, wie sie sich wehren sollte. Sie musste an den Glitzerglanzspender in ihrer Tasche denken. Den durften die Chaggas nicht in die Finger bekommen. Das wäre das Ende. Ausgelassen umringten ihre neuen Freunde sie und fragten immer wieder, wie es ihr gehe. Sie lächelte, fühlte sich jedoch mit jedem Schritt unwohler.

Es ging die Seestraße entlang und die Umringung nahm kein Ende. Adina fühlte sich allmählich madenmausig, was bestimmt an der aufdringlichen Nähe der schlecht riechenden Klopfer lag. Feixend fragten die Chaggas immer wieder, wie sie sich fühlte. Adina begriff, dass da etwas mit der Freundschaft schief lief.

An der Seestraßen-Tischlerei, wo eine kleine Straße zum Flottbeker Marktplatz abzweigte, verloren die Chaggas die Geduld. Chagga fragte Roland Mäusezahn:

»Wie lange dauert das noch?«

»Ich versteh das nicht. Das geht sonst viel schneller.«

Obwohl sich Adina elend fühlte, lächelte sie. Ihr Magen verkrampfte sich immer unangenehmer. Auf einmal schlug die Stimmung bei den Chaggas um. Sie zerrten Adina zum Zaun am Flottbeker Marktweg. Unvermittelt schlug Chagga zu. Adina fing an zu heulen und sackte in sich zusammen. Voller Wut, konnte Chagga nicht mehr aufhören. Mammut packte ihn und rief:

»Entspann dich!«

Ein paar Schläge später verlor sie das Bewusstsein.

Als sie wieder aufwachte, waren ihre neuen Freunde verschwunden. Ihr Leib tat weh, als wären Unmengen von »Wie schön das ist« auf sie herabgestürzt. Sie versuchte aufzustehen, zögerte aber, als sie zwischen ihren Beinen etwas Weiches spürte. Sie hatte Häuflein gemacht! Mit einem Madenamselgefühl richtete sie sich auf und spürte, wie das Weiche in der Hose an ihrer Haut backte. Sie weinte und machte ein paar Schritte Richtung Seestraße. In ihrem Bauch rumpelte es. Wieder rutschte ihr ein Häuflein heraus. Seestraße – Osdorfer Landstraße – Notkestraße: Es klebte und rann an ihren Beinen herab. Adina humpelte ins Adelunghaus, verdrückte sich ins Bimssteinzimmer und wusch sich die Häufleinspuren von Po und Beinen. Sie reinigte, so gut es ging, den Schlüpfer, die Hose und die Socken, wusch zum Schluss Hände und Gesicht. Nach langer Zeit nahm sie den Bimsstein wieder in die Hand.

Halb gewaschen humpelte sie den Saumpfad hoch. Mit zusammengebissenen Zähnen erkletterte sie die Kistenklippe. In der Räuberhöhle zog sie Hemd und Pulli aus. Die neuen Klopferlandkleider hatten ihr kein Glück gebracht. Sie zerrte die Sachen aus dem Kleiderschrank, die sie im letzten Jahr so gerne getragen hatte. Leider fühlten sich die alten Sachen nicht so gut an wie früher. Die Hose war eine Hochwasserhose und steif vom Schweiß. Adina klopfte ein paarmal auf die Hosenbeine, damit sie geschmeidiger würden, doch der Stoff wollte nicht weich werden. Vielleicht musste sie sich erst wieder an die alten Sachen gewöhnen. Sie kroch in ihr Bett. Sie strich über all die Flecken und Flecklein, die den Pulli zu ihrem Pulli machten. Adina wusste, was sie tun würde. In der Nacht würde sie fortlaufen.

10

Dunkelheit lag über Hamburg. Eigentlich hatte Adina vorgehabt, erst nach Mitternacht aus dem Haus zu gehen. Sie mochte aber nicht mehr warten. Sie steckte ein paar gefundene Klopferlandmünzen ein, hängte ihre Wandertasche um und kletterte hinaus in den Müllflur. Leise stieg sie hinter dem Lichtkegel, den sie mit der Amala-Taschenlampe ins Dunkel trieb, die Mülltreppe nach unten. Im Bimssteinzimmer füllte sie die Wasserflasche und steckte ihren Glücksstein ein. Aus der Müllküche holte sie die zwei Buntpackungen unter den Landhausmarkt-Tüten hervor. Es knackte und knirschte.

Notkestraße – Seestraße – Osdorfer Landstraße: Frühlingshaft kühl war es im Klopferland. Windmühlenstieg – Windmühlenweg – Baron-Voght-Straße – Beselerstraße: Erst hier tauchten ein paar vereinzelte Klopfer auf. Im Othmarschener Bahnhof löste Adina eine Fahrkarte. Beim Einsteigen in die S-Bahn wusste sie noch nicht, wohin sie fahren sollte. Am besten möglichst weit fort.

Othmarschen – Bahrenfeld – Altona: Die weit vergleiste Anlage war voller Lampenflecken. Im Wagen saß nur ein Klopfer, worüber Adina glücklich war. Leider setzte sich an der Haltestelle Holstenstraße eine ältere Klopferfrau zu ihr und fragte:

»Wohin fährst du denn?«

»Nach Hause.«

Da die Klopferfrau keine Ruhe gab, stieg Adina Sternschanze aus und wechselte in die U-Bahn-Linie. Obwohl die Klopferfrau ihr nicht folgte, stieg Adina Schlump erneut um. Sie wollte allein sein. Messehallen – Gänsemarkt – Jungfernstieg: Unterirdisch sauste die U-Bahn dahin. Mundsburg – Hamburger Straße – Dehnhaide: Dankbar sog Adina jeden Namen auf. Immer weiter ließ sie das vermüllte Müllhaus hinter sich. Hoisbüttel – Ohlstedt: Das war die letzte Haltestelle. Adina zog den Schal höher und streifte die Fäustlinge über.

»Noch so spät unterwegs?«

Sie fuhr herum. Ein fusselbärtiger Klopfer stand im Lampenschein, mehrere prall gefüllte Plastiktüten in den Händen. Sein Wollmantel war fleckig und zerschlissen. Sogleich umhüllte Adina ein Geruch, den sie bei Klopfern noch nie wahrgenommen hatte. Der Fusselbart roch nach Bächlein und Häuflein! Ohne sie weiter zu beachten, setzte er sich auf eine Bank. Aus einer der Plastiktüten holte er eine Flasche hervor und trank ein paar Schlucke. So einen Klopfer hatte sie noch nie gesehen. Er sprach sie an:

»Sag jetzt nicht, dass du auch einen Schluck haben möchtest.«

»Nein danke.«

»Ich würd dir auch nichts geben. Ist nicht gesund.«

Adina las auf der Plastiktüte den Schriftzug: Zitronengarten. Sie fragte Fusselbart:

»Warum trinken Sie dann?«

»Och … oh … och.« Fusselbart trank noch einen Schluck. Der scharfe Bächlein-Häuflein-Schnaps-Geruch gefiel ihr. »Wohin willst du in der Nacht?«

»Nach Hause.«

»Wo wohnst du denn?«

»Im Wald«, sagte sie.

Er trank die Flasche leer.

»Wo kommen Sie her?«, fragte Adina.

»Aus Amerika.«

Er setzte die leere Flasche noch ein paarmal an den Mund. Enttäuscht drehte er sie um: Kein Tropfen fiel zu Boden.

»Amerika ... Amerika ... Amerika ...«

Fusselbart brummte und grummelte. Belustigt schaute Adina eine Weile zu, wie er dasaß und von seiner Heimat brummelte. Es nahm kein Ende. Nach einer Weile stand sie auf und sagte:

»Gute Nacht.«

»Amerika ... Amerika ... Amerika ...«

»Zitronengarten?«

»Och ... oh ... och.«

Vergnügt ließ Adina Fusselbart auf der Bank zurück. Hinter dem Bahndamm führte ein baumgesäumter Weg von der Straße fort. Ferne Lichter erleuchteten die Nacht. Adina überquerte eine Kopfsteinpflasterstraße und blieb vor einem Schild stehen. Sie knipste die Amala-Taschenlampe an: Erlebnispfad – Wohldorfer Wald.

Links vor sich sah sie eine kleine Brücke im Lichtkegel der Amala-Taschenlampe. War da ein Bach? Sie lauschte ins Waldesdunkel. Vorsichtig machte sie ein paar Schritte auf die Brücke zu. Seltsam. Neben der Brücke verlief der Weg, als gäbe es nichts zu überbrücken. Sie leuchtete die Holzbrücke ab und entdeckte eine Tafel: Wackelsteg – Betritt die frei aufgehängten Bohlen der Brücke, du wirst dich wie ein Eichhörnchen auf schwankenden Zweigen fühlen. Dies ist die 5. Station des Erlebnispfades.

Unschlüssig beäugte Adina die Holzbrücke. Sie tippte mit der Schuhspitze gegen die erste Bohle. Leicht gab sie nach und schwang zurück. Das sah nicht gefährlich aus. Adina hielt sich am Geländer fest und betrat die Eichhörnchenbrücke. Bei jedem Schritt bewegten sich die Schwingebohlen unter ihr. So fühlte es sich also an, Eichhörnchen zu sein. Vergnügt ging sie den Waldweg weiter. Die Bäume ragten in die Höhe. Keine Straßenlampe beleuchtete den Waldweg, kein Mondlicht drang auf den Waldboden. Es war jedoch so hell, dass Adina die Amala-Taschenlampe ausschaltete. Links vor ihr ragte ein merkwürdiger Stamm empor. Er war in den Boden gerammt und hatte in der Mitte einen Durchkuck. Adina knipste die Taschenlampe an und beleuchtete die Tafel daneben: Wer klopft denn da? Der Schwarzspecht lebt von Maden und Käfern. Er sucht seine Nahrung in alten Bäumen. Mit seinem Schnabel meißelt er das morsche Holz auf. Schau durch das Fenster im Baumstamm und du siehst ihn bei der Arbeit. Dies ist die 6. Station des Erlebnispfades.

Adina kuckte durch den Baumstamm in den Nachtwald und sah nichts. Sie leuchtete mit der Amala-Taschenlampe herum – Bäume und Bäume, aber kein Schwarzspecht. Wenn er bei der Arbeit war, müsste sie ihn hören können. Sie lauschte in die Stille, hörte viele Geräusche, doch einen Specht, der aus morschem Holz Maden freiklopfte, den hörte sie nicht. War er zu müde, um zu klopfen? Enttäuscht ging sie weiter. An einer Weggabelung bog sie nach rechts ab. Am Wegrand sah sie eine Reihe von Holzstumpen und eine Tafel: Hüpfgrube – Wie weit kannst du hüpfen? So weit wie eine Maus, wie ein Marder, wie ein Fuchs oder wie ein Eichhörnchen? Dies ist die 7. Station des Erlebnispfades.

Adina warf die Wandertasche auf den Boden. Sie wusste, sie spränge so weit wie ein Eichhörnchen. Den Lichtkegel der Amala-Taschenlampe richtete sie auf die Hüpfgrube aus, nahm Anlauf, sprang mit aller Kraft ab und flog weit in den Sand. Neugierig beleuchtete sie mit der Amala-Taschenlampe ihre Fuchsweite. Sie war besser als Maus und Marder! So gut wie ein Eichhörnchen war sie jedoch nicht.

Zufrieden hängte sie ihre Wandertasche um, steckte die Amala-Taschenlampe ein und wanderte los. Sie verließ Weg und Pfad, wanderte unter schattenschwarzen Bäumen dahin, wanderte über knackende Stöcke und wispernde Gräser, wanderte über weichen Waldboden und blieb auf einmal überrascht stehen. Eine winzige Straße zog sich autoleer durch den Wald. Neugierig folgte Adina ihr. Im Nachtdunkel zeichnete sich bald eine flache Pforte am Straßenrand ab. Dahinter war alles dunkel. Sie leuchtete mit der Amala-Taschenlampe umher. Auf einem Schild stand: Waldfriedhof. Die Holzpforte war offen. Schade, dass Bolko sein Gartengärtlein nicht hier hatte. Dann könnte sie ihn jetzt besuchen.

Traurig ging sie weiter. Am Ende der Straße machte ein Straßenschild sie neugierig. Sie beleuchtete die Schrift: Ole Bloomgaarden. Sollte sie nach links oder nach rechts gehen? Rechts war eine Wiese. Links war Wald. Unschlüssig blickte sie sich um. Weder Schwarzspecht noch Eichhörnchen waren zu sehen. Sie hatte weder ein Ziel noch gab es ein Zurück. Sie bog nach rechts ab in den Brügkamp. Die kleine Straße führte sie fort vom Waldgartengärtlein. Hinter Brücke und Bach ging es wieder in den Wald hinein. Sie verließ Weg und Pfad, wanderte unter schattenschwarzen Bäumen dahin, wanderte über knackende Stöcke und wispernde Gräser, wanderte über weichen Waldboden und gähnte. Sie ging weiter und gähnte erneut und gähnte. Der Wald öffnete sich vor ihr und gab den Blick auf eine Wiese frei. Verwundert entdeckte Adina neben sich am Baum eine Leiter, die zu einer Art Truhe hochführte. Neugierig kletterte sie hinauf. Da gab es eine Bank zum Hinsetzen und Schlitze zum Hinauskucken. Kirschglücklich schlief Adina ein.

11

Wie laut es im Wald war! Adina rieb sich die Augen und schaute aus den Baumtruhenschlitzen in die morgendliche Dunkelheit. Das Vogelgezwitscher übertraf in Stärke und Fülle alle Vogelgesänge, die sie bisher gehört hatte. Es war, als befände sie sich inmitten eines Dutzends Adelunggärten. Bimssteinglücklich lauschte sie in die morgendliche Dunkelheit. Sie hatte einen guten Platz für ihr neues Zuhause gewählt. Hungrig kramte sie die Lebkuchenpackung und die Wasserflasche hervor. Je heller es wurde, desto stiller wurden die Vögel. Ein paar Rehe zogen über die Wiese, Vögel flogen herbei und wieder fort, aber keine Spatzen. Adina kaute und trank, lauschte und schaute.

Als es fast hell war, verstaute sie die Restlebkuchen und das Restwasser in der Wandertasche und stieg vorsichtig die moosige Leiter nach unten. Als sie fast unten angelangt war, schnitt eine Stimme in die Morgenstille.

»Halt! Was machst du da?«

Vor Schreck glitt Adina von den Sprossen ab, rutschte mit Schwung zu Boden und purzelte auf den Rücken. Wieder war da die Frauenstimme:

»Nein, das gibt es nicht!«

Adina drehte sich auf den Bauch und richtete sich auf.

»Hast du dir wehgetan?«

»Nein, Frau Meier, mir geht es gut.«

Die Lebkuchenklopferin half Adina beim Aufstehen und

klopfte sogleich den Waldschmutz von Mantel und Hose herunter.

»Du hast dir nichts getan?«

Verlegen schüttelte Adina den Kopf. Das war nicht möglich! Was machte Erla Meier hier im Wald? Bevor sie fragen konnte, sagte die Lebkuchenklopferin:

»Was um Himmels willen machst du hier? Und dann noch zu einer Zeit, wo du in deinem Bett liegen solltest?«

Bevor sie antworten konnte, fragte die Lebkuchenklopferin weiter:

»Weiß deine Mutter, dass du im Duvenstedter Brook bist?«

In Adina klingelten die Carlawarnungen. Das war eine Klopferfrage. Sie erinnerte sich an das Schild des Erlebnispfads und versuchte es mit einer Ausflucht:

»Duvenstedter Brook? Bin ich hier nicht im Wohldorfer Wald?«

»Nein, der ist weiter im Westen.«

Die Lebkuchenklopferin starrte sie offenen Mundes an und hörte sogar auf, Adinas Mantel abzuklopfen. Erla Meier rang um Fassung.

»Wohldorfer Wald?«

Zu Adinas Erleichterung schnaufte die Lebkuchenklopferin ein paarmal, fragte jedoch nicht weiter nach. Schließlich sagte sie: »Komm, lass uns hochklettern. Geh du voran.«

Bimssteinglücklich kletterte Adina die moosige Holzleiter nach oben. Die Lebkuchenklopferin nahm neben ihr Platz. Was folgte war Schweigen. Dieser Frau im Wald über den Weg zu laufen war ein solches Glück, als würde man in ein Rätselhaus hineingeboren. Nach einer Weile griff Adina in ihre Wandertasche und holte die Restlebkuchen hervor. Sie fragte:

»Möchten Sie einen?«

Verdutzt starrte Erla Meier auf Adina und den Lebkuchen. Adina fragte:

»Oder einen Schluck Wasser?«

»Nein danke, ich habe Tee dabei. Den Lebkuchen nehm ich aber.«

Sie holte aus ihrem Rucksack eine Warmhalteflasche hervor und goss den becherartigen Schraubverschluss mit Tee voll. Adina erschnupperte den Duft und fragte:

»Pfefferminztee?«

»Mein Lieblingstee.«

Die Lebkuchenklopferin ließ sich zum Glück Zeit damit, Klopferfragen zu stellen. Sie knusperte am Lebkuchen und nippte am dampfenden Tee. Dabei schien sie zu überlegen. Adina nahm sich vor, wachsam zu sein. Klopfer waren eine Bedrohung, selbst dann, wenn sie freundlich waren.

»Der Duvenstedter Brook ist etwas Besonderes«, fing die Lebkuchenklopferin an. »Es ist der einzige Ort auf der ganzen Welt, wo Kraniche in einer Millionenstadt brüten. Das ganze Gelände steht unter Naturschutz.«

Als wäre es für sie unwichtig, dass Adina gar nicht im Adelunghaus übernachtet hatte, erzählte sie weiter. Sie sei eine der Kranichhüter. Sie trage Sorge dafür, dass die scheuen Vögel in Ruhe brüten und nach der Schlupf die Jungen aufziehen könnten. Im Duvenstedter Brook gebe es viele Wanderwege, man dürfe jedoch nur auf diesen Wegen herumspazieren. Auf keinen Fall dürfe man querfeldein umherstreifen. Außer den Kranichhütern und den Forstleuten dürfe sonst niemand frei herumlaufen und die Kranichhüter würden auch nur ganz selten von diesem Recht Gebrauch machen. Adina fühlte, was ihr die Lebkuchenfrau sagen wollte. Sie war einfach durch den Wald gelaufen, obwohl es verboten war. Die unaufdringliche Art von Frau Meier gefiel ihr kirschgut. Sie empfand es als angenehm, dass die Lebkuchenfrau sie nicht ausschalt. Sie hatte nicht gewusst, wo sie war. Sie war dort, wo die Kraniche brüteten.

Adina nippte vom Wasser. Der Morgen war in aller Helle angebrochen. Die Lebkuchenfrau erzählte weiter von den Kranichen und den vielen Besuchern, die nächste Woche, am 1. Mai, in den Brook kämen.

»Die Leute sagen immer, wir Kranichhüter würden die Kraniche bewachen. Das ist nicht richtig. Sie können gut auf sich selbst aufpassen. Wir bewachen eher die Menschen, damit sie in ihrer Unachtsamkeit die Kraniche nicht vertreiben. Es sind scheue Vögel. Sie haben hier in Hamburg eine Fluchtdistanz von zweihundert bis dreihundert Metern. Wenn sie Junge führen, sind es sogar fünfhundert Meter. Auch wir Kranichhüter müssen vorsichtig sein.«

»Kraniche sind scheue Vögel«, murmelte Adina. »Scheue Vögel fliegen weg, wenn man ihnen zu nahe kommt.«

Ein Trompetenstoß erscholl aus der Ferne, wechselte zu einem Klappern und Knattern. Adina nahm den Blick der Lebkuchenfrau auf, die ihr zunickte.

»Das sind die Könige. Sie balzen gerade.«

»Die Könige?«

»Die Kraniche, denen das schönste Reich im Duvenstedter Brook gehört.«

Das Kranichpaar trompetete und klapperte und knackelte und klagte und rief um Hilfe und schepperte und juxte um die Wette.

»Drüben rechts bei den Moorbirken. Da sind sie.«

Adina starrte sich die Augen aus dem Kopf. Wo waren die Moorbirken? Rechts waren Bäume und links waren noch mehr Bäume. Die Lebkuchenfrau deutete mit dem Zeigefinger in die Richtung der Noch-mehr-Bäume. Ah, das waren also die Moorbirken. Adina kniff die Augen zusammen. Da war eine Bewegung zu sehen. Zwei graue Vögel reckten die Hälse, trompeteten, klapperten, klagten, juxten, schwangen ihre Schwingen, tanzten, wippten.

»Siehst du sie?«

»Sie tanzen gerade«, wisperte Adina.

»Der König macht der Königin den Hof. Kraniche brauchen Wochen für die Balz. Bald fangen sie an zu brüten. Willst du sie einmal aus der Nähe sehen?«

Zuerst nickte Adina. Plötzlich schüttelte sie den Kopf und sagte:

»Nein, sie fliegen sonst weg.«

Die Lebkuchenfrau kramte aus ihrem Rucksack ein »Das kann man doch nicht wegwerfen« und reichte es ihr. »Du musst es vor die Augen halten.«

Riesig ragten die Moorbirken in die Höhe. Und die Kraniche tanzten vor ihr, als wären sie nur eine Osdorfer-Landstraßen-Breite entfernt. Sie schunkelten und schaukelten, sperrten die Schnäbel auf und bogen die Hälse, stolzierten umher und hüpften in die Höhe und dann machten sie sich lang und länger, reckten die Hälse, stachen mit den Schnäbeln in die Luft und trompeteten. Ein Schauder überlief Adina vom Nacken bis ins Kreuz. So schön waren die Kraniche: bimssteingrau das Gefieder, kirschrot der Kopfklecks, wolkenweiß der Augenschweif.

Es gab keinen Lebkuchen mehr, keine Wasserflasche, keine Baumtruhe, keine Hüpfergrube, keinen Schwarzspecht, der im morschen Holz nach Maden klopfte, keinen Wackelsteg, keinen Fusselbart, keine Seestraße, kein Adelunghaus, keine Chaggas. Es gab auch keinen Müll mehr.

Müde kroch Adina mittags auf die Rückbank des pflaumenblauen Wagens. Sie würde heimkehren, obwohl sie es nicht wollte. Die Lebkuchenfrau stieg ein und fuhr los. Adina fiel gleich in einen Kranichschlaf und wachte erst wieder in der Notkestraße auf, als Erla Meier den Wagen einparkte. Adina kroch ins Freie. Hinter Bäumen versteckt lag das Adelunghaus. Sie waren so hoch wie die Moorbirken. Vielleicht hatte Carla noch gar nichts von Adinas Flucht bemerkt.

»Komm mit«, sagte die Lebkuchenfrau. »So kann ich dich nicht bei deiner Mutter abliefern.«

Die Lebkuchenfrau war keine Klopferin. Im Lebkuchenhaus roch es ganz anders als im Freien und ganz anders als im Duvenstedter Brook und ganz anders als im Adelunghaus. Bis gestern war das hier ein Klopferhaus gewesen. Erla Meier half Adina aus dem Mantel, setzte sie auf einen Flurstuhl und sagte:

»Bleib hier sitzen. Du bist ja ganz schmutzig.«

Sie verschwand in ein anderes Zimmer. Adina hörte Wasser sprudeln. Wie das hier aussah! Nirgendwo gab es eine Kiste oder eine Truhe oder eine Plastiktüte. Wo waren die »O ist das wichtig« und die »Das kann man doch nicht wegwerfen«? Adina kuckte sich die Augen aus dem Kopf. Wie sah es wohl in der Küche aus? Sie stand auf und ging ans Ende des Flurs, wo die Küchentür offen stand. Nirgends lag in der Küche »Kommt noch weg« herum. Nicht einmal ein kleiner Haufen Krimskrams bedeckte den Boden. Adina öffnete einen Küchenschrank. Da waren sie ja! Gestapelt nebeneinander standen die »Wie schön das ist«. Erla Meier war also jemand, der seine Verstecke hatte. Adina strebte zurück in den Flur. Vielleicht waren die »Das will ich mir noch ankucken« im Wohnzimmer. Aus dem Badezimmer rief die Lebkuchenfrau: »Möchtest du Fichtennadelschaum oder Wildrosenschaum?«

Adina konnte sich nichts darunter vorstellen und ging, ohne ein Wort zu sagen, zu der angelehnten Tür. Im Wohnzimmer standen keinerlei Kisten oder Truhen herum. Wie sonderbar. In der Ecke stand eine jungmodische Stehlampe mit kirschrotem Schirm. Daneben ein Ledersessel und ein verdächtiges Klappgestell. Adina ging hin, griff hinein und wurde fündig: Hier bewahrte die Lebkuchenfrau also die »Das will ich mir noch ankucken« auf. Sie hatte ihre Verstecke. Adina war überrascht, wie wenige »Das will ich mir noch ankucken« Erla Meier aufbewahrte. Zusammengeschnürt ergäben sie gerade einmal einen Stapel. Ihre Mutter besaß viel mehr. Adina schaute sich im Wohnzimmer um. Abstoßend fand sie das Lebkuchenhaus nicht, doch es wäre gewöhnungsbedürftig, darin zu wohnen. Erla Meier erschien in der Tür und sagte:

»Du kannst nicht mit den schmutzigen Schuhen durch das ganze Haus laufen.«

Sie zeigte auf eine schwache Erdefußspur. Adina sah sie auch, begriff jedoch nicht den Sinn der Ermahnung. Die Lebkuchenfrau sagte:

»Komm mit in den Flur. Sonst haben wir nachher den halben Duvenstedter Brook im Haus.«

Adina kuckte auf die Füße der Lebkuchenfrau. Sie trug ganz andere Schuhe als vorhin. Flauschig waren sie und hinten offen. Verwirrt von all der Fremdheit nahm Adina wieder auf dem Flurstuhl Platz.

»Her mit dem Fuß. Wenn du zu müde bist, dann zieh ich sie dir eben aus.«

Adina starrte die Lebkuchenfrau an. Ruckzuck waren die Schuhe entschnürt und von den Füßen gestreift. Jetzt gab es noch einen Befehl.

»Marsch, marsch ins Badezimmer.«

Adina stand auf und ging ins Badezimmer, wo es nach Wald roch.

»Los, zieh dich aus und ab in die Wanne.«

Adina ließ jegliche Bedenken fahren. Was scherten sie die Ermahnungen ihrer Mutter? Das Wasser roch so, wie es bei den Kranichen roch. Adina streifte ihre Kleidung ab und näherte sich dem Wannenberg, der glitzerte wie hundert Amala-Lampen. Sie fasste die weiße Pracht an und fühlte es knistern. Da sollte sie hinein. Mutig stieg sie in den Wannenberg und spürte einen Schwall Hitze an ihren Beinen. Eine Gänsehaut prickelte über die Knie. Langsam ließ sie sich bis zum Hals in den Wannenberg gleiten. Es war, als würden tausend Kraniche trompeten, klappern, klagen, tanzen und mit den Schwingen schlagen. Als sie saß, kuckte sie die Lebkuchenfrau an. Vor Kranichfreude konnte sie nur kichern. Die Lebkuchenfrau blickte mausgut zurück und klaubte die Adina-Sachen vom Boden.

»Die kommen jetzt in die Wäsche. Wenn ich dich so schmutzig zu deiner Mutter zurückbringe, darfst du nie wieder mit in den Duvenstedter Brook.« Die Lebkuchenfrau griff einen Waschlappen und eine Bürste und ließ sie in die Wanne plumpsen. »Du kannst ja schon einmal anfangen. Ich muss kurz in den Keller zur Waschmaschine.«

Einen Keller hatte das Lebkuchenhaus also auch. Adina knisterte mit dem Wannenberg, schnüffelte am Waldgeruch und befüßelte Bürste und Waschlappen. Heute Morgen hatte sie die Baumtruhe zu ihrem neuen Zuhause erkoren, nun zog sie gerade in den Wannenberg ein. Am liebsten bliebe sie für immer in der Kranichpracht.

Als die Lebkuchenfrau aus dem Keller zurückkam, war Adina dabei, den Schmutz eines Jahres herunterzuschrubben.

»Du hast bestimmt Hunger. Ich mache uns etwas zu essen.«

Als aus der Küche ein verführerischer Duft ins Badezimmer drang, stieg Adina aus der Wanne. Auf der Heizung lag ein frisches Handtuch. Sie rubbelte Schaum und Wasser von der Haut und stand nackt da.

»Wo sind meine Sachen?«, rief sie zum Bad hinaus.

»In der Wäsche. Nimm den kleinen Bademantel und die Hausschuhe, die ich dir hingestellt habe«, tönte es aus der Küche zurück.

Adina schlüpfte in die etwas zu weiten, bananengelben Hausschuhe sowie in den wolkenweißen Bademantel und schlurfte in die Küche. Dort hob sie die Nase und schnupperte nach dem marderguten Pfannenduft. Die Lebkuchenfrau hatte zwei »Wie schön das ist« aus ihrem Versteck geholt und auf den Tisch gestellt. Adina nahm Platz und fühlte, wie hungrig sie war. Sie fühlte sich wohl, wie sie in den fremden Sachen dasaß. Erla Meier sagte:

»Du kannst mich übrigens Erla nennen. Hier, dein Apfelpfannkuchen.«

Auf Adinas »Wie schön das ist« erstrahlte er wie eine Sonnenscheibe. Erla setzte sich und wünschte einen guten Appetit. Verlegen vor Dankbarkeit begann Adina zu essen. Zwischen den halbmondartigen Apfelscheiben waren zarte Blätter, die ein wenig wie Weihnachten schmeckten. Fuchsneugierig hielt Adina eines auf ihrer Gabel hoch und fragte:

»Was ist das?«

»Ein Mandelblatt. Das veredelt den Geschmack.«

Nach dem Essen schickte Erla sie auf das Sofa im Wohnzimmer zum Mittagsschlaf. Sobald ihre Sachen trocken wären, würde die Lebkuchenfrau sie wecken.

Am Nachmittag gingen Adina und Erla zum Adelunghaus. Was würde Carla sagen? Adinas schlechtes Gewissen meldete sich. Sie musste sich etwas einfallen lassen. Als sie die Gartenpforte öffnete, machte die Lebkuchenfrau Anstalten, das Adelunganwesen zu betreten.

»Erla, warten Sie hier. Ich bin gleich zurück.«

Sie verschloss die Gartenpforte und machte sich auf den Weg zu ihrer Mutter. Die Aussichten waren gering, dass sie die Erlaubnis für einen Sonntag im Brook bekäme, dabei würde sie so gerne die Kraniche wieder sehen. Adina nahm die Hüpferstufen, holte den Glitzerglanzspender hervor. Es knackte und knirschte. Hatte Carla noch nicht gemerkt, dass sie über Nacht fort gewesen war? Sie ließ die Haustür offen und ging durch den Flur zum Zimmer, das sie nie betreten durfte. Sie klopfte – keine Antwort. Sie klopfte erneut – wieder keine Antwort. Mutig drückte sie die Klinke – verschlossen. Ihre Mutter war also nicht zu Hause. Adina hatte einen Einfall. Sie hüpfte die Hüpferstufen hinunter und lief zur Lebkuchenfrau zurück.

»Ich darf morgen mit. Wann soll ich bei Ihnen sein?«

»Um vier Uhr in der Früh.«

Adina winkte zum Abschied und lief ins Adelunghaus zurück. Ihre Mutter war nicht da? Dann konnte sie auch nicht nein sagen. Sie verschwand in der Räuberhöhle, zog sich zum zweiten Mal an diesem Tag aus, strich über ihre waldweiche Haut, die nach Fichtennadeln duftete, stellte ihre zwei »Das kann man doch nicht wegwerfen« auf Viertel vor vier und kletterte eichhörnchenglücklich ins Bett. Kurz dachte sie daran, ob sie noch ein Tigerbächlein machen sollte, schlief dann aber ein, bevor sie eine Antwort gefunden hatte.

*

Der erste Wecker klingelte. Adina brauchte eine Zeit, bis sie ins Wache hinüberglitt. Der zweite Wecker klackerte. Sie kletterte aus dem Bett, gab den Weckern einen Klaps und sank auf ihren Stuhl am Schreibtisch. Draußen war es noch dunkel. Ein paar Vögel zwitscherten im Adelunggarten. Ihr Gesang war jedoch nichts im Vergleich mit dem, was sie im Duvenstedter Brook zu hören bekommen hatte. Schläfrig zog sich Adina an. Ihre bananengelbe Lieblingshose fühlte sich völlig anders an. Sie strich über die Hosenbeine, die gestern noch so adinagut steif gewesen waren. Locker schmiegten sie sich um ihre Beine. Der straßenschildblaue Pulli roch frisch und gut, leider fehlten alle die Flecken und Flecklein. Die Kranichfrau war keine Klopferin und doch fühlte sie sich von ihr beraubt. Adinas Blick fiel auf ihre Wecker: bereits fünf vor vier! Sie musste sich sputen, sonst führe Erla ohne sie ab. Im Bimssteinzimmer putzte sie sich kurz die Zähne, legte ihren Glücksstein zurück neben den Wasserhahn, füllte ihre Wasserflasche nach, stopfte in der Küche zwei Bananen und zwei Scheiben Graubrot in ihre Wandertasche und ging mit leisen Schritten zur Mantelwand, wo sie ihren Glitzerglanzspender an sich nehmen wollte. Er war aber nicht da.

Angestrengt dachte Adina nach. Die Zeit drängte. Sie legte

ihn immer in die Mulde über dem Schirmständer. War er heruntergefallen? Nein. In ihren Manteltaschen war er auch nicht. Vielleicht hatte sie ihn stecken lassen? Im Windfang starrte sie auf das leere Schloss. Steckte er von außen? Sie drückte die Klinke herunter – abgeschlossen! Das musste Carla gewesen sein. Sie würde den Schlüssel haben. Je genauer Adina nachdachte, desto sicherer wurde sie. Ihre Mutter war am Abend heimgekehrt, hatte gemerkt, dass ihre Tochter die Nacht über fort gewesen war, und wollte einer weiteren Flucht einen Riegel vorschieben. Der Schlüssel war im Zimmer, das Adina nicht betreten durfte. Aber Carla war auch in dem Zimmer.

Wenn Adina jetzt klopfte, um vier Uhr in der Frühe, bekäme sie nie die Erlaubnis für den Brook. Sie ging in die Küche, schob den Küchentisch beiseite. Es knirschte und knisterte im »Kommt noch weg« und im Krimskrams. Adina drehte den Fenstergriff mit aller Kraft nach unten. Schwups war sie auf dem Fensterbrett, schob ihre Beine ins Freie und glitt hinunter. Jetzt war da noch der Gartenzaun mit seinen gefährlichen Spitzen. Zum Glück war der Briefkasten an der Gartenpforte genau in der Höhe, dass sie hinaufklettern konnte. Sie sprang auf den Sandweg der Notkestraße und rannte los. Hoffentlich war Erla noch nicht losgefahren. Als sie über den Notkestieg sauste, sah sie erleichtert den pflaumenblauen Wagen vor dem Kranichhaus parken. Just in dem Augenblick trat die Kranichfrau ins Freie.

Der pflaumenblaue Wagen glitt durch das nächtliche Hamburg. Adina saß hinten und nahm sich eine Banane aus der Wandertasche. Genüsslich raspelte sie Scheibchen für Scheibchen ab. Wäre Bolko hier, er dürfte seine Quetschebanane so essen, wie es ihm lieb war. Schweigend saß Erla am Steuer. Sie sei keine Lerche und brauche am Morgen immer eine Weile, bis sie gesprächig werde. Adina solle darüber nicht verwundert sein.

Nichts lag Adina ferner. Sie kannte das aus dem Adelunghaus. Sie freute sich auf König und Königin, auf die Baumtruhe, das Vogelgezwitscher und die Moorbirken. Nur manchmal kamen andere Gedanken herauf. Vielleicht war Erla doch eine Klopferin. Adina nahm sich vor, wachsam zu bleiben.

Im Duvenstedter Brook wurde Adina einem anderen Kranichhüter vorgestellt. Ludger war graubärtig wie Fusselbart, roch aber leider nicht nach Bächlein und Häuflein. Erla und Ludger unterhielten sich über den bevorstehenden Sonntag. Wegen des guten Wetters erwarteten sie viele Besucher im Brook und würden am Vormittag noch Verstärkung erhalten, um dem Ansturm Herr zu werden. Sie unterhielten sich auch über das Königspaar. Ludger meinte:

»Gestern Nachmittag ist wieder die Tröterin in das Reich der Könige eingedrungen. Er kuckt zu, was sie macht.«

»Typisch Mann.«

»Was, meinst du, ist mit Zausel?«

»In Spanien geblieben.«

»Ulf meint, dass es sich bei dem Herumtreiber um Zausel handelt.«

»Warum sollten sich Zausel und die Tröterin trennen?«

Erla schüttelte den Kopf. Wer immer Zausel war, sie schien sicher zu sein, dass er in Spanien war. Adina wusste, wo Spanien lag. Das war ein Land in Südeuropa, wo es im Winter wärmer war als in Deutschland. Neugierig beobachtete sie die beiden Kranichhüter, die über die Tröterin redeten. Ludger blieb dabei:

»Zausel ist hier.«

»Dann würde sich die Tröterin nicht so verhalten.«

»Was meinst du? Könnte sie dieses Jahr ihre erste Brut haben?«

»Sie ist noch zu jung. Deshalb verstehe ich das Verhalten des Königs nicht. Sie haben das beste Reich und brüten schon seit einem Jahrzehnt zusammen.«

»Ohne Erfolg!«

»Was willst du damit sagen?«

»Ich muss dann mal.«

Ludger war schon zur Tür hinaus, als eine leicht erboste Erla ihm hinterherrief:

»Was ist mit dem Tandem?«

»Schon repariert!«, tönte es von draußen.

Erla warf Adina einen Blick zu.

»Das war Ludger.«

Die beiden schien eine besondere Freundschaft zu verbinden. Mehr verstand Adina nicht aus dem Wortwechsel. Erla holte ein zweites Fernglas aus dem Schrank und reichte es Adina. Mit dem Tandem fuhren die zwei durch den Duvenstedter Brook, machten die Runde bei den sechs Kranichreichen und bezogen zum Schluss Posten in der Baumtruhe. Adina merkte, wie angespannt Erla war. Die Tröterin war im Reich. Die Königin versuchte sie zu vertreiben, was ihr aber nicht gelang, und der König stand unbeeindruckt daneben. Durch das Fernglas wirkte der Kranich zum Streicheln schön: bimssteingrau das Gefieder, kirschrot der Kopfklecks, wolkenweiß der Augenschweif.

Am liebsten hätte Adina dem König gesagt, dass er der Königin beistehen sollte. Ab und zu murmelte Erla Unverständliches, wurde stumm und kaute auf ihrer Unterlippe. Irgendwann hielt es Adina vor Neugier nicht mehr aus und fragte:

»Warum heißt die Tröterin Tröterin?«

»Weil sie eine markante Stimme hat. Man kann sie leicht von den anderen Kranichen unterscheiden.«

Adina lauschte auf die Stimmen der beiden Kranichdamen, die einander trompetend umkreisten, ohne aufeinander loszugehen. Nach einer Weile gab sie es auf. Für sie klangen die beiden Kranichdamen gleich. Vom Weg war ein Hund zu hören, der freudig bellte. Mit einem Ruck stand Erla auf und stieg die Leiter hinunter:

»Komm mit, es geht los.«

Zielstrebig eilte Erla zum Weg, wo der Hund zu hören war.

»Die werden etwas erleben.«

Auf dem Weg, dicht an der Baumtruhe, spazierte ein Klopferpaar mit seinem Pudel entlang. Entschlossen ging Erla auf die beiden zu und sagte:

»Einen schönen Guten Tag.«

»Guten Tag.«

»Sie sind hier in einem Naturschutzgebiet. Sie wissen das?«

Der Klopfer antwortete:

»Das hier ist der Duvenstedter Brook.«

»Genau, und Hunde müssen draußen bleiben.«

»Wo steht das?«

»Am Eingang. Sie sind dort an einem großen Holzschild vorbeigekommen.«

»Da war kein Schild«, sagte die Klopferin.

Erla griff in ihre Manteltasche, zog ein Foto hervor und zeigte es den Klopfern.

»Sehen Sie links oben am Holzschild das Zeichen ›Für Hunde verboten‹?«

Die beiden Klopfer nickten, entschuldigten sich und machten kehrt. Erla schaute ihnen nach. Als sie weit genug entfernt waren, sagte sie zu Adina:

»Das war ein leichter Fall. Sie haben nicht einmal gefragt, wer ich überhaupt bin.«

Bei den Kranichgängen im Brook kamen Adina und Erla an einer Stelle vorbei, wo tote Moorbirken aus einer Wasserfläche ragten. Adina blieb stehen und fragte:

»Ist der Wald hier krank?«

»Die Bäume sind tot, aber der Brook ist gesund.«

Adina runzelte die Stirn. Erla blieb stehen und sagte:

»Brook ist plattdeutsch und bedeutet Bruch, das ist ein Wald mit feuchten Stellen. Der Duvenstedter Brook wurde über Jahrhunderte von den Menschen entwässert, um ihn nutzen zu können. Sie legten Weiden und Forste an, torften das Moor ab und hoben jedes Jahr die Entwässerungsgräben aus, damit die Felder nicht zu ›Bruch‹ gingen. An einigen Stellen war das Entwässern nicht richtig wirksam. Das Moor verschwand zwar, aber für die Landwirtschaft war es zu feucht. An diesen Stellen sind die Moorbirkenwälder gewachsen, die du bereits kennst.«

Adina schaute zu den toten Moorbirken und verstand nicht, warum der Brook hier gesund sein sollte. Sie traute sich nachzufragen:

»Wenn die Bäume tot sind, wie kann der Brook dann gesund sein?«

»Das hängt mit der Wiedervernässung zusammen. Wir haben diese Fläche unter Wasser gesetzt. Für die Moorbirken ist es nun zu feucht, die Kraniche freuen sich jedoch darüber. Kraniche brauchen dreierlei, um sich wohl zu fühlen. Erstens: eine ständig feuchte Stelle mit knietiefem Wasser für ihr Nest. Zweitens: eine Wiese als Futterplatz für die Jungen nach der Schlupf. Und drittens: völlige Ruhe.«

»Dann bauen die Kraniche hier bald ein Nest?«

»Nein, der Weg ist zu nah. Das würden nicht einmal die Partylöwen tun. Kraniche verstecken gerne ihr Nest, ihre Eier und ihre Jungen.«

»Scheue Vögel.«

»Kluge Vögel.«

Es wurde Mittag. Erla, die umtriebige Kranichfrau, sprach Besucher an, erklärte ihnen den Brook, verwies Spaziergänger mit Hunden aus dem Naturschutzgebiet und radelte am frühen Nachmittag, als Adina schon nicht mehr treten konnte, mit dem Tandem zurück zur Haupthütte. Auf der Heimfahrt im pflaumenblauen Wagen schlummerte Adina auf der Rückbank und wachte erst in der Notkestraße wieder auf. Müde verabschiedete sie sich und ging zurück zum Adelunghaus, wo sie am Morgen ohne Glitzerglanzspender aus dem Fenster geklettert war.

Das Küchenfenster war geschlossen. Wie sollte Adina in den Garten gelangen? Der Zaun war zu spitz, die Pforte verschlossen und zu hoch und der Briefkasten auf der anderen Seite. Unschlüssig stand sie da. Sie könnte zur Kranichfrau gehen und dort schlafen, doch die Vorstellung behagte ihr nicht. Was geschah nur mit ihr? Vor zwei Tagen war Erla noch eine Klopferin gewesen und nun konnte sich Adina vorstellen, in ihrem Klopferhaus zu übernachten. War sie von allen guten Geistern verlassen? Als sich Adina gegen die Pforte lehnen wollte, drückte sie versehentlich die Klinke und die Pforte öffnete sich. Verwundert betrat Adina das Adelunggrundstück. Ihre Mutter hatte das Küchenfenster verschlossen, aber die Gartenpforte offen gelassen. Glücklich strebte Adina zu den Hüpferstufen. Die Haustür öffnete sich. Ihre Mutter umarmte Adina.

»Ach, Adina! Wo bist du bloß gewesen? Ich habe mir solche Sorgen um dich gemacht.«

Carla fing an zu weinen und auch bei Adina liefen die Tränen. Lange hielten sich Mutter und Tochter umschlungen. Adina schluchzte reumütig. Ihre Mutter hatte sie lieb und sie lief einfach fort und machte ihr Sorgen. Carla fing sich wieder und nahm ihre Tochter auf den Schoß. Sie könne doch nicht einfach weglaufen. Wo sie gewesen sei, wollte Carla wissen.

»Im Duvenstedter Brook mit Erla Meier.«

»Bei den Kranichen?«

Verwundert nickte Adina. Woher wusste ihre Mutter davon?

»Der werde ich etwas erzählen! Sie kann dich doch nicht einfach ohne meine Erlaubnis mitnehmen.«

»Carla, ich hab da was gemacht.«

»Was?«

»Gestern wollte ich dich fragen, ob ich mit Erla zu den Kranichen darf. Du warst nicht zu Hause. Da hab ich Erla einfach gesagt, dass du es erlaubt hast. Bitte sei nicht böse. Ich wollte so gerne zu den Kranichen.«

Ihre Mutter hörte zu, streichelte ihr immer wieder übers Haar. Wolkenglücklich erzählte Adina von den Moorbirken, den Hundebesitzern, der Baumtruhe, dem Tandem, den Kranichen. Sie erzählte weder von den mausguten U-Bahn-Haltestellen noch von Fusselbart noch vom Wackelsteg noch vom Schwarzspecht, der im morschen Holz nach Maden klopfte, noch von der Hüpfergrube noch von den Lebkuchen. Vor allem verheimlichte sie, dass es bereits zwei Besuche im Brook gegeben hatte. Ihre Mutter strich mit der Hand über Adinas Mantel und sagte:

»Du bist den ganzen Tag im Wald gewesen, aber deine Sachen sehen gar nicht so aus wie sonst.«

»Erla hat sie gewaschen.«

»Ach, du bist bei Frau Meier im Haus gewesen?«

Ein strenger Ton schwang in der Frage mit. Adina nickte reumütig.

»Sie hat gesagt, meine Sachen müssen sauber sein, sonst wirst du böse. Du würdest mir nicht noch einmal erlauben, mit in den Brook zu kommen.«

»Sie hat deine Kleidung gewaschen. Hat sie dich auch unter die Dusche gesteckt?«

»In die Badewanne.«

»Und dann hat sie dich bekocht?«

»Woher weißt du das?«

»Mütterliche Weisheit«, sagte Carla und wurde ruhiger. »Was hat sie dir gekocht?«

»Apfelpfannkuchen!«

»Hat er dir geschmeckt?«

Mandelglücklich nickte Adina.

»Soll ich dir auch einmal einen machen?«

»O ja!«

»Dann bekommst du einen. Zuerst muss ich aber das Haus aufräumen. Morgen kommt der Heizungsmann. Da habe ich alle Hände voll zu tun.«

»Du räumst schon so lange auf. Kannst du nicht unser Zuhause leer räumen?«

»Erst muss ich aufräumen«, sagte Carla und stand auf. »Lass uns ins Haus gehen.«

Adina stieg die Hüpferstufen empor und betrat den Windfang. Schwach empfing sie der Bächlein-Müll-Geruch. Im hinteren Flur ragte wieder die Kistenwand empor, die nach Bolkos Tod im Keller gestanden hatte. Verdrossen stieg Adina den Saumpfad hoch. In ihrer Nase gewann der Bächlein-Müll-Geruch an Macht. Missmutig kletterte sie in die Räuberhöhle und legte sich angekleidet in ihr Bett. Für ein Bächlein in der Tigerhöhle war sie zu müde. Morgen wäre wieder Schule. Wie erdrückt schlief sie ein.

12

Neugierig stieg Adina den Saumpfad hinab und zwängte sich durch die Kistenschlucht. Es roch bereits nach Pfefferminztee. Gerührt blieb Adina stehen. Das »Kommt noch weg« und der Krimskrams waren in weiteren Landhausmarkt-Tüten verschwunden. Ihre Mutter wünschte ihr ungewohnt herzlich einen Guten Morgen. Adina schnitt Scheibe für Scheibe von der Banane ab, belegte damit das Graubrot und nippte am dampfenden Pfefferminztee. Das war auch Erlas Lieblingstee. Adina würde so gerne die Kraniche wieder sehen. Die Morgensonne flocht sich durch das Fenstertuch in den Wintergarten, flocht sich in das glatt gekämmte blonde Haar ihrer Mutter, umflocht ihre Augenbrauen und bestickte die zimtfarbene Narbe. Adina fragte:

»Darf ich nächstes Wochenende wieder in den Duvenstedter Brook?«

»Nein.«

»O bitte!«

»Du sollst bei Klopfern vorsichtig sein.«

»Erla ist nett.«

»Ob nett oder nicht nett, sie sind gefährlich.«

»Ach, du kennst sie gar nicht.«

Ihre Mutter schüttelte den Kopf und fing an zu erzählen:

»Wir kennen uns ein wenig. Sie arbeitet als Archivleiterin bei einem Presseverlag.«

»Was ist das?«

Carla erklärte es Adina und sagte dann nachdenklich:

»Da gab es vor ein paar Jahren eine Geschichte mit einem Mann, die unglücklich verlaufen ist. Das dürfte der Grund sein, weshalb sie alleine lebt. Sie hat nie darüber gesprochen. Seit dieser Sache nutzt sie ihre Wochenenden und ihren Urlaub, um bei den Kranichen zu sein.«

»Woher weißt du das alles?«

»Man unterhält sich auch einmal mit Nachbarn. Du hast schon Recht. Sie ist eine nette Frau. Hat sie immer noch diese hübsche Stehlampe mit dem gelben Schirm?«

»Nein, sie hat jetzt eine mit einem roten Schirm.«

Sollte sie Carla erzählen, dass die Stehlampe auf dem Sperrmüll gelandet ist? Sie ließ es bleiben. Ihre Mutter sagte:

»Du solltest vorsichtig sein. Zuerst sind sie nett, aber dann wollen sie in unser Haus.« Ernst zeigte sich auf Carlas Gesicht. »Das wäre das Ende.«

Ihre Mutter schien Recht zu haben. Erla hatte versucht, den Garten zu betreten.

»In der Schule mach ich genau das, was du willst«, sagte Adina. »Die anderen Kinder spielen; ich bleibe für mich. Im Brook ist es so schön gewesen.«

Ihre Mutter schwieg. Adina fand sich damit ab, dass sie nie wieder mit Erla Meier in den Duvenstedter Brook führe. Sie würde nie wieder die Baumtruhe besteigen, nie wieder Lebkuchen im Morgengezwitscher knabbern, nie wieder Moorbirken sehen, nie wieder bellende Hunde verscheuchen und sie erführe nie, wie es mit dem König und der Tröterin weiterginge. Adina trank den letzten Schluck Pfefferminztee, als ihre Mutter beiläufig sagte:

»Ein Wochenende im Monat ist genug.«

Adinas Herz nahm drei Hüpferstufen auf einmal.

»Dann darf ich Ende Mai wieder in den Brook?«

Carla nickte. Mausglücklich über die Zusage stand Adina

auf. In der Mulde der Mantelwand lag ihr Glitzerglanzspender. Es knackte und knirschte. Sie sprang die Hüpferstufen hinab. Notkestraße – Osdorfer Landstraße – Seestraße: In vier Wochen durfte sie wieder in den Brook, marderglücklich hüpfte sie über den Zebrastreifen. Windmühlenstieg – Windmühlenweg: Eigentlich waren es keine vier Wochen, sondern lediglich drei Wochen und fünf Tage. Fuchsglücklich hüpfte sie über den Zebrastreifen. Von links kam der Amala-Schwarm heran. Die Näsin sagte:

»Sie trägt wieder Hochwasserhosen.«

Ute und Gisela lachten, Amala lächelte. Adina beschleunigte ihre Schritte, um die Klopfermädchen hinter sich zu lassen. Im Mantelvorraum lief sie Chagga und Gumpen über den Weg.

»Guten Morgen, Stinki«, sagte Chagga. »Hast du das Wochenende gut verdaut?«

Die Freundschaft mit den Chaggas und die Cola waren wirklich erst ein Wochenende her? Ungläubig nahm sie Platz in der letzten Reihe. In der ersten großen Pause rief Frau Lange Adina zu sich. Sie hielt einen Brief in der Hand. Verwundert begutachtete sie Adina.

»Ich kann dich kaum wieder erkennen. Dieser Brief sollte für deine Mutter sein. Ich wollte mit ihr darüber reden, dass du dich öfter waschen solltest. Reinlichkeit muss sein, wenn man gerne im Dreck spielt.« Sie steckte den Brief zurück in ihre Tasche. »Aber heute siehst du endlich einmal sauber aus. Deine Haare glänzen wunderschön.«

Adina versprach ihr, in Zukunft mehr auf Sauberkeit zu achten. Im Nachhinein machte sich die Wannenwonne richtig bezahlt. Adina fühlte sich putzmunter in ihren kranichsauberen Kleidern. Immer wieder schnüffelte sie während des Unterrichts an ihrer Waldhaut. Nach der letzten Schulstunde verließ sie fuchsglücklich den Zweitklässler-Flachbau und pfiff ein Trillerlied, das sie im Brook gehört hatte. Sie wusste nicht, welchen

Vogel sie da nachmachte. Sie würde aber Ende Mai die Kranichfrau danach fragen. Beim kleinen Pausenhof rissen starke Arme sie zu Boden und zerrten sie in die Büsche. Adina presste ihre Lippen zusammen, sie wollte auf keinen Fall weinen. Chagga »Entspann dich« schlug ein paarmal zu. Nach der Verklopfung rieben Esel-Uwe und Roland Mäusezahn sie mit Erde ein. Dann rannten sie weg. Benommen blieb Adina liegen. Die Schläge brannten auf ihrem Körper. Verwundert fühlte sie, dass sie sich zum ersten Mal nicht vor dem Geruch der Chaggas ekelte. Vielleicht wurden die Klopfer ja wirklich ihre Freunde. Sie musste lachen. Als sie sich auf dem Mädchenörtchen von der Erde säuberte, war sie zufrieden mit sich. Sie hatte weder geweint noch Bächlein gemacht.

Zu Hause war ihre Mutter guter Laune. Jetzt käme zum Glück nie wieder ein Klopfer in den Keller. Der Heizungsmann habe die Gasheizung vollständig abgestellt. Adina verstand nicht, was das bedeutete. Sie fragte aber nicht nach, da sie ihrer Mutter glaubte. Carla würde zuerst das Adelunghaus aufräumen und es danach vom Müll befreien.

*

Die Wochen im Mai vergingen. Adina wartete geduldig auf einen Carla-Pfannkuchen, ohne dass ihre Geduld belohnt wurde. Ihre Mutter sammelte Müll im Klopferland und freute sich ausgiebig, dass nie wieder ein Klopfer das Haus beträte. Adina blieb der Grund für die Freude rätselhaft. Das Adelunghaus war angenehm warm. Eine Veränderung gab es also nicht.

Jeden Tag ging Adina zweimal ins Bimssteinzimmer. Das Zähneputzen gelang ihr gut, das Waschen des Gesichts glückte ihr ab und zu, manchmal machte sie sich auch unter den Armen frisch. Den Bimsstein rührte sie nicht an. Zum Ausgleich achtete sie darauf, keines der Tigerbächlein zu versäumen, was ihr auch gelang.

In der Schule wurde Adina weiterhin verklopft und mit Erde eingerieben. Sie hielt sich wacker, weinte nicht bei den Verklopfungen und machte auch kein Bächlein. Eigentlich war es in der Schule erträglich, hatte sie doch die meiste Zeit ihre Ruhe. Die Pausen verbrachte sie am liebsten beim Kreuzbauteich und beobachtete die Spatzen. Es gab dort aber auch Amseln und Meisen. Im Adelunggarten entdeckte sie weitere Vögel, deren Namen sie von ihrer Mutter erfragte: Dompfaffe, Rotkehlchen, Singdrosseln und Elstern.

*

Das Weckerklingeln holte Adina aus dem Schlaf. Es war halb vier morgens. Bevor der zweite Wecker losklackerte, stand Adina bereits am Räuberhöhlenfenster. Obwohl es noch dunkel war, zwitscherten im Adelunggarten schon die ersten Vögel. Heute würde sie die Kraniche wieder sehen. Adina schlüpfte in ihre Schuhe und kletterte aus der Räuberhöhle. Zum Glück hatte sich der Müll im oberen Geschoss nicht weiter verdichtet. Auf der Treppe war der Saumpfad jedoch schmal geworden. Adina musste sich am Handlauf abstützen, um nicht das Gleichgewicht zu verlieren. Sie zwängte sich durch die Müllschlucht im Flur. Vor der Wohnzimmertür stapelten sich Kisten zu einer Wand auf, die bis zur Decke reichte. Den Raum konnte man nicht mehr betreten. In der Küche stapelten sich lose »Das will ich mir noch ankucken«. Ein Pfad zur Spüle und zum Küchentisch war noch frei. Adina nahm sich zwei Bananen und zwei Scheiben Graubrot für unterwegs. Schnell verschwand sie hinaus zur Mantelwand, wo ihr Glitzerglanzspender in der Mulde ruhte. Es knackte und knirschte.

Mit Erla hatte sie nur einmal kurz gesprochen, um sich zu verabreden. Pünktlich kam die Kranichfrau aus dem Kranichhaus und begrüßte sie. Wortkarg verlief die Hinfahrt im pflaumenblauen Wagen. Ungeduldig wartete Adina, dass Erla ihre

Carla-Art ablegte und gesprächiger wurde. Sie wollte so gerne wissen, was sich seit dem letzten Besuch im Brook ereignet hatte. Waren bereits junge Kraniche geschlüpft?

Als Erla auf dem Duvenstedter Triftweg über die Alster fuhr, hielt es Adina nicht länger aus. Sie fragte:

»Was ist mit den Königen?«

»Schau es dir selbst an. Wir sind gleich da.«

War Erla traurig? In der Haupthütte brannte bereits Licht. Der fusselbärtige Ludger redete mit Ulf, einem anderen Kranichhüter. Alle begrüßten sich und die Kranichhüter tauschten Neuigkeiten aus. Der König und die Tröterin seien nun ein Paar. Ludger fand es gut. Erla fand es nicht gut, dass Ludger gut fand, dass der König die Königin verlassen hatte. Ulf fand gut, dass Erla es nicht gut fand, dass Ludger das gut fand. Die Tröterin sei noch zu jung für die erste Brut. Im Brook seien fast überall Junge geschlüpft. Nur die Tänzer brüteten noch. Bei den Partylöwen sei die Nachbrut bereits geschlüpft; die Sänger würden alle Kranichhüter antrompeten, aber keine Besucher; die Heimlichtuer hätten sich in den hintersten Brook verkrümelt; und die Schwärmer kümmerten sich wie immer rührend liebevoll um ihre zwei Jungen. Ulf hatte ein Buch für Erla mitgebracht, das er ihr geben wollte. Die beiden gingen hinaus zum Parkplatz. Ludger sprach Adina an:

»Welches Kranichpaar möchtest du heute zuerst sehen?«

»König und Tröterin.«

»Ulf und ich haben in den letzten Tagen immer wieder den Herumtreiber über dem Brook kreisen sehen. Erla meint, dass sei einer der Jungkraniche aus dem letzten Jahr. Wir sind uns aber sicher, dass es Zausel ist. Vielleicht wird er um die Tröterin kämpfen. Das kann spannend werden.«

Erla blickte zur Tür herein und rief Adina zum Tandem heraus. Ohne darüber zu reden, wohin sie fuhren, radelten sie los. Unterwegs hielt die Kranichfrau auf Adinas Wunsch immer wieder an und erklärte ihr die Vogelstimmen. Da war ein gleichförmiges, zwitscherndes Zilp-zalp-zelp-zilp-zalp, dazwischen immer wieder ein gedämpftes Trrtrr. Die Kranichfrau sagte:

»Hörst du das? Das ist ein Zilpzalp – eine Grasmücke.«

»Eine Mücke, die singt?«

»Grasmücken«, sagte Erla lachend, »sind Singvögel. Die Zilpzalpe sind die Hektiker im Wald. Wenn es richtig hell ist, werde ich dir einen zeigen, dann weißt du, warum.«

Adina blinzelte in die Dämmerung. Warum war der Trillermatz ein Hektiker? Sie wollte ihn am liebsten sofort sehen. Doch die Kranichfrau radelte weiter. Die singende Mücke schien eine Menge Freunde zu haben. Das Zilp-zalp-zelp-zilp-zalp begleitete sie bis zur Baumtruhe, wo es einen Hektiker gab, der den Gesang flötender und schwermütiger aus der Kehle bekam als die anderen. Adina fragte die Kranichfrau:

»Ist das auch ein Zilpzalp?«

»Nein, das ist ein Fitis. Fitisse sind ebenfalls Grasmücken. Sie sehen den Zilpzalpen zum Verwechseln ähnlich, sind aber keine Hektiker.«

In der Baumtruhe bekam Adina wieder ein eigenes »Das kann man doch nicht wegwerfen« und verschaffte sich damit einen Überblick über die Königswiese. Hinten bei den Moorbirken hatte sie zuletzt die Kraniche gesehen. Sie suchte langsam den Baumsaum ab und entdeckte sie nach kurzer Zeit: bimssteingrau das Gefieder, kirschrot der Kopfklecks, wolkenweiß der Augenschweif. Da Erla nichts sagte, wisperte Adina:

»Da.«

»Wo?«

»Bei den Moorbirken.«

Ein Stück entfernt trat ein zweiter Kranich heraus, der etwas kleiner war. Das musste die Tröterin sein. Adina vergewisserte sich:

»Ist sie das?«

»Ja, da kommt das Miststück.«

»Warum Miststück?«

»Spannt der Königin den Mann aus.«

Die Tröterin war offensichtlich nicht Erlas Lieblingskranich. Auf der Königswiese wurde es – Ludger hatte Recht – spannend. Die Tröterin, wiewohl kleiner, ging immer wieder auf den König los, der nicht wusste, wie er sich verhalten sollte. So lief es bis in den Vormittag hinein. Dann gab der König auf und flog davon. Mit einer gewissen Genugtuung sagte Erla:

»Sie jagt ihn zum Teufel. Mein liebes Herzchen, alle Achtung.«

Zur Mittagspause radelten die beiden zurück zur Haupthütte. Auf dem Weg dorthin machte die Kranichfrau einen Abstecher zum Orchideenteich, wo es so schön war wie unterm Kirschbaum im Adelunggarten. Weiße und rote Blütenballen umwucherten den Teich, überzogen auch die Wiese. In einem der Büsche hüpfte ein kleiner, gelblich grauer Vogel umher. Wann immer er zur Ruhe kam, zuckte er unruhig mit Flügeln und Schwanz. Nicht einen Lidschlag Innehalten gab es für den Trillermatz. Adina sagte zu Erla:

»Kuck mal, der Vogel da auf dem Busch.«

»Das ist ein Zilpzalp.«

Rastlos hüpfte der Hektiker in den Büschen umher, bis er im Unterholz verschwand. Der kleine unruhige Geist erinnerte Adina an ihren Bruder. Sie wollte mehr über ihn wissen:

»Wovon lebt er?«

»Von kleinen Insekten und Spinnen.«

»Mag er auch Schokolade?«

»Nein.«

Ein Zilpzalpnest wollte Erla Adina nicht zeigen. Sie würden sonst die Jungvögel stören. Im Herbst gäbe es aber überall leere Nester zu finden. Adina müsse nur ein wenig Geduld haben. Nach der Mittagspause radelte sie mit der Kranichfrau noch zu den anderen Kranichreichen. Die Heimlichtuer und ihre Küken bekam sie nicht zu Gesicht. Bei den Schwärmern und den Sängern konnte sie jeweils einen Elternvogel entdecken. Bei den Tänzern bekam sie einen Brutwechsel mit. Erla machte sie auf den Hahn aufmerksam, der über dem Brook herankreiste und etwa zweihundert Meter vom Nest entfernt landete. Gemächlich schritt er einher, verschwand im Dickicht und war nicht mehr zu sehen. Etwas später schritt die Henne genauso gemächlich aus dem Dickicht auf die Wiese hinaus, bis sie ebenfalls zweihundert Meter vom Nest entfernt war. Leichtfüßig nahm sie ein halbes Dutzend Schritte Anlauf und erhob sich schilfzart in die Lüfte.

»Warum gehen die nicht gleich zum Nest?«

»Sie wollen es im Verborgenen halten.«

Zum Abschluss der Runde radelten die beiden zu den Partylöwen, wo Adina am meisten zu sehen bekam. Von einem Hochsitz aus konnte man das Nest mit dem Fernglas ausgezeichnet beobachten. Wann immer sich einer der brütenden Kraniche erhob, erblickte Adina die beiden flauschigen Küken. Sie waren so winzig wie Spatzen. Unterwegs erfuhr Adina auch, warum die Partylöwen so hießen. Ihre Fluchtdistanz war selbst für Hamburger Kraniche gering. Sogar Wanderer auf Wegen störten sie nicht. Von allen Kranichen im Brook waren die Partylöwen am erfolgreichsten bei der Aufzucht ihrer Jungen.

Im Kranichhaus sprudelte Wasser in die Badewanne und ließ den Fichtennadelschaum zum Glitzerberg werden. Adina wartete mit dem Ausziehen, bis die Kranichfrau zum Pfannkuchenmachen in die Küche ging. Sie wollte nicht, dass Erla den Verklopfungsschmutz und die blauen Flecke entdeckte. Mit Glücksschaudern und Kranichhaut stieg Adina in die nach Fichtennadeln duftende Schaumpracht. Badewanne machte Spaß. Sie schrubbte den Schmutz der letzten vier Wochen von der Haut. Als sie sich abtrocknete, fiel ihr Blick auf ihren Schlüpfer. Sie fühlte sich nicht wohl bei dem Gedanken, ihn gleich anziehen zu müssen. Widerwillig streifte sie sich ihre gebrauchten Sachen über. Für morgen nahm sie sich vor, einen frischen Schlüpfer anzuziehen.

Pfannkuchen – Apfelhalbmonde – Mandelschnuppen: Während sie die Sonnenscheibe genüsslich verspeiste, zwitscherte es in ihrem Kopf – Zilp-zalp-zelp-zilp-zalp und Trrtrr.

Im Adelunghaus war Carla beim Aufräumen. Mit dem Müll wurde es immer ärger. Adina war zu erschöpft, um etwas zu sagen. Ihre Kraft reichte gerade noch dazu, ihre Mutter um das Geld für den Schulausflug nächste Woche zu bitten. Müde kämpfte sie sich nach oben, erkletterte die Kistenwand und glitt hinab in die Räuberhöhle. Für ein Tigerbächlein fehlte ihr die Kraft. Sie dachte kurz darüber nach, ob sie bereits jetzt ihren Schlüpfer wechseln sollte, ließ es dann aber bleiben. Morgen früh vor der Fahrt in den Brook wäre noch genügend Zeit dafür. Marderglücklich schlief sie ein und träumte von Kranichen.

*

Puckaffer Weg – Poppenbütteler Chaussee – Duvenstedter Damm – Duvenstedter Triftweg: Vier Wochen hatte Adina warten müssen und nun gab es nach dem Kranichsonnabend auch noch einen Kranichsonntag. Vor der Haupthütte setzte sich Ludger gerade aufs Fahrrad und winkte zur Begrüßung.

»Wir haben gestern wieder den Herumtreiber gesehen. Ich sag es euch. Es ist Zausel.«

»Die Tröterin hätte Zausel nicht verlassen, wenn er noch am Leben wäre«, sagte Erla bestimmt.

»Kraniche verlassen hin und wieder ihren Partner.«

Die Kranichfrau zog Adina in die Haupthütte und schenkte dem grinsenden Fusselbart Ludger keine Beachtung. Ulf fragte Erla, ob sie schon in die »Toten Seelen« geschaut habe. Die Kranichfrau nickte. Sie werde das Buch nächste Woche durchhaben. Plötzlich machte sie auf dem Absatz kehrt und verschwand hinaus ins Morgengrauen. Sie schmetterte Ludger hinterher:

»Kraniche verlassen nur ganz selten ihren Partner!«

»Nicht so laut, meine Dame«, flötete Ulf. »Wir sind hier in einem Naturschutzgebiet.«

Adina musste lachen. Die Kranichfrau kam zurück in die Haupthütte. Sie war in Fahrt. Ulf sagte zu ihr:

»Was sind denn das für Neuigkeiten, die ich erfahren habe? Die Tröterin und der König im Flitterwochenstreit?«

»Vielleicht.«

»Die Tröterin macht dem König schöne Augen. Er schickt seine Gemahlin in die Wüste. Und sie schickt den König in die Wüste. Hat sich das Zausel ausgedacht oder die Tröterin?«

»Solche Intrigen gibt es bei Kranichen nicht.«

Ulf schulterte seinen Rucksack und stapfte zur Tür hinaus. Adina wollte gerne wissen, was Erlas heftiger Wortwechsel mit Ludger zu bedeuten hätte. Sie traute sich jedoch nicht, eine solche Klopferfrage zu stellen. So fuhren die zwei, ohne ein Wort zu sagen, auf dem Tandem zur Baumtruhe. Plötzlich trat Erla auf die Bremse. Adina riss es nach vorne aus dem Sattel. Sie rutschte mit den Zehen von den Pedalen und fand erst wieder auf dem Boden Halt.

»Da vorne rechts«, wisperte die Kranichfrau. »Ein Keiler.«

Ein mächtiges Wildschwein trottete über den Weg, blieb in der Mitte stehen. Die Kranichfrau raunte:

»Wenn er uns angreift, müssen wir kräftig in die Pedale treten.«

Vor Schreck hüpfte Adina zurück in den Sattel, bereit, um ihr Leben zu strampeln. Erleichtert sah sie, wie der Keiler weitertrottete und im Dickicht verschwand. Ein riesiges Tier! Die Kranichfrau sagte:

»Bei Wildschweinen muss man aufpassen. Wenn die Bachen Frischlinge führen, greifen sie auch Menschen an. Der Schwarzkittel eben ist keine Gefahr gewesen. Er wird das Weite suchen, so überrascht, wie er uns angekuckt hat. Du sagst ja gar nichts.«

Vor Schreck hatte Adina ein Bächlein gemacht, wenn auch nur ein kleines. Sie fühlte bereits die Feuchte im Schritt. Zum Glück hatte sie am Morgen vergessen, einen frischen Schlüpfer anzuziehen. So würde es nicht auffallen. In der Baumtruhe fühlte sie sich wieder wohl, da der Klecks in der Hose schnell trocknete. Auf der Königswiese zeigten sich keine Kraniche. Zilp-zalp-zelp-zilp-zalp und Trrtrr: Adina lauschte auf die Vogelstimmen und vermochte, eine herauszuhören. Sie fragte die Kranichfrau:

»Ist das ein Zilpzalp?«

»Vielleicht.«

»Warum nur vielleicht?«

»Hier trällern auch eine Menge Fitisse.«

Adina hörte gespannt zu, was die Kranichfrau sagte. Sie hoffte auf eine Erklärung, die aber zu ihrer Verwunderung ausblieb. Adina lauschte weiter auf die Vogelstimme links in der Buche. Tititi-dje-djüe-düe-düi-dju: Da flötete ein Fitis schwermütig sein Lied. Adina lauschte weiter. Zilp-zalp-zelp-zilp-zalp und Trrtrr: Das war jetzt der Stammelgesang eines Zilpzalps. Die Kranichfrau war immer noch schweigsam, doch darauf konnte Adina keine Rücksicht nehmen. Sie wollte es genauer wissen.

»Das ist ein Zilpzalp, oder nicht?«

»Ich glaub nicht.«

»Warum nicht?«

»Es ist ein Fitis.« Ein Ruck ging durch die Kranichfrau. Sie packte das Fernglas und raunte: »Bei den Moorbirken.«

Bimssteingrau das Gefieder, kirschrot der Kopfklecks, wolkenweiß der Augenschweif: Ein Kranich trat auf die Wiese. Noch ein schilfschlanker Hals, noch ein spitzer Schnabel: Ein zweiter Kranich trat auf die Wiese. Im Licht der Morgensonne waren die beiden gut zu erkennen. Der zweite war etwas größer als der erste, und an seinem Hals schimmerten Glitzerfedern. Der Hahn war größer als die Henne? Bei dem König hatte aber nichts geglitzert. Nach dem Zilpzalp-Fitis-Misserfolg fragte Adina vorsichtiger:

»Wie der König sieht der nicht aus, oder?«

»Das ist Zausel.«

Die Kranichfrau sagte nichts mehr. Sie war mucksch. Adina schaute auf ihre »Das kann man doch nicht wegwerfen«. Wie die Zeit verging. Sie wagte es nicht, Erla anzusprechen. Umso überraschter war sie, als die Kranichfrau ihr Schweigen brach und auf ihr früheres Gespräch zurückkam:

»Fitisse machen hin und wieder auf Zilpzalp.«

»Sie hüpfen dann hektisch herum?«

»Nein, sie trällern gerne einmal den Zilpzalpgesang. Links in der Buche ist wieder einer, der seinen Spaß daran hat, beide Gesänge anzustimmen.«

Tititi-dje-djüe-düe-düi-dju: Da flötete ein Fitis schwermütig das Fitis-Lied. Adina lauschte. Zilp-zalp-zelp-zilp-zalp und Trrtrr: Das war jetzt das Zilpzalp-Stammellied. In dem morgendlichen Vogelvielerlei hörte Adina diesen einen Vogel heraus, der Zilpzalp sein konnte, aber nicht verbergen wollte Fitis zu sein. Vom Weg bellte es kräftig. Ruckartig stand Erla auf und kletterte die Leiter hinunter.

»Komm, es geht los.«

Ein Klopfer wanderte den Weg entlang, sein Schäferhund tollte umher. Aufgebracht eilte die Kranichfrau zu ihm. Sie wies ihn darauf hin, dass er sich in einem Naturschutzgebiet befinde, wo Hunde verboten seien. Der stoppelbärtige Klopfer fragte barsch, wer sie sei. Die Kranichfrau erklärte es ihm, wurde sogar freundlich, als der Klopfer anfing zuzuhören. Mit Hinweis auf seinen Schäferhund sagte sie:

»Er ist noch nicht mal angeleint.«

»Der gehorcht aufs Wort.«

»Dann pfeifen Sie ihn zurück, er stöbert schon im Gebüsch herum.«

»Smoky, komm her!«

Der Schäferhund stöberte weiter im Gebüsch herum. Die Kranichfrau sagte vorwurfsvoll:

»Der gehorcht Ihnen nicht aufs Wort.«

»Ach, schauen Sie. Er hat was entdeckt. Da geht der Jagdinstinkt mit ihm durch.«

»Im Naturschutzgebiet sollte der Jagdinstinkt mit keinem Hund durchgehen.«

»Hunde haben auch ein Recht auf Natur.«

»Dafür gibt es Hundewiesen.«

»Dort gibt es aber keine Kaninchen.«

»Wie bitte?«

»Smoky soll sich am Wochenende auch mal austoben. Außerdem tut es den Tieren gut, wenn ihre Fluchtinstinkte geschult werden.«

»Wilderei ist eine Straftat! Sie sollten sofort den Duvensteder Brook verlassen. Wenn ich Sie hier noch einmal mit dem Hund sehe, bekommen Sie eine Anzeige!«

Bellend kam der Schäferhund herbeigelaufen. Sein Klopferherrchen zeigte auf Erla und sagte scharf:

»Smoky, fass!«

Knurrend ging der Schäferhund auf die Kranichfrau los, wollte nach ihr schnappen. Bevor es jedoch dazu kam, jaulte er auf und suchte Schutz bei seinem Klopferherrchen. Erla hielt in der Hand eine Art Dose. Der Klopfer schimpfte:

»Was haben Sie mit ihm gemacht?«

»Pfeffernebel.«

»Sie Tierquälerin!«

Als Drohung hielt Erla die Pfeffernebeldose wieder in die

Höhe. Der Klopfer schien zu begreifen. Er griff in seine Jackentasche, leinte den winselnden Smoky an und suchte fluchend das Weite.

»Das war einer von der harten Sorte«, sagte Erla und steckte den Pfeffernebel ein. »Lass uns eine Rundfahrt machen.«

»Wirkt der Pfeffernebel auch bei Wildschweinen?«

»Ulf sagt ja. Ich habe es noch nie versucht.«

Erleichtert, dass sie vor Keilern keine Angst mehr haben musste, trat Adina zehenspitzenleicht in die Pedale. Im Verlauf des Sonntags begegneten ihnen noch drei weitere Hundeklopfer, die aber die Wirkung des Pfeffernebels nicht zu sehen bekamen. Sie hatten alle ihre Hunde angeleint. Zum Abschluss der Rundfahrt bestiegen die zwei im Reich der Partylöwen den Hochsitz und schauten den Kranichen ins Nest. Erla sagte:

»Wenn du im Juni wieder hier bist, werden die Küken schon so groß wie Hühner sein. Ende Juli sind sie dann fast so groß wie ihre Eltern und Anfang September sollten sie flügge sein. Spät, aber nicht zu spät. Die Partylöwen sind geschickt darin, ihre Nachbruten großzubekommen. Im November werden auch die Spätgeborenen die lange Reise nach Spanien antreten.«

Bei diesen Worten wurde Adina traurig. Wieder ging ein Wochenende vorüber, von dem sie sich wünschte, es würde ewig dauern. Morgen wäre wieder Schule.

Duvenstedter Triftweg – Duvenstedter Damm – Poppenbütteler Chaussee – Puckaffer Weg: Müde wurde Adina; sie wachte erst wieder in Bahrenfeld auf. Glücklich nahm sie die Einladung der Kranichfrau auf einen Pfannkuchen an. Das Angebot, ein Bad zu nehmen, schlug Adina aus. Es wäre ihr unangenehm gewesen, sich auszuziehen, nachdem sie im Brook Bächleinpech gehabt hatte. Pfannkuchen – Apfelhalbmonde – Mandelschnuppen: Während sie die Sonnenscheibe genüsslich verspeiste, zwitscherte es in ihrem Kopf – Tititi-dje-djüe-düe-düidju.

13

Notkestraße – Osdorfer Landstraße – Seestraße: In der Eiche bei der Tischlerei zeterte eine Amsel. Windmühlenstieg – Windmühlenweg: Eine Elster schackerte vom Giebel des Eckhauses. Vor der Schule wartete bereits der Bus für den Klassenausflug. Vorne saßen Amala und ihre Freundinnen. In der hintersten Reihe thronten die Chaggas. Zum Glück fand Adina noch eine Bank für sich. Sie freute sich auf den Ausflug in die Lüneburger Heide. Ob sie einen Zilpzalp zu Gesicht bekäme? Oder einen Fitis? Die Chaggas alberten herum, frotzelten, spielten Karten und ließen sie in Ruhe. In dem Durcheinander der Klopferstimmen fing Adina ein paar Wortbrocken auf.

»So ein Riesenviech, das glaubst du nicht. Mit einer Narbe an der Schnauze und Hammerzähnen. Ohne den Gartenzaun hätt er mich kaltgemacht«, prahlte Chagga »Entspann dich«.

»Den kenn ich auch«, sagte Mammut.

»Das ist ein Dobermann«, rief Roland Mäusezahn dazwischen.

»Das ist kein Dobermann«, sagte Mammut, »das ist ein Rottweiler.«

»Seit wann kennst du dich mit Hunden aus?«, fragte Gumpen.

»Das ist doch ein Dobermann«, sagte Roland Mäusezahn. »Ich hab ihn gesehen.«

»Mein Onkel hat einen Rottweiler«, sagte Mammut. »Ein Dobermann sieht aus wie ein Rottweiler. Das Fell ist schwarz und am Bauch und an den Beinen rotbraun. Der Dobermann ist nicht so bullig.«

»Das ist ein Brocken«, brachte Chagga hervor.

»Ein Rottweiler.«

»Ein Dobermann!«

Das Hundegespräch nahm kein Ende. Eigentlich war es Adina gleich, ob irgendwo ein Dobermann oder ein Rottweiler herumlief. Sie bemerkte aber beim Lauschen, dass Chagga »Entspann dich« nicht nur beeindruckt war von dem Viech. Da war noch etwas anderes in seiner Stimme. Der Rottweiler-Dobermann hatte Chagga »Entspann dich« Angst eingejagt. Das gefiel ihr. Sie erinnerte sich an ihre erste Begegnung mit Chagga-Jan. Am ersten Schultag war er in einen Hundehaufen getreten und hatte ein Igittgesicht nach dem anderen geschnitten. Chagga war verwundbar.

Der Bus hielt auf einem Rastplatz im Grünen. Frau Lange verkündete, man werde eine Wanderung unternehmen, bevor es in das Freilichtmuseum gehe. Alle Schüler sollten beisammenbleiben. Wer den Anschluss verlöre, sollte hier am Rastplatz auf den Bus warten. Frau Lange war besorgter als gewöhnlich, da sie die Klasse ganz alleine bändigen musste. Die Begleiteltern für den Ausflug hatten kurzfristig abgesagt.

Bei der Wanderung durch die Heide erscholl immer wieder ein Vogellied, das sich in seinem marderschönen Klang von den anderen Vogelliedern unterschied. Zum einen war da ein melancholisch weiches Schnalzen: Dlidlidlidlidlidli, zum anderen ein geflötetes Düdidüdidüdi, das Adina noch besser gefiel. Sie spähte umher, um den Trillermatz ausfindig zu machen. Erst gegen Ende der Wanderung entdeckte sie einen der Düdi-Vögel. Er saß auf der Spitze eines Wacholders und schnalzte, trällerte und flötete. Das Gefieder des Düdi-Vogels war unauffällig graubraun. In der Gestalt ähnelte er einem Fitis, war jedoch etwas größer. Ein zweiter Düdi-Vogel flog schnalzend, trällernd und flötend in Wellen herbei, umkreiste den Wacholder. Plötzlich wurde Adina zu Boden gerissen und mit dem Gesicht in ein Krautbüschel gedrückt. Mausgut roch die Heide. Zwei, drei Schläge trafen sie in die Seite. Die Wandertasche wurde ihr von der Schulter gezerrt. Esel-Uwe drückte sie zu Boden, während Roland Mäusezahn ihre Tasche ausleerte. Esel-Uwe hatte bei weitem nicht Mammuts Rottweilerkräfte. Er drückte Adinas Schultern auf den Boden. Das waren nicht einmal Chaggas Dobermannkräfte. Roland Mäusezahn warf ihren Apfel fort, zertrat die Bananen, goss ihr Trinkwasser aufs Graubrot und trampelte alles in den Heidestaub.

Adina hob die Schultern, um zu sehen, wo Frau Lange war. Esel-Uwe bemühte sich nach Kräften, sie wieder auf den Boden zu drücken. Das waren auch keine Pudelkräfte, mit denen er drückte. Sie überlegte, ob es klug wäre, ihn abzuschütteln. Wo war Frau Lange? Als Adina lediglich Chagga »Entspann dich« und einen Haufen Klopferkinder erspähte, gab sie Esel-Uwes Dackelkräften nach und ließ sich in den Staub drücken, dabei begann sie herzerweichend zu wimmern. Mardergut rochen die Heideblüten. Jubelnd rappelte sich Esel-Uwe auf und trat Adina noch einmal. Sie wusste, was sie dem armen Kerl schuldig war, und schrie gepeinigt auf.

»Komm, Uwe, die hat genug.«

Der Ruf kam von Chagga »Entspann dich«, der anscheinend seine Freunde genau im Blick behielt. Hätte sie sich gewehrt, wäre er den Schwächlingen zu Hilfe geeilt. Adina erhob sich und klopfte den Heidestaub von ihren Kleidern. Zum Glück hatte sie am Morgen nichts Frisches angezogen, wie sie nach dem Aufstehen kurz überlegt hatte. So fielen die Flecken und Flecklein nicht groß auf.

Die Heide roch einfach gut. Adina bückte sich, um noch einmal zu schnuppern: mardergut, wenn nicht sogar fuchsgut. Sie warf einen Blick auf ihr zertrampeltes Essen. Schade, allmählich bekam sie Hunger.

Als die Klasse das Freilichtmuseum betrat, geschah es. Adina hatte nicht mehr damit gerechnet. Eichhörnchenglücklich blieb sie stehen. In ihr sammelte sich alles, was zum Brook gehörte: die Baumtruhe, der Orchideenteich, die Haupthütte, die Partylöwen, Zausel und die Tröterin, das Tandem und der Keiler, ein »Wie schön das ist«, eine Sonnenscheibe, Apfelhalbmonde, Mandelschnuppen – Zilp-zalp-zelp-zilp-zalp.

Beim Gebüsch am Zaun erblickte sie den Hüpferich. Es zuckten seine Flügel, es zuckte sein Schwanz – Trrtrr. Äße er Bananen, würde er sie verschmieren.

»Frau Lange, schauen Sie mal«, rief die Näsin. »Da ist ein grüner Spatz!«

»Das ist kein Spatz«, sagte ihre Lehrerin. »Spatzen sind graubraun.«

»Der hüpft so lustig rum«, sagte Amala. »Was für ein Vogel ist das?«

»Oh, da bin ich überfragt«, sagte Frau Lange. »Wir können aber den Führer fragen.«

Die Lehrerin rief den Grauhaarklopfer herbei, der die Klasse am Eingang erwartete. Da er nicht gleich kam, sagte Adina laut und deutlich in das Schweigen hinein:

»Das ist ein Zilpzalp.«

»Was soll das denn sein?«, fragte Gumpen.

»Eine Grasmücke.«

»Stinki, wie blöd!«, rief Chagga »Entspann dich« aus. »Wir reden hier von einem Vogel, nicht von einer Mücke.«

Chagga »Entspann dich« machte einen Scheibenwischer, während die Klasse dem grauhaarigen Klopferführer entgegensah, der gerade herbeikam. Zu Adinas Überraschung flog der Zilpzalp nicht davon. Der nette Klopferführer hörte sich die Frage an, schaute zum Gebüsch und sagte:

»Das ist ein Phylloscopus collybita. Ein Zilpzalp. Gehört zur Familie der Grasmücken. Man kann ihn ganz leicht mit einem Phylloscopus trochilus verwechseln.«

In die fragende Stille hinein sagte Adina:

»Einen Fitis habe ich hier noch nicht gehört.«

Adina genoss das Staunen ihrer Klopfermitschüler. Dem Phylloscopus collybita wurde es zu langweilig, er schwang sich auf und flog ins Freilichtmuseum hinein. Der nette Klopferführer nahm die Klasse unter seine Fittiche und Frau Lange gönnte sich ein verdientes Redepäuschen.

In der Mittagspause suchte sich Adina abseits ein Plätzchen und griff hungrig in ihre Wandertasche. Aber sie war leer. Adina sah den Graubrot-Bananen-Heidematsch vor ihrem inneren Auge. Der Blick auf ihre »Das kann man doch nicht wegwerfen« verhieß nichts Gutes: Noch zwei Stunden würde es dauern, bis sie wieder zu Hause wäre. Ihre Zunge klebte am Gaumen. Das Gute an den Verklopfungen in der Schule war, dass sie danach immer Wasser trinken konnte. Vielleicht gab es auch hier ein Örtchen. Glücklich über ihren Einfall wollte sie gerade aufstehen, als sie hinter sich Schritte hörte.

»Hallo, Adina. Darf ich mich zu dir setzen?«

»Ja.«

»Ich habe vorhin gesehen, was Uwe und Roland mit dir gemacht haben. Möchtest du etwas abhaben? Meine Mutter hat mir sowieso zu viel mitgegeben.«

In der kranichzarten Hand lag ein belegtes Brötchen. Adina zögerte. Das letzte Mal, als sie etwas von Klopferkindern angenommen hatte, war sie mit Häufleinpech bestraft worden. Sie musterte Amala, dann blickte sie sich um. Von allen Klassenkindern war Amala das netteste Mädchen. Adina griff zu.

»Meine Mutter legt auf den Schinken immer Salat und eine Tomatenscheibe. Wenn du keine Tomate magst, kannst du sie mir geben.«

Da sie so hungrig war, kaute Adina bereits. Tomaten mochte sie mardergerne. Carla hatte seit langem keine mehr eingekauft. Das Brötchen war so saftig, dass es sich sogar in ihrem ausgetrockneten Mund gut zerkauen ließ. Durstig fragte sie nach dem ersten Bissen, ob Amala auch etwas zu trinken habe.

»Möchtest du Cola oder Apfelsaft?«

Jetzt kam es nicht mehr darauf an. Beim letzten Mal war ihr die Cola auf den Magen geschlagen. Geschmeckt hatte sie aber.

»Cola!«

»Hier, ich trink lieber Apfelsaft.«

Abseits der Klasse saßen Adina und Amala während der Brotzeit auf einer Bank, kauten und plauschten. Immer wieder blickten Klopferkinder herüber. Esel-Uwe blickte, Roland Mäusezahn blickte, Chagga »Entspann dich« blickte, Gumpen und Mammut blickten, die Näsin blickte am häufigsten. Frau Lange stand auf und kam herüber:

»Na, ihr zwei Hübschen, lasst ihr es euch im Schatten gut gehen?«

Amala plauderte mit der Klopferklassenlehrerin. Bei allem Hunger wollte Adina nicht unvorsichtig sein. Sie schwieg und kaute das fuchsköstliche Brötchen.

Auf dem Heimweg dachte Adina darüber nach, ob Amala ihre Freundin würde. Sie musste Carla nicht um Erlaubnis fragen. Wenn Amala Lust hatte, sich mit ihr anzufreunden, würde Adina es einfach tun. Voller Vorfreude auf den nächsten Schultag stieg Adina die Hüpferstufen empor. Es knackte und knirschte. Im Windfang empfing sie ein Hauch von Dreck und Müll. Carla hatte Recht. Niemals dürfte ein Klopfer das Adelunghaus betreten. Sie musste vorsichtig sein. Vor allem bei Erla Meier.

Am nächsten Tag spielten die Näsin, Ute, Gisela und die anderen Amala-Mädchen Hinkepoot. Alle sahen zu, als Amala über das Kreidemuster auf dem Schulhof hüpfte. Adina sonderte sich ab. Sie durfte sich nie im Leben mit einem Klopfermädchen anfreunden. Sie kam aber nicht weit. Die Chaggas führten sie hinter den Zweitklässler-Flachbau. Rottweiler-Mammut, Pudel-Gumpen, Dackel-Uwe und Möchtegerndobermann-Roland hielten sie fest, während Dobermann-Chagga loslegte. Weder weinte Adina noch machte sie Bächlein. Das Wimmern durfte sie sich nicht verkneifen, sonst schlüge Dobermann-Chagga doppelt so lange auf sie ein. Sie wimmerte so hingebungsvoll, wie sie nur konnte.

Am Kreuzbauteich verbrachte sie den Rest der Pause. Tschilp-tschelp-tschilp: Ein Spatz hüpfte ums Schilf wie ein Möchtegern-Phylloscopus-collybita.

14

Die Juniwochen vergingen. Carla ließ sich Zeit mit dem Pfannkuchenmachen, hatte jedoch zu Adinas Freude aufgehört, neuen Müll aus dem Klopferland herbeizuschleppen. Adina ging jeden Tag zweimal ins Bimssteinzimmer. Das Zähneputzen gelang ihr unverändert gut, das Waschen des Gesichts fiel ihr zusehends leichter und jeden Morgen machte sie sich unter den Armen frisch. Sie überlegte auch, ob sie das mit den Tigerbächlein sein lassen sollte. Nach einem Tag der Enthaltsamkeit kehrte sie zu dieser Übung zurück. Sie fühlte sich nach den Tigerbächlein einfach zu gut, als dass sie darauf verzichten mochte.

In der Schule wurde Adina verklopft, mit Erde eingeseift und hin und wieder mit Gras gefüttert. Die Dobermannschläge Chaggas taten weh. Die Pudel- und Dackelschläge der anderen ließen sich ertragen. Bei den Verklopfungen achtete sie mittlerweile darauf, nach Leibeskräften zu heulen. Die Chaggas ließen am schnellsten von ihr ab, wenn sie ihnen dieses Geschenk flink zukommen ließ. Die vielen Verklopfungen während der letzten Monate, bei denen sie mit zusammengebissenen Zähnen die Schmerzen geschluckt hatte, erwiesen sich als brauchbare Abhärtung. Tränen gönnte sie den Chaggas jedoch nicht.

Am Freitagabend vor dem nächsten Brookwochenende kam Carla in den Garten, wo Adina unter dem Kirschbaum im Schatten der tief hängenden Zweige saß und sich auf die Kraniche freute. Carla teilte ihr mit, dass sie für die Sommerferien im

Unternehmen freibekommen habe. Sie würden zu zweit nach langer Zeit einmal wieder in Urlaub fahren. Zuerst ginge es nach Paris und London, danach würden sie bis in den August in Südengland Badeurlaub machen. Ach nein! Adina freute sich bereits auf das Kranichwochenende, die Carla-Ankündigung traf sie unvorbereitet. Den Worten ihrer Mutter entnahm sie, dass sie schon einmal in Spanien Urlaub gemacht hatten, als sie noch ein kleines Kind gewesen war. Sie konnte sich nicht daran erinnern. Sie merkte aber, dass ihre Mutter über ihre mangelnde Begeisterung enttäuscht war. Urlaub machen war nur etwas für Klopfer. Davon war Adina überzeugt.

Das herbeigesehnte Kranichwochenende an den nächsten beiden Tagen fiel zum Glück nicht aus. Früh ging Adina zu Bett. Sie stellte ihre zwei Wecker und schlief dann doch nicht ein. Sie dachte an den Kirschbaum, ihre Mutter und daran, wo Zugvögel im Winter Urlaub machten. Ob es auch in England Kraniche gab?

Puckaffer Weg – Poppenbütteler Chaussee – Duvenstedter Damm – Duvenstedter Triftweg: Licht brannte in der Haupthütte, mit einem Kribbeln stieg Adina aus dem pflaumenblauen Wagen und lief ins Heim der Kranichmenschen. Ludger war bereits ausgeflogen. Sie fragte Ulf nach dem Düdi-Vogel und beschrieb sein Aussehen, seinen Gesang.

»Das wird eine Heidelerche gewesen sein«, sagte Ulf und nahm ein Buch aus dem Bücherbord. »Eine richtige Gesangsvirtuosin. Hier, erkennst du sie wieder?«

Das unscheinbare graubraune Gefieder, der kurze Schwanz: Adina hörte ein melancholisches, geschnalztes Dlidlidlidlidlidli und ein geflötetes Düdidüdidüdi. Auf der Tandemfahrt zur Baumtruhe atmete sie die stärkende Luft des Brookes ein.

War beim ersten Mal im Brook das eine Wald gewesen und das andere Wiese, löste sich die Landschaft mehr und mehr auf. Alles, was blühte und Blätter zeigte, hatte einen Namen; alles, was flog und flatterte, hatte einen Namen. Für Adina waren die Namen wie Straßenschilder. Sie genoss es, im anbrechenden Morgen die gesprächig werdende Kranichfrau zu fragen, was da duftete, was da Schwingen schwang. Erlen – Buchen – Kiefern: Immer spürte sie bei der Kranichfrau eine tiefe Freude über ihre Neugier. Neuntöter – Eichelhäher – Wanderfalken: Adina mochte die zarte, feste Stimme der Kranichfrau.

Über alles im Brook durfte geredet werden, aber über eines mochte Erla leider nicht reden: über Zausel und die Tröterin. Gerne hätte Adina erfahren, was in den letzten Wochen aus König und Königin geworden sei. Waren sie wieder ein Paar? Hatte die Königin dem König vergeben? Wo würden sie ihr neues Reich nehmen? Kämen sie zurück, um ihr altes Reich zurückzuerobern? Würden Zausel und die Tröterin ihr Reich halten können? Schweigend beobachtete Erla die beiden Kraniche. Adina saß in der Baumtruhe wie in einem Haufen »Kommt noch weg« und Krimskrams. Hin und wieder nippte sie an ihrer Wasserflasche, hin und wieder kaute sie Graubrot. In die Stille hinein sagte die Kranichfrau auf einmal:

»Schau, da vorne, der Vogel.«

Über die Wiese flog ein goldgelber Vogel mit schwarzen Flügeln und flatterte hinein ins Blätterwirrwarr einer Buche. Kurz darauf erklang ein geflötetes Düdlio.

»Das ist ein Pirol. Wir bekommen ihn im Brook nur selten zu Gesicht. Er ist noch scheuer als die Heimlichtuer.«

Bei dem Stichwort »zu Gesicht bekommen« hätte Adina am liebsten gefragt, warum sie die Könige nicht mehr im Brook zu Gesicht bekäme. Sie ließ es bleiben, um Erla nicht wehzutun. Sie schätzte an Erla Meier, dass sie fast nie Klopferfragen stellte. So sollte es bleiben. Sie wollte sie nicht zu Fragen ermuntern, auf die Adina nicht antworten durfte. Auf wunderliche Weise fühlte sich Adina neben der Kranichfrau wolkenwohl.

Am Nachmittag fuhren sie die Brookrunde. Am Orchideenteich machten sie eine Weile Halt. Schillebolde schwirrten über das Wasser, blieben in der Luft stehen, schwirrten weiter, jagten Kerfe. Adina entdeckte auf der Wiese ein schwarzweißes Tier, das zum Erlenwald trabte, und machte die Kranichfrau darauf aufmerksam.

»Ein Grimbart! Wie ungewöhnlich.«

»Ist der selten?«

»Nein, die Tageszeit ist ungewöhnlich. Dachse schlafen tagsüber in ihrem Bau.«

»Warum ist er jetzt unterwegs?«

»Ich habe so lange warten müssen bis zu meinem ersten Dachs. Und du siehst deinen ersten bei hellem Sonnenschein.« Die Kranichfrau kräuselte verwundert das Kinn. »Was ich immer wieder über die Natur lerne: Es gibt Ausnahmen.«

»Du hast nicht auf meine Frage geantwortet«, sagte Adina enttäuscht.

»Man muss nicht immer antworten«, sagte Erla. »Du hast mich gerade geduzt. Ist dir das aufgefallen?«

»Nein.«

»Bisher hast du mich bei meinem Vornamen genannt und gesiezt. Wenn ich darüber nachdenke, finde ich es schön, wenn du mich duzt. Wollen wir es beibehalten?«

Das war eine Klopferfrage. Adina spürte, wie sich Widerstand in ihr aufbaute. Durfte sie eigentlich hier sein: im Duvenstedter Brook am Orchideenteich, wo Dachse trabten, Libellen Insekten jagten und Zilpzalpe brüteten?

In Adina kämpfte es. Es gab Klopfer und es gab Kranichmenschen. War die Kranichfrau gefährlich? Adina sollte vorsichtig sein, aber sie fühlte, dass es kein Zurück vom Du gab. Leise sagte sie:

»Ja. Du hast aber meine Frage nicht beantwortet.«

»Wir Menschen schlafen in der Nacht und verlassen tagsüber

unseren Bau. Manche Menschen verlassen auch nachts ihren Bau. Man trifft sie dann an den seltsamsten Stellen.«

Die Kranichfrau machte eine Pause und lächelte rätselhaft. Adina tat ihre Nähe auf einmal weh. Gebannt hörte sie der zarten, festen Stimme zu.

»Man muss nicht immer fragen, um eine Antwort zu erhalten.«

Zitronengarten – Amerika: Vor zwei Monaten hatte sie in der Baumtruhe übernachtet; vor zwei Monaten war sie vor Schreck von den moosigen Sprossen abgerutscht. Adina war glücklich über die schmerzhafte Nähe der Kranichfrau und sie war glücklich, schweigen zu dürfen.

Duvenstedter Triftweg – Duvenstedter Damm – Poppenbütteler Chaussee – Puckaffer Weg: Hungrig schlief Adina auf der Rückbank ein. Sie wurde erst wach, als die Kranichfrau den pflaumenblauen Wagen vor dem Kranichhaus abstellte. Pfannkuchen – Apfelhalbmonde – Mandelschnuppen: Während Adina, frisch gebadet, die Sonnenscheibe verspeiste, war es in ihr wie im Brook. Die Kraniche trompeteten, der Pirol flötete und die Schillebolde sirrten.

Am Sonntagmorgen fragte Adina Ludger nach dem Sonnenscheindachs.

»Ein Dachs am Orchideenteich am Nachmittag? Letzte Woche habe ich den dort auch gesehen. Der hat seinen Spaß am Sommer.«

Ludger redete weiter. Es gebe eben Dachse, die man auch am Tage zu Gesicht bekomme. Tiere hätten viele Verhaltensweisen, das könne sie an den Kranichen sehen. Je genauer man sie beobachte, desto feinere Unterschiede nehme man wahr. Zausel und die Tröterin hätten sich das beste Reich unter den Schnabel gerissen. Er sei neugierig, ob sie den Fluch des Reiches brechen könnten. Alle hier seien der Meinung, das Reich der Könige sei das beste Reich im Duvenstedter Brook. Nur leider widerspreche dem der Bruterfolg des Königspaares. Seit sie das Reich übernommen hätten, seien sie nie mit ihrer Brut durchgekommen. Küken seien viele geschlüpft. Flügge geworden sei keines.

Die Fragen der Kranichhüter sprangen auf Adina über. Sie unterbrach Ludger:

»Kann man Zausel und die Tröterin nicht warnen?«

»Das ist nicht unsere Aufgabe«, sagte Erla.

»Wir Kranichhüter«, sagte Ulf, »achten darauf, dass die Kraniche ihre Ruhe haben. Alles andere können wir getrost ihnen überlassen. Seit sechzig Millionen Jahren fliegen Kraniche über diese Erde.«

»Es wird an Zausel und der Tröterin liegen, die Fehler der Könige zu vermeiden«, sagte Ludger.

»Rede nicht von Fehlern«, widersprach Erla, »du weißt so wenig wie wir alle, woran es liegt.«

Die Kranichhüter redeten sich die Münder geschmeidig. Danach auf dem Tandem wogten die Wortwellen noch lange in Adina hin und her. In der Baumtruhe beim Beobachten von Zausel und der Tröterin dachte Adina oft an das nächste Jahr, vielleicht würden die beiden bereits brüten, vielleicht wären sie in der Lage, den Fluch zu brechen, der auf dem Reich lastete. Erla schien Zausel und die Tröterin nicht zu mögen. Sie trauerte ihrem Königspaar nach. Schweigend genoss Adina das Beisammensitzen. Auf einmal trat bei den Buchen ein Klopfer aus der Deckung und ging mit Pfeil und Bogen bewaffnet über die Wiese.

»Der will doch nicht etwa?«

Die Kranichfrau sprang auf und stieg die Leiter hinab. Adina sah, wie Zausel und die Tröterin bei den Moorbirken Anlauf nahmen und abflogen. Der Klopfer mit Pfeil und Bogen schien das nicht zu bemerken. Gemächlich begab er sich zur Mitte der

Wiese. Ihm entging auch, dass Erla auf ihn zustrebte. Adina blieb sitzen, um dem Schauspiel von oben beizuwohnen. Sie wusste mittlerweile, was Erla sagen würde. Auf der Wiese zeigte Erla dem Klopfer das Foto des pirolgelb bemalten Brookschildes. Der Klopfer hörte freundlich zu. Es entspann sich ein längeres Gespräch, an dessen Ende Erla den Klopfer von der Wiese geleitete. Zurück in der Baumtruhe sagte die Kranichfrau:

»Der suchte den Einklang mit der Natur.«

»Mit Pfeil und Bogen?«

»Er meinte, die Energie der Wiese hätte ihn hierher gelockt.«

»Hier gibt es doch keine Steckdose.«

»Das hätte ich ihm sagen sollen!« Die Kranichfrau lachte laut auf. »Stattdessen habe ich mir den Mund fusselig geredet, um ihn davon zu überzeugen, dass er anderswo seine Energie sucht. Wir können von Glück reden, dass die Kraniche hier keine Jungen führen.«

Den Nachmittag verbrachten Adina und Erla bei den Partylöwen, die ihre Jungen über die Futterwiese geleiteten. Gegen Abend schauten Ulf und Ludger vorbei. So lange war Adina noch nie im Brook gewesen. Sie lauschte den Gesprächen der drei anderen und beobachtete nebenbei, wie allmählich immer mehr Stare herbeiflogen. Sie sammelten sich in einer der nahen Eichen und schwatzten miteinander, verstummten plötzlich und flogen fast gleichzeitig auf. Ihr Schwarm wurde zu einer Wolke, zog sich in die Länge zu einem Schlauch und verdichtete sich zu einer Kugel. Auf einmal landeten die Stare wieder in der Eiche und schwatzten weiter. Es wurde geschnurrt, gerattert, geschnalzt und gepfiffen. Immer mehr Stare flogen herbei, sammelten sich in den Eichen. Die drei anderen ließen ihr Gespräch ruhen.

»Das werden ja immer mehr«, sagte Erla.

»Ein paar Tausend sind es schon«, sagte Ulf. »Schau einmal

nach Westen. Siehst du die schwarzen Flecken da über den Bäumen?«

Erla drehte sich um und sah, was auch Adina staunend vor Augen hatte. Schwärme von Staren flogen herbei, ließen sich in den Eichen nieder, schwatzten, verstummten, flogen alle auf einmal auf und kreisten über dem Brook. Sie bildeten Matten, Ringe und Schläuche. Schwarz wurde der Himmel über den Kranichkuckern. Der Schwarm war nun zu groß für die Eichen. Die Stare landeten auf der Wiese, fingen an zu schwatzen, flogen kurz auf, landeten wieder, schwatzten weiter. So nah waren die Stare und so laut. Auf einmal rauschte die ganze Starenwiese empor und brauste über die Köpfe der Kranichkucker hinweg. Der Windzug des Schwarmes wirbelte Adinas Haare auf. Sie musste blinzeln, so stark wehte es unter dem schwarzen Tuch.

Später bei der Haupthütte fragte sie:

»Wohin sind die Stare geflogen?«

»Zum Schlafen ins Moor«, sagte Erla. »Zeit auch für uns.«

»Das Wochenende ist so schnell vergangen.«

»Ende Juli sind wir wieder hier. Dann wirst du die ersten Flugversuche der Kraniche beobachten können.«

»Da bin ich verreist«, sagte Adina. »Ende August darf ich wieder.«

Sie verabschiedete sich traurig von allen und nahm im pflaumenblauen Wagen Platz. Hoffentlich ginge der Sommerurlaub schnell vorüber.

III

Wolke

15

»Der Weg vom Dreckspatz zur kleinen Dame ist weit, ein Anfang jedoch gemacht.« Adina brachte nach dem letzten Schultag ein Zeugnis nach Hause, in dem sich die letzten zwei Monate widerspiegelten. Zwar hob Frau Lange Adinas Entwicklung hervor, doch würde sie sich leider immer noch nicht am Unterricht beteiligen, was sich in den Noten niederschlage. Carla nahm das Zeugnis zur Kenntnis. Sie lobte Adina dafür, dass sie sich von den Klopferkindern fern hielt. Adina nahm das Carlalob an, das sie nicht verdiente. Schließlich verheimlichte sie die Verklopfungen und dass sie mit einigen Kranichklopferkindern gerne spielen würde. Sie dachte an den Düdi-Vogel am Kiekeberg und hörte nicht mehr zu, was Carla sagte.

Am nächsten Morgen bereitete sich Adina auf das Einkaufen in der Innenstadt vor. Sie nahm aus dem Schrank einen Satz ungetragener Weihnachtssachen. Ihre alten Sachen stopfte sie hinein. Im Bimssteinzimmer wusch sich Adina so gründlich, dass keine Erdspuren auf ihrem Bauch zurückblieben.

Nach dem Frühstück in der »Kommt noch weg«- und Krimskramsküche zwängte sich Adina noch einmal durch die Müllschlucht und stieg die Mülltreppe hinauf, obwohl sich ihre Mutter bereits zum Gehen wandte, erkletterte die Müllwand vor der Räuberhöhle und die Müllwand in der Tigerhöhle, kroch hinein und machte Bächlein. Urtümlich erleichtert, kroch sie zurück. Im Windfang rief ihre Mutter:

»Nun komm schon.«

Adina überlegte, was sie antworten sollte, wenn ihre Mutter nachfragte, wo sie gewesen sei. Im Erdgeschoss gab es das Örtchen im Adelunghaus. Im Obergeschoss befand sich lediglich das nie fertig gestellte, große Badezimmer, das seit langem hinter einer Wand von Müllkisten verschwunden war. Wenn Carla fragte, würde sie antworten, dass sie Bächlein gemacht habe. Das gäbe ein Donnerwetter. Es war verboten, im Zimmer Bächlein zu machen. Adina fühlte sich schlecht, weil sie das ganz genau wusste. Es knirschte und knackte. Gemeinsam stiegen sie die Hüpferstufen hinunter. Ihre Mutter war guter Laune und sagte nichts. Sie holte den bananengelben Wagen aus der Wagenhütte. Beim Einsteigen begriff Adina, dass Carla nicht fragen würde. Ihre Mutter stellte nie Klopferfragen.

Beim Einkaufen fühlte sich Adina in den ungetragenen Weihnachtssachen unwohl. Geduldig ließ sie alles über sich ergehen. Am liebsten wäre sie im Duvenstedter Brook gewesen: bei Erla und den Kranichen. Adina bekam so viele Sachen, dazu einen Rucksack und einen Kinderkoffer, die sie gut gebrauchen konnte. Zum ersten Mal gab es auch Badesachen. Adina durfte auf dem Rückweg zum Wagen ihr Gepäck einmal Probe tragen. Der pralle Rucksack saß gut auf dem Rücken und drückte nicht. Der Kinderkoffer zog kräftig an ihren Fingern. Immer wieder wechselte sie die Hand. Als sie mit letzter Kraft den Koffer in den Wagen wuchtete, schmerzten ihre weiß gewordenen Finger. Adina streckte sie und fühlte, wie das Blut zurückkehrte. Der zarte Schmerz war wie eine angemessene Bestrafung.

»Mein Schatz, du wirst erwachsen«, sagte ihre Mutter. »So groß bist du schon und so kräftig.«

»Wie groß werde ich mal?«

»Richtig groß. Und du hast jetzt schon so schöne Haare.«

Ihre Mutter strich ihr durch die blonden Haare und Adina genoss es. Nie sagte sie Dreckspatz zu ihr. Nie lobte sie sie dafür, dass sie sich wusch. War das früher anders gewesen? Adina war unsicher. Auf eine gewisse Art verhielt sich Carla wie die Kraniche. Manchmal war sie wie die Heimlichtuer und manchmal wie die Partylöwen. Berührten sich Kraniche eigentlich jemals?

*

Am Sonntagmorgen wuchtete Adina ihren Koffer und ihren Rucksack allein in den Wagen. Sie schlüpfte auf die Rückbank.

»Lassen wir den ganzen Schlamassel hinter uns«, sagte Carla beim Losfahren. »Auf nach Frankreich.«

Notkestraße – Osdorfer Landstraße: Adina warf einen letzten Blick auf die Seestraße. Nach den Sommerferien begänne das dritte Schuljahr und die jungen Kraniche wären flügge. Weil das Juli-Brookwochenende mit Erla dieser Reise zum Opfer fiel, mochte sie sich kaum freuen.

Carla erzählte erneut von der geplanten Reise. Sie gab sich Mühe, ihre Tochter zu begeistern. Für die Tage in Paris habe sie ein schlichtes Hotel ausgesucht. In London würden sie in einem deutlich schöneren Hotel übernachten. Nach vier Tagen London ginge es weiter nach Minehead in Somerset zum Wandern. Dort wäre das Hotel noch etwas edler. Zum Abschluss des Urlaubes am Ärmelkanal habe sie das schönste Hotel gebucht.

Auf der Fahrt wurde es heiß. Für jeden Halt an Autobahnrastplätzen war Adina dankbar. Erschöpft von der Sommerhitze, kamen sie abends in Paris an. Adina konnte ihren Koffer kaum ins Hotel tragen. Erleichtert nahm sie die Hilfe eines Hotelklopfers an, der die Adelungkoffer auf die Zimmer trug. Ihre Mutter war genauso müde, Adina wünschte ihr eine gute Nacht und verschwand auf ihrem Zimmer. Sie putzte sich die Zähne und wusch sich ausgiebig in ihrem eigenen Badezimmer. Nach der Hitze tat es gut, das kalte Wasser über die Haut prickeln zu lassen. Das kleine, mülllose Zimmer erinnerte sie an das Kranichhaus. Zur Feier des Tages zog Adina den neuen Schlafanzug an. Zum ersten Mal seit der Baumtruhennacht übernachtete sie außerhalb des Adelunghauses.

Vor dem Zubettgehen wanderte sie ein wenig im Zimmer umher. Der Teppich war flauschig. Sie grub die Zehen in den Flor. In der Räuberhöhle war der Teppich rau und hart. Auf einmal vermisste sie die vielen Holzkisten, die sich zu einem Berg auftürmten. In Hamburg konnte Adina, wann immer sie Lust hatte, in die Lebkuchenhöhle schlüpfen, die Bolko gebaut hatte. In Paris konnte sie das nicht. Sie kroch in ihr Bett und versank in einer Mulde. Adina drehte sich um, wieder versank sie in einer Mulde. Sie drehte sich mehrmals um die eigene Achse und wunderte sich über die Weiche des Bettes. Die pralle Bettdecke war so wolkenleicht, dass Adina ganz unter ihr verschwinden mochte, ohne sich begraben zu fühlen. Sie schnupperte an der Bettwäsche, die nach Klopferland roch. Eigentlich wäre es jetzt an der Zeit, aufzustehen, nur gab es hier weder eine Tapetentür zum Öffnen noch eine Müllwand zum Erklimmen. Bächleinunglücklich schlief Adina ein.

Nach und nach gewann Adina Spaß an der Klopferlanderkundung mit Carla. Sie hielt sich mit ihrer Neugier jedoch zurück, um ihre Mutter nicht zu verärgern. Sie besaß hier nicht die Freiheit wie bei ihren Nachtwanderungen. Gleichzeitig sah sie binnen weniger Stunden so viel Neues wie nie zuvor und nach diesen wenigen Stunden folgten weitere Stunden. Zum ersten Mal verstand Adina, wie sehr ihre Mutter sie lieben musste. Nach dem Urlaub würde sie das Adelunghaus aufräumen und dadurch so vieles opfern, woran ihr Herz hing. Je mehr Fremdheit auf Adina eindrang, desto stärker vermisste sie das Adelunghaus. Benommen und glücklich bummelte sie mit ihrer Mutter in der Klopferstadt umher, bestieg einen Klopferturm, besuchte ein Klopferschloss, bekuckte in einem Klopferhaus Klopferkram. Der Klopferkram hing an den Wänden und war eine Mischung von »Das kann man doch nicht wegwerfen« und »Das will ich mir noch ankucken«. Kundig verglich sie Paris mit dem Adelunghaus. Vor einem der »Nicht wegwerfen, noch ankucken« ballten sich Kuckeklopfer. Carla erklärte Adina, das sei das wertvollste »Nicht wegwerfen, noch ankucken« der Klopferwelt. Adina nahm sich Zeit, das fünfhundert Jahre alte »Nicht wegwerfen, noch ankucken« zu begutachten: Eine junge Klopferin mit moordunklen Haaren verschränkte die Hände vor einer Landschaft, in der es weder Kranich noch Zilpzalp gab.

*

Mit jedem Tag fern vom Adelunghaus blühte Carla auf, worüber Adina eichhörnchenglücklich war. Auf der Fahrt von der »Nicht wegwerfen, noch ankucken«-Stadt zum nächsten Reiseziel schwatzten die beiden und schwiegen, schwatzten und schwiegen.

Bei der Ankunft war Adina nicht so erschöpft wie in Paris. Das Wetter war milder. Sie trug ihren Rucksack und ihren Koffer mit leichter Hand ins Hotel, wo wieder ein Hotelklopfer das Gepäck übernahm. Ihr Londonzimmer war größer als das Pariszimmer. Der flauschige Teppichboden und die Wände waren fitisfarben, die Bettwäsche zilpzalpig. Adina ließ sich auf das Bett fallen und versank nicht in einer Mulde wie in Paris. Die Bettdecke war weich, aber nicht so aufgeplustert. Sie gefiel ihr besser als die Bettdecke in Paris. Beim Betreten des Badezimmers machte Adina einen Hüpfer. Es war groß und starenschwarz. Sie schnurrte, ratterte, schnalzte und pfiff vor Freude. Und erst die Badewanne, die war viel größer als im Kranichhaus. Jeden Abend würde Adina hier ein Vollbad nehmen mit Knisterschaum und ein zweites, wenn sie Lust hätte. Je mehr sich Adina auf die Wannenwonnen freute, desto deutlicher spürte sie ein Kranichgefühl: Sie vermisste Erla. Nicht so, wie sie ihren Bruder vermisste. Wenn sie an Bolko dachte, wurde sie traurig. Dachte sie an die Kranichfrau, freute sie sich auf ein Wiedersehen. Da es Zeit war für das Abendessen, machte sich Adina am starenschwarzen Waschbecken frisch. Erstaunt beäugte sie den Edelstahlwasserhahn. Der war so blank geputzt, dass sie sich darin in die Augen schauen konnte. Beim Abendessen erzählte sie ihrer Mutter begeistert von dem starenschwarzen Badezimmer, dem fitisfarbenen Teppich und der zilpzalpigen Bettwäsche.

»Wenn du möchtest, können wir dein Zimmer nach dem Urlaub fitisfarben streichen«, sagte ihre Mutter. »Welche Farbe hat ein Fitis?«

»Grüngelb.«

»Und der Zilpzalp?«

»Nicht so gelblich, mehr olivbraun.«

»Mein Badezimmer ist auch schwarz. Aber der Teppich ist hellgelb und die Bettwäsche dunkelrot.«

Tagsüber wanderte sie mit ihrer Mutter in der Klopferstadt herum, besuchte eine Klopferburg mit Klopferklunkern, besuchte ein Klopferschloss, bekuckte in einem Klopferhaus Klopferkram. Zahlreich wie die Stare warteten die Klopfer am Eingang und vor den Klopferstücken. Der Klopferkram hing nicht an den Wänden. In Glaskästen wurden altmodische »Das kann man doch nicht wegwerfen« ausgestellt. Verwundert starrte Adina auf einen Gartengärtleinklopfer, der in einem Glaskasten gezeigt wurde. Die Klopfer hatten ihn vor dreitausenddreihundert Jahren haltbar gemacht. Das hätte Adina von den Klopfern nicht gedacht. Beklommen fragte sie ihre Mutter:

»Sieht Bolko auch so aus?«

»Nein, Bolko ist viel schöner. So, wie du ihn in Erinnerung hast.«

»Werden die ihn auch ausgraben?«

»Nein, das machen sie nur bei Pharaonen.«

Erleichtert schlenderte Adina neben ihrer Mutter weiter und freute sich darauf, dass nach der Heimkehr ihr Kinderzimmer fitisfarben gestrichen würde.

16

Klopferhäuser kuschelten sich längs der Küste an einen Hügel, über dem die Sonne wannenwonnig strahlte. Das mausgute Hotel in Paris und das mardergute Hotel in London machten Adina kribbelig. Wie würde sich Minehead im Vergleich zu den beiden »Noch ankucken, nicht wegwerfen«-Städten ausnehmen? Als ihre Mutter vor dem Hotel hielt, drehte Adina enttäuscht den Kopf. Das Hotel versteckte sich zwischen den anderen Häusern an der Uferpromenade. War das klein. Doch bereits vor dem Hotel zeigte sich ein Kofferklopfer von seiner besten Seite. Neugierig folgte sie ihm. Vielleicht sollte sie ihrer Mutter doch Glauben schenken. Sie schlüpfte in ihr Einzelzimmer und nickte zufrieden: straßenschildblauer Teppich, himmelblaue Wände, ein kuscheliges Bett, auf dem sie sogleich Probe lag. Allmählich gewöhnte sie sich auch an den Geruch der Klopferlandbetten. Durch das gekippte Fenster wehte Seeluft vom Bristolkanal herein. Minehead war keine »Nicht wegwerfen, noch ankucken«-Stadt. Der Teppich war wieder flauschig, eine Räuberhöhle gab es jedoch nicht. An den Wänden hingen Bilder von Vögeln: neben der Tür ein Blackbird – eine Amsel; über dem Bett eine Woodlark – unscheinbares graubraunes Gefieder, kurzer Schwanz, das war der Düdi-Vogel. Vergnügt hüpfte sie vom Bett zur dritten Wand: ein Wren – winzig, rundlich, unscheinbar hellbraun, der Schwanz steil aufgerichtet, so einen hatte sie noch nie gesehen. Sie öffnete die Tür neben dem Wren und betrat das Badezimmer. Es war deutlich kleiner als in London und so unscheinbar wie eine Woodlark. Prüfend setzte sie sich auf den Badewannenrand. Die war kleiner als in London. Immerhin blitzten die Wasserhähne so, dass sich Adina in ihnen spiegeln konnte. Zweifelnd durchmaß sie ihr Hotelzimmer für die kommende Woche. Sie hatte mit einer Steigerung gerechnet, wie von Paris auf London. Das Zimmer und das Bad waren hübscher, aber kleiner. Der Blick aufs Meer und die drei Vogelbilder entschädigten dafür. Insgesamt gefiel ihr das Hotel in Minehead ein wenig besser als mardergut. Für ein »fuchsgut« reichte es jedoch nicht. Vielleicht hatte Adina einfach nur Pech gehabt und das Zimmer ihrer Mutter wäre fuchsgut. Ob auch bei ihr Vogelbilder an der Wand hingen? Durfte sie bei ihr klopfen? Im Adelunghaus war das nur in Notfällen erlaubt. Lag ein Notfall vor? Ihr war ein fuchsgutes Hotel versprochen worden, sie war aber nur in einem marderguten untergebracht. Sie ging zum Nachbarzimmer und klopfte. Ihre Mutter freute sich. Das Zimmer glich ihrem. An den Wänden hingen Vogelbilder: eine Elster neben der Tür – ein Rabe über dem Bett – eine Eule gegenüber.

»Gefällt dir dein Zimmer?«, fragte Carla.

»Jaja.«

Adina öffnete die Tür neben der Eule. Das Bad glich ihrem.

»Wollen wir vor dem Abendessen noch über die Promenade bummeln?«

»Darf ich vorher noch den Mittagsschlaf nachholen?«

»Ja, mein Schatz.« Ihre Mutter streichelte über Adinas Haare und gab ihr einen Kuss auf die Stirn. »Du machst aber nicht den Eindruck, müde zu sein.«

»Bin ich auch nicht. Ich möchte aber mein Bett ausprobieren.«

»Gefällt dir dein Zimmer wirklich, oder möchtest du tauschen?«

»Auf keinen Fall tauschen!«

»Welche Vögel hängen bei dir an der Wand?«

»Eine Heidelerche, eine Amsel und ein Vogel, den ich nicht kenne.«

»Soll ich im Wörterbuch nachschlagen?«

Da sich Adina den englischen Namen nicht gemerkt hatte, eilte sie mit ihrer Mutter und dem Wörterbuch zurück in ihr Zimmer, wo sie auf dem Wren-Bild den Vogelnamen ablas: Der winzige, rundliche Trillermatz mit dem steil aufgerichteten Schwanz war ein Zaunkönig. Wolkenglücklich saß sie neben ihrer Mutter auf dem Bett und schmökerte im Wörterbuch. Fitis und Zilpzalp waren Willow Warbler und Chiffchaff. Sie murmelte:

»Auf Englisch heißt Kranich Crane.«

»Möchtest du das Wörterbuch behalten?«

»O ja!«

»Du musst mir nur versprechen, dass du mir hilfst, wenn ich ein Wort nicht weiß.«

Fuchsglücklich umarmte Adina ihre Mutter und gab ihr einen Kuss auf die Wange. Am späten Nachmittag bummelten sie über die Promenade. Leicht strich ein salziger Wind über die Stadt. Platschend schwappte das Meer an die Ufermauer. An einem Stand mit Softeis traute sich Adina, ihre Mutter zu fragen, ob sie eines bekommen könne.

»In einer Stunde gibt es Abendessen.«

»Och, bitte.«

»Du bekommst morgen Eis. Es wäre schade, wenn du nachher keinen Hunger hättest.«

»Warum?«

»Das Besondere an dem Hotel ist das Abendessen. Es wird ein Candlelight-Dinner geben.«

Ihre Mutter sprach das englische Wort so feierlich aus, dass Adina hungrig wurde. Das Softeis sah lecker aus. Vielleicht sollte sie ihrer Mutter glauben. Am liebsten hätte sie gefragt, was an einem Candlelight-Dinner so außergewöhnlich sei, dass es aus einem marderguten Hotel ein fuchsgutes Hotel machen könne. Sie hörte eine zarte, feste Stimme in sich: Man muss nicht immer fragen, um eine Antwort zu erhalten. Erlas Worte. Lange hatte sie nicht mehr an die Kranichfrau gedacht. Adina ergriff die Hand ihrer Mutter und bummelte schweigend mit ihr die Uferpromenade entlang.

»Da drüben ist ein Rummelplatz«, sagte ihre Mutter. »Wollen wir uns den einmal anschauen?«

So wie ihre Mutter das sagte, war Rummelplatz etwas Leckeres wie Softeis. Neugierig schaute sie auf das Schild am Eingang und hörte zu, was ihre Mutter übersetzte. Der Amusement Park schlösse gleich. Adina schaute sich um. Bunte Buden lockten, Musik dudelte und überall standen Kuckeklopfer Schlange, als hingen dort die kostbarsten »Nicht wegwerfen, noch ankucken« an der Wand. Endlich einmal ein Museum für Kinder.

»Dann gehen wir morgen auf den Rummelplatz«, bestimmte Adina.

»Und du bekommst Softeis, so viel du willst.«

Mit den Armen schlenkernd bummelten sie zurück zum Hotel. Um das Candlelight-Dinner vorzubereiten, liefen die Hotelklopfer im Speisesaal emsig umher. Mit einem Kribbeln stieg Adina die Treppe in den ersten Stock hinauf. Ihr gefiel, dass auf den Stufen keine »Das will ich mir noch ankucken« herumlagen. Das war ein großer Vorteil aller Hotels im Klopferland. Im Zimmer ließ sie sich aufs Kuschelbett sinken und schaute hinaus aufs Meer. Sie griff nach ihrem Wörterbuch, um das englische Wort »Kendelleiddinner« nachzuschlagen. Sie fand unter K nur das Wort Kennel. Es bedeutete Gosse und Hundehütte. Sollte sie beim Abendessen verklopft werden?

Im Hotel erscholl eine Glocke. Kurz darauf klopfte Carla an der Tür, um sie abzuholen. Bang fasste Adina nach der Hand ihrer Mutter. Mit einem unguten Gefühl betrat sie den Speisesaal. Aber sie sah es gleich: Hier war sie weder in der Gosse noch gäbe es eine Verklopfung. Überall brannten Kerzen: auf den Tischen und an den Wänden. Es waren keine roten Stummelkerzen wie beim Julklapp in der Schule. Die weißen Kerzen beim Candlelight-Dinner waren kranichschlank. Ein höflicher Klopfer geleitete sie mit Kranichbewegungen an ihren Tisch. Kurz darauf tischten die Helfer des höflichen Oberklopfers den ersten Gang auf. Als Adina erstaunt auf die winzige Portion schaute, erklärte ihr Carla, dass bei diesem Abendessen fünf Gänge vorgesehen seien. Die winzigen Brothäppchen mit Tomate schmeckten fuchsgut. Die leeren »Wie schön das ist« wurden abgeräumt und durch neue, gefüllte »Wie schön das ist« ersetzt. Die Gemüsesuppe schmeckte fuchsgut. Wieder kündigte der höfliche Oberklopfer den nächsten Gang an, wieder huschten die Helfer durch den Speisesaal. Auch der Salat schmeckte fuchsgut. Nach dem Abräumen füllte ein Helfer Adinas »O ist das wichtig« mit Cola auf. Beglückt nippte Adina an dem moordunklen Prickeltrank.

Vor dem Hauptgang führte der höfliche Oberklopfer einen Prahlmarsch auf, der gut auf die Partylöwenwiese gepasst hätte. Wieder huschten seine Helfer herbei und tischten neue »Wie schön das ist« auf, die kurz darauf gefüllt wurden. Auch das Roastbeef schmeckte fuchsgut.

»Hast du noch Platz für den Nachtisch?«, fragte ihre Mutter.

Mit kugelrundem Bäuchlein saß Adina auf ihrem Stuhl und nickte. Zum Glück hatte sie kein Softeis gegessen. Auf einem Wägelchen schoben die Helfer des Oberklopfers eine kunstvoll geschichtete Turmtorte herein und parkten sie in der Mitte des Speisesaals. Der höfliche Oberklopfer sprach feierlich ein paar englische Worte, entzündete ein taschenlampenlanges Streichholz und hielt das zipfelmützige Streichholz an die Turmtorte. Erschrocken sah Adina, dass blaue Flammen über den kunstvoll geschichteten Tortenturm züngelten.

»Warum verbrennt er den Nachtisch?«

»Die Torte wird flambiert.«

Carla sprach das unbekannte Wort so feierlich aus, dass Adina nicht nachfragen mochte, was es bedeutete. Sie bestaunte die blauen Flammen, die zu Flämmlein verflackerten und nach und nach erloschen. Der höfliche Oberklopfer schnitt die flambierte Turmtorte an und seine Helfer servierten die Schnitten. Mit ihrem kugelrunden Bäuchlein saß Adina vor ihrem Nachtisch und kostete eine erste Gabelspitze. Wie würde die Flammentorte schmecken? Sie ließ den Klacks über ihre Zunge gleiten und spürte Flammen und Flämmlein flackern. Herbe und würzige Süße überschwemmte Adina.

So satt fiel sie ins Bett, so gering war ihre Lust aufzustehen, dass sie das Vollbad ausfallen ließ. Unter die Decke gekuschelt blickte sie in die Dunkelheit hinaus. Ihre Mutter hatte nicht zu viel versprochen. Das Hotel in Minehead war fuchsgut. Und morgen gäbe es Rummelplatz und Softeis. Wie sollte es erst in Thurlestone werden?

*

Kreischend rissen die Klopfer die Arme in die Luft, als die Achterbahn in die Kurve rasselte. Adina umklammerte den Griff, um nicht hinauszufallen. Gefährlich wölbte sich die Luftschleife vor ihr in den Himmel. Krampfhaft umpackte sie den Haltegriff und stemmte sich mit den Beinen fest in den Sitz. Unausweichlich ratterte die Achterbahn in die Hochschleife hinein, die Klopfer kreischten, jauchzten. Adina stand Kopf und fühlte ihren Leib tief in den Sitz gepresst. Sie fiel nicht hinaus! Die Achterbahn ratterte in eine Steilkurve und bremste. Benommen wankte Adina aus dem Wagen, dankbar ergriff sie die stützende Hand ihrer Mutter. Carla schien die Fahrt nichts ausgemacht zu haben.

»Hat es dir gefallen?«

»Ich dachte, ich sterbe«, sagte Adina.

»Das ist beim ersten Mal immer so. Möchtest du ein Eis?«

Schleckend beobachtete Adina, wie die Achterbahnwagen in die Tiefe ratterten und die Klopfer kreischten.

»Warum reißen sie die Arme in die Luft?«

»Das löst die Spannung«, sagte ihre Mutter, »und macht Spaß. Hast du Lust auf eine weitere Fahrt?«

»Darf ich die Arme in die Luft reißen?«

»Und wir schreien um die Wette!«

Der Wagen erklomm den ersten Gipfel, um Schwung zu holen, fuhr in größter Höhe einen leichten Bogen und stürzte sich in die Tiefe. Adina riss zusammen mit den Kreischeklopfern die Arme empor und fing an, zaghaft zu schreien. Neben ihr riss auch Carla die Arme in die Höhe und schrie aus vollem Halse. Von Kurve zu Kurve traute sich Adina, kräftiger zu schreien. Am Ende der Fahrt fühlte sie sich viel besser als nach der ersten Fahrt.

»Noch einmal?«, fragte Carla.

»Noch mal!«

Wieder erklomm die Achterbahn den Gipfel, wieder stürzte sie sich in die Tiefe. Adina schrie so laut sie konnte, kuckte dabei zu Carla, schrie mit ihr um die Wette und fühlte sich beim Sturz in die Tiefe luftleicht. Nach der Fahrt gab es erneut ein Nocheinmal und nach der Fahrt gab es ein Eis und nach dem Eis wieder ein Nocheinmal. Immer leichter fühlte sich Adina bei den Fahrten. Sie begann die Arme auszubreiten, zu lachen, zu jauchzen und fühlte sich auf einmal so beschwingt wie ein Kranich. Sie lachte Carla an und am Ende schaffte sie es sogar, während des Sturzes in die Tiefe mit ihrer Mutter zu reden.

Erschöpft knisterte Adina mit dem Schaum in der Badewanne, befüßelte Stöpsel und Abfluss, hielt die Luft an und tauchte unter. Sie wusch ihre Haare mit Rosenschaum, erhob sich und schäumte sich am Körper ein, bis sie wie ein weißer Kranich dastand. Mit der Brause spülte sie sich den Schaum vom Leib, rubbelte sich ab und wischte zum Schluss auch die Fliesen trocken. Nach Rosenbusch duftend mummelte sie sich in ihrem Bett ein und schlief bis zum Glockenschlag. Flink machte sie sich fein für das Candlelight-Dinner. Im Kerzenschein plauschte sie mit Carla über den nächsten Tag. Eine Wanderung in den Exmoor-Nationalpark? Das gefiel ihr mausgut. Ausschau halten nach Blackbird, Woodlark und Wren? Das gefiel ihr mardergut. Der höfliche Oberklopfer kündigte den nächsten Gang an, seine Helfer räumten die leeren »Wie schön das ist« ab und brachten neue herbei. Glücklich vernahm Adina den Hinweis ihrer Mutter, dass es jeden Abend Candlelight-Dinner geben würde. Ein Helfer füllte Adinas »O ist das wichtig« mit moordunklem Prickeltrank auf. Alle Kerzen brannten, alle Speisen mundeten. Nach dem »O ist das wichtig, wie schön das ist«-Abend sank Adina kendelleidsatt in ihr Bett und träumte von einem Düdivogel-Heidelerchen-Woodlark-Zwitschern.

*

Unter einer Blätterkuppel wanderten Adina und Carla in das Exmoor. Immer wieder brach die Julisonne zwischen den Bäumen durch. Einer der ersten Vögel, die Adina erblickte, brachte sie zum Lachen. Der Winzling hüpfte am Waldweg auf und ab, schwirrte los, landete auf einem sonnenbeschienenen Baumstumpf und reckte seinen Schwanz steil empor. Zu Adinas Freude begann er loszutrillern.

»Der singt hübsch«, sagte Carla. »Was für ein Vogel ist das?«

Verwundert schaute Adina ihre Mutter an. Carla erkannte den Vogel nicht, obwohl sie ihn doch im Adina-Zimmer gesehen hatte.

»Das ist ein Zaunkönig.«

Beim Weiterwandern durfte Adina mit ihrem Vogelwissen

glänzen. Vogel auf Vogel zeigte sie ihrer Mutter. Bei einem von Adinas Lieblingen musste Carla lachen.

»Der sieht lustig aus.«

»Das ist ein Zilpzalp«, sagte Adina.

»Ein Fitis ist eher gelblich, oder?«

Ihre Mutter hatte nicht vergessen, was sie im Londoner Hotel über Fitis und Zilpzalp gesagt hatte! Sie wanderten weiter, wanderten aus dem Wald hinaus, erklommen einen Hügel.

»Hier schöpfen wir Kraft für Hamburg«, sagte Carla. »Ich werde das ganze Haus ausräumen und dann lassen wir dein Kinderzimmer fitisfarben streichen.«

Maus – Fuchs – Marder – Eichhörnchen: Adina war den Tränen nahe und konnte vor Glück nur schweigen. Der Weg wurde hügeliger, die Sonne brannte stärker. Bei der Brotzeit tranken beide ihre kleine Wasserflasche leer. Durstig setzten sie ihren Fußmarsch fort. Auf dem Rückweg kamen sie an einem Plätscherbach vorbei. Mit trockener Zunge fragte Adina:

»Kann man das Wasser trinken?«

»Der Bach ist so klar. Wir sind in einem Naturschutzgebiet. Warum nicht?«

Carla kniete sich hin, schöpfte mit der Hand Plätscherwasser, kostete und ermunterte Adina, es ihr gleichzutun. Am Nachmittag erreichten sie das Promenadenhotel und stiegen moormüde zu ihren Zimmern hoch. Ohne Badewannenfeier fiel Adina ins Bett.

Die Glocke erscholl. Mit steifen Gliedern machte sich Adina frisch und fein. Ihre Mutter klopfte nicht an der Tür. Verwundert ging Adina zu ihrem Zimmer. Sie klopfte. Ihre Mutter öffnete im Schlafanzug.

»Die Glocke hat geläutet«, sagte Adina. »Wir müssen zum Candlelight-Dinner.«

»Ich habe mir den Magen verdorben. Das Wasser vom Bach ist mir nicht bekommen.«

»Mir hat es geschmeckt«, sagte Adina und horchte in ihren Bauch hinein, der aber nichts an dem Plätscherwasser auszusetzen hatte.

»Geh allein zum Candlelight-Dinner. Ich kann nichts essen.«

Traurig schritt Adina allein in den Klopferlandsaal. Der Moortrunk prickelte und der Tortenturm brannte. Sie fühlte sich nicht wie ein Dreckspatz, sondern wie eine Dame.

Auch an den nächsten Tagen blieb Carla bachkrank im Bett, bekam Schonkost aufs Zimmer und ermunterte Adina, Minehead zu erkunden. Leider war Adina noch nicht alt genug, um allein auf den Rummelplatz zu dürfen. So saß sie auf der Promenadenwiese im Liegestuhl, schleckte Softeis, spielte am Steinstrand, bis die Flut kam, wanderte neugierig in dem übersichtlichen Städtlein umher und besuchte täglich die »Little England«-Model-Town, wo kuckige Klopferhäuser, Klopferburgen, Klopferbrücken und Klopferautos aufgebaut waren, und vermisste trotzdem ihre Mutter wie nie. Vor allem an ihrem Geburtstag, den sie einsam verbrachte.

Am letzten Tag in Minehead mochte auch Carla wieder hinausgehen. Sie kaufte für sich und Adina neue Kleidung. Mit einer prallen Tüte kehrte Adina auf ihr Zimmer zurück. Sie packte all die Sachen aus. So viele Schlüpfer! Sie hatte immer noch ihren Hamburg-Schlüpfer an. Ihre Mutter verriet nicht, ob es im nächsten Hotel auch ein Candlelight-Dinner geben würde. In Thurlestone sollte es noch schöner werden. Mehr wusste Adina nicht. Sie versuchte es sich vorzustellen, schaffte es aber nicht. Um ihrer Mutter eine Freude zu machen, zog sie für das letzte Candlelight-Dinner die Minehead-Kleider an. Die Hamburg-Sachen wegwerfen? Adina mochte nicht. Mühsam stopfte sie die Hamburg-Wäsche zur Minehead-Wäsche in Koffer und Rucksack. In ihrem leer geräumten Kinderzimmer würde dafür reichlich Platz sein. Während sie auf den Glockenschlag wartete, wurde sie traurig. Bolkos Lebkuchenhöhle durfte auf keinen Fall verschwinden. Sie stimmte das schwermütige Fitis-Lied an: Tititi-dje-djüe-düe-düi-dju. Sie musste an den Brook denken, an die Kraniche und an Erla.

*

Über schmale Heckenstraßen ging es vom Bristolkanal zum Ärmelkanal, von Somerset nach Devon, von Minehead nach Thurlestone. Würde Adina wieder ein eigenes Badezimmer haben? Aber ja. Würde es wieder Vogelbilder an den Wänden geben? Vielleicht. Würde es einen Rummelplatz geben? Nein. Würde es eine »Little England«-Model-Town geben, wo kuckige Klopferhäuser, Klopferburgen, Klopferbrücken und Klopferautos aufgebaut waren? Nein. So gut es ging, zupfte Adina aus Carla heraus, was sich herauszupfen ließ. Paris war mausgut gewesen, London mardergut und Minehead fuchsgut. Thurlestone würde nie und nimmer eichhörnchengut. Wie sollte ein flambierter Tortenturm übertroffen werden? Um nicht enttäuscht zu werden, dämmte Adina ihre Vorfreude ein. Schon jetzt war der Urlaub schöner als der Duvenstedter Brook und nach dem Urlaub würde Carla das Adelunghaus ausräumen und alle Wände fitisfarben streichen. Sie würde die Küche von den Landhausmarkt-Tüten leer räumen, alle vor sich hin faulenden Doppelbissen forträumen, alles »Kommt noch weg« und allen Krimskrams hinauskehren. Sie würde die »Wie schön das ist«-Kistenschlucht abtragen, die »Das will ich mir noch ankucken«-Treppenklippen schleifen, die Räuberhöhlen-Kistenwand niederreißen. Sie würde im Kinderzimmer den Kistenberg einebnen und die Tigerhöhle flambieren, dass sie röche wie eine Candlelight-Dinner-Turmtorte, und sie würde nicht mit Adina schimpfen wegen der vielen Tigerbächlein. Wieder wurde Adina bolkotraurig, sosehr sie sich auch freute.

Wuchtig erhob sich vor Adina das Thurlestone Hotel. Sie wandte sich dem Kofferraum zu, um ihre beiden Gepäckstücke herauszuholen. Ein Hotelklopfer drängelte sich freundlich vor, schnappte ihr Koffer und Rucksack vor der Nase weg und trug das Gepäck in die Hotelhalle. Verblüfft folgte Adina dem flinken Hotelklopfer. Beeindruckt sah sich Adina in der Hotelhalle um. Sie war größer als Paris-London-Minehead. Die zwei Wochen hier würden mardergut, wenn nicht sogar fuchsgut. Adina wollte ihre Erwartungen dämpfen. Aber auf dem Zimmer staunte sie weiter. Luftig hell atmete der Raum sie ein, zog sie vorbei an dem kirschfarbenen Bett über den bananenfarbenen Teppich hin zu der geöffneten Fenstertür, atmete sie aus auf die Kuckwarte. Über das Grünerlei der Bäume und Büsche schweifte Adinas Blick zum Meer, schweifte über den Prachthimmel zurück zum Grünerlei und blieb an einem von Steinen eingefassten, bananenkrummen Teich hängen.

»Gefällt es dir?«

Erschrocken schaute Adina zur Nachbarkuckwarte, wo Carla um die Ecke blickte, und rief:

»Kuckig gut!«

Mit offenem Mund zeigte sie aufs Grünerlei, aufs Meer und auf den Himmel. Fuchsglücklich warf sie sich auf die Kirschdecke, sprang sofort wieder auf und stürmte in das Badezimmer. Eine londongroße Wanne und mineheadblanke Wasserhähne begrüßten sie. Nur langsam beruhigte sich Adinas Klopfeherz. Es gab keine Vogelbilder an der Wand, keinen Rummelplatz und keine »Little England«-Model-Town, wo kuckige Klopferhäuser, Klopferburgen, Klopferbrücken und Klopferautos aufgebaut waren. Aber das Hotel war fuchsgut.

In Bademantel und Badelatschen stand ihre Mutter in der Tür und sagte, sie solle ihre Badesachen anziehen und mit nach unten kommen. Adina streifte den ungewohnten Badeanzug über, schlüpfte in die Badelatschen. Durch ein Eisentor betraten sie das Bananenteichreich. Die mit Steinen eingefasste Badebanane war gar kein Teich, sondern eine riesige Badewanne! Im Wasser planschten große und kleine Klopfer, jauchzten und rissen die Arme in die Höhe, als führen sie Achterbahn. Carla legte ihre Sachen auf einer Liege ab und fragte Adina, ob sie Lust hätte, gleich mit dem Schwimmunterricht anzufangen. Schwimmunterricht? Ihre Mutter erklärte ihr, dass es im Bananenteich gefährlich sei, solange sie nicht schwimmen könne. Doch das würde sie schnell lernen.

»Ist das schwierig?«, fragte Adina.

»Ganz leicht, ich zeige es dir.«

Carla pustete zwei Schwimmhilfen auf und stülpte sie Adina über die Arme. Warm war das Wasser, Stufe für Stufe stieg Adina rückwärts in den Bananenteich. Auf Zehenspitzen stehend hielt sie ihren Mund über Wasser. Ihre Mutter hob sie hoch und ließ sie auf ihren Armen schweben. Adina fing an zu paddeln und zu strampeln, spürte, wie leicht sie im Wasser lag, und verschluckte sich sogleich an einer Welle. Sie hustete, paddelte und strampelte weiter.

»Wenn du ohne Schwimmhilfen durch das Becken schwimmen kannst, darfst du allein baden«, sagte Carla. »Streng dich an. Bevor du nicht alleine baden kannst, bekommst du kein Eis. Aber wenn du es geschafft hast, bekommst du so viel Eis, wie du willst.«

Ein Zipfelmützeneis schleckend spazierte ein moorbraunes Klopfermädchen am Bananenteich entlang. Schwimmen – aufwärmen im Liegestuhl – schwimmen: Unermüdlich übte sie für ihr erstes Zipfelmützeneis. So verging der erste Tag. Ihre Mutter lobte sie für ihren Ehrgeiz, trocknete sie viele Male ab, rubbelte viele Male aus ihren blonden Haaren die Bananenteichfeuchte, küsste und streichelte sie, wann immer sie sich wieder ins Wasser getraut hatte. Fuchsglücklich genoss Adina den Nachmittag und beobachtete das Treiben am Bananenteich. Es gab da ein paar Kleinklopfer, die miteinander spielten, und es gab eine Kleinklopferin, die nicht mit den anderen spielte. Das war das Schleckeeis-Klopfermädchen mit der moorbraunen Haut und den amselschwarzen, adinalangen Haaren. Es schwamm und tauchte, ohne von den anderen Klopferkindern beachtet zu werden, schielte jedoch selbst immer wieder zu den Kleinklopfern. Nach dem Baden legte sich das Moormädchen zu seinem moorbraunen Vater auf die Liege. Außer den beiden gab es nur weiße Klopfer am Bananenteich.

Der Speisesaal war größer als in Minehead. Das Dinner wurde nicht bei Kerzenschein aufgetragen, aber die Klopferhelfer tauschten genauso höflich die »Wie schön das ist« aus und füllten genauso höflich Adinas »O ist das wichtig« mit Prickeltrank voll.

Kendelleidsatt und wassermüde sank Adina in ihr Kirschbett und dachte zurück an den ersten Thurlestone-Tag. Das mausgute Paris – das mardergute London – das fuchsgute Minehead: Das Bananenteichreich war so groß wie der Orchideenteich im Brook und das Planschen im Wasser mit ihrer Mutter brachte so viel Freude wie die Fahrten in der Achterbahn. Es würden in Thurlestone fuchsgute Wochen. Warum spielte das Moormädchen eigentlich nicht mit den anderen englischen Kleinklopfern?

Am zweiten Tag paddelte und strampelte Adina kecker als am ersten Tag. Immer wieder zog sie ihre Mutter ins Wasser, um schwimmen zu lernen. Immer wieder genoss sie es, abgetrocknet, gelobt, gestreichelt und geküsst zu werden. Immer wieder schielte sie zum Moormädchen, das weiterhin allein spielte. Im Speisesaal saßen das Moormädchen und sein Vater am anderen Ende. Immer wieder schaute Adina hinüber. Immer wieder traf sich ihr Blick mit dem des Moormädchens. Die anderen Kleinklopfer beachteten Adina nicht.

Am dritten Tag paddelte und strampelte Adina zum ersten Mal mit Schwimmhilfen durch das ganze Becken. Sie schluckte Wasser, prustete und genoss das Lob ihrer Mutter. Das Moormädchen saß am Beckenrand und schaute neugierig zu. Beim nächsten Versuch war Adina bereits so ehrgeizig, dass sie die Schwimmhilfen von den Armen streifte, obwohl Carla Angst hatte, und lospaddelte. Sie schluckte Wasser noch und noch, doch sie wollte es schaffen. Sie durchschwamm den ganzen Bananenteich in einem Zug. Zur Belohnung gab es für sie eine Riesenwaffel Kugeleis. Stolz und erschöpft lag Adina im Bademantel und wärmte sich auf. Sie blickte über den Bananenteich zum Eisentor, das eingerahmt wurde von zwei Häuslein des Bademeisters. Weißrot gestreifte Sonnenschirme über den Fenstern spendeten Schatten. Hinter dem Innenhof erhob sich das Thurlestone Hotel wie ein weißer Tortenturm.

Das Moormädchen glitt bei den rotweißen Sonnenschirmen ins Wasser, wo auch Adina ihre Bananenteichdurchquerung begonnen hatte, und tauchte unter. Adina spähte über die Wasserfläche und sah überrascht, wie das Moormädchen in der Mitte des Bananenteiches wieder auftauchte. Immer wieder schwamm es zurück, holte Luft und vermochte jedes Mal, ein wenig weiter zu tauchen. Adina fragte ihre dösende Mutter:

»Wie macht das Mädchen das mit dem Tauchen?«

»Es hält die Luft an.«

»Kann ich das auch?«

»Wenn du besser schwimmen kannst, zeige ich dir, wie man taucht.«

Carla hatte nicht einmal die Augen geöffnet. So lange wollte Adina nicht warten. Entschlossen ging sie zu den rotweißen Sonnenschirmen, wo der Bananenteich flach war, setzte sich auf den Beckenrand und ließ die Beine ins Wasser baumeln. Das Moormädchen schwamm herbei und lächelte. Es sagte etwas auf Englisch. Adina verstand nichts, versuchte es mit einem Hallo. Lachend sagte das Moormädchen Hello, zeigte mit dem Finger auf sich und sagte Lakshmi. Dann zeigte es auf Adina. Als Adina ihren Namen sagte, plapperte Lakshmi auf Englisch los und zeigte mit dem Moorfinger auf sie und das Wasser. Adina begriff, sie solle mit ins Wasser kommen. Ohne Schwimmhilfen paddelte sie los. Lakshmi schwamm an ihrer Seite, plapperte und lachte. Immer länger schaffte es Adina, sich über Wasser zu halten, immer öfter blickte sie in die moordunklen Lakshmi-Augen. Auf einmal bemerkte sie, dass Carla zuschaute. Erschrocken blickte Adina weg. Sie spielte mit einer Klopferin. Das war verboten. Lakshmi lachte und plapperte. Adina schielte zu Carla, die zukuckte, aber nicht einschritt. Adina plapperte nach, was Lakshmi plapperte, und kicherte immer öfter mit, wenn Lakshmi über Adinas Englischversuche kicherte.

Beim Abendessen fragte Carla Adina nach dem Moormädchen. Adina erzählte alles. Sie hatte Angst, dass Carla ihr verböte, mit Lakshmi zu spielen. Sie verbot es nicht. Vor dem Zubettgehen wollte Adina Klarheit. Sie fragte Carla, ob sie auch morgen mit Lakshmi spielen dürfe. Als sie es ihr erlaubte, umarmte sie ihre Mutter. Dankedankedanke.

Vor dem Einschlafen dachte Adina an den Thurlestone-Tag zurück und freute sich auf den nächsten Tag mit Lakshmi am Bananenteich. Sie wollte es auch einmal mit dem Tauchen versuchen.

Plappern und planschen – giggeln und kichern: Immer weiter tauchte Adina, immer weniger Wasser schluckte sie beim Schwimmen. Bröckchen auf Bröckchen schnappte sie vom Lakshmi-Englisch auf. Sie schoben ihre Liegen zusammen, um sich gemeinsam aufzuwärmen.

Am Nachmittag setzte sich Lakshmis Vater, Mr. Padma, zu Carla und unterhielt sich angeregt mit ihr. Adina und Lakshmi planschten, tauchten, plapperten, schleckten Eis, badeten, spritzten mit Wasser, tranken Tee, sonnten sich in den Liegestühlen.

Am Abend erfuhr Adina von ihrer Mutter ein wenig über Lakshmi und ihren Papa. Mr. Padma sei verwitwet und komme aus Trinidad. Er wäre Arzt und ein sehr angenehmer Gesprächspartner. Lakshmi sei bereits in London geboren und ein Jahr älter als Adina. Sie wäre sein einziges Kind. Jedes Wort ihrer Mutter prickelte in Adina. Lakshmi hatte ihre Mutter verloren, aber niemals einen Bruder gehabt.

Am nächsten Tag planschten und plapperten Adina und Lakshmi ohne Unterlass. Zum Aufwärmen stromerten sie im Garten umher. Carla und Mr. Padma unterhielten sich angeregt und am Abend saßen Adina und ihre Mutter sowie Lakshmi und ihr Vater gemeinsam an einem Tisch. Mr. Padmas Augen leuchteten. Außergewöhnlich liebevoll unterhielt er sich mit Carla und Carla schien die Aufmerksamkeit zu genießen.

Am nächsten Tag trauten sich Adina und Lakshmi zum ersten Mal in das Dorf Thurlestone. Kirschbunt bewachsene Gartenwälle säumten die Straßen. Unter den bimssteingrauen Reetdächern glänzten wolkenweiße Mauern. Vom Dorf war es nicht weit bis zur Bigbury Bay, wo Sandstrände und Abenteuerklippen zum Spielen lockten.

In den nächsten Tagen machten die Adelungs und Padmas Ausflüge nach Kingsbridge, Salcombe und Torbay. Nach und nach fanden sie Gefallen an einem Wechselspiel von einem Tag Thurlestone mit Strand und Bananenteich und einem Tag Südenglandbekucken. In Plymouth kaufte Carla für sich und Adina neue Kleidung. Sie sagte Adina, sie solle die alten Sachen wegwerfen. Adina mochte die Hamburg-Sachen und die Minehead-Sachen aber nicht wegwerfen. Sie versteckte sie im leeren Koffer. Hoffentlich würde am Ende der Reise alles hineinpassen.

Von Tag zu Tag erhaschte Adina mehr von den englischen Sätzen der drei anderen. Carla übersetzte fleißig und Adina hatte immer ihr Wörterbuch dabei. Immer besser verstand sie Lakshmis Plapperworte und bald konnte sie selbst einfache Sätze sagen. An ihrem letzten Thurlestone-Tag badeten und tauchten Adina und Lakshmi ausgelassen im Bananenteich, bummelten ins Dorf mit den bimssteingrauen Reetdächern, den kirschbunten Gartenwällen und den wolkenweißen Mauern, wanderten zur Bigbury Bay mit den Abenteuerklippen und schleckten Eis bei den rotweiß gestreiften Sonnenschirmen.

Der Urlaub ging zu Ende. Adina würde nach Hamburg heimkehren, Lakshmi bliebe eine weitere Woche in Thurlestone. Beim Abendessen fragte Adina ihre Mutter, ob sie nicht auch noch eine Woche bleiben könnten. Sie hätte doch noch Sommerferien. Carla schüttelte den Kopf. Sie müsse nächste Woche wieder ins Unternehmen. Sie habe Glück gehabt, einen so langen Urlaub am Stück nehmen zu dürfen. Das wäre etwas Besonderes. Außerdem wolle sie das Haus aufräumen. Da könnten sie nicht erst am letzten Tag heimkehren. Traurig verstand Adina, dass ihre Mutter Recht hatte. In ein paar Tagen würde die Räuberhöhle leer geräumt und das Kinderzimmer fitisfarben gestrichen.

Nach dem Abendessen umwanderten Adina und Lakshmi ein letztes Mal das eichhörnchengute Thurlestone Hotel. In der Hotelhalle machte Lakshmi den Vorschlag, dass sie die Nacht gemeinsam verbringen könnten. Adina war unsicher, ob Carla das erlauben würde: eine Klopferin in Adinas Zimmer? Lakshmi sagte, sie solle ihre Mutter nicht fragen. Lakshmi würde auch nicht fragen. Einige Zeit nach dem Zubettgehen käme sie heimlich zu Adinas Zimmer. Ohne nachzudenken, willigte Adina ein. Sie ging die Treppe hinauf und freute sich wie jeden Abend, dass hier keine »Das will ich mir noch ankucken« herumlagen. Und wie jeden Abend ging sie auf die Kuckwarte hinaus, spähte um die Ecke, wo Carla wieder am Geländer lehnte. Wie immer wünschten sich Mutter und Tochter über die Kuckwarten Gute Nacht und tauschten einen Gutenachtkuss aus. Adina streichelte ihrer Mutter durch die sommerblonden Haare, strich ihr über die zimtbraune Narbe, schaute ihr in die blauen Augen und verheimlichte, dass das Moormädchen bei ihr übernachten würde. Sie belog ihre Mutter. Als Carla ihr zum Abschied durch die lakshmilangen Haare strich und meinte, sie solle nicht traurig sein, in Hamburg würde sich alles ändern, musste Adina schlucken. Eine Stunde später schlüpfte Lakshmi zu Adina ins Zimmer. Sie kuschelten sich in das Kirschbett, kicherten, tuschelten, juxten, giggelten und schliefen erst weit nach Mitternacht ein.

Früh klingelte Adinas erster Wecker. Sie wachte sofort auf. Bevor der Bolkowecker losklackerte, war sie bereits aus dem Bett. Lakshmi sagte, sie wolle ihr schreiben, wenn sie wieder in London sei. Sie brauche ihre Anschrift. Adina holte Stift und Papier hervor und zögerte. In ihr zuckte etwas. Lakshmi war ihre Kranichfreundin, doch sie hatte einen Klopfervater. Was würde sie machen, wenn Kranichlakshmi und Klopferpadma in Hamburg auftauchten? Die beiden dürfte sie nicht ins Adelunghaus lassen. Sie schrieb:

Adina Adelung
Duvenstedter Triftweg
Hamburg
Deutschland

Sie verabschiedete sich von der kichernden Lakshmi. Man würde sich beim Frühstück wieder sehen und so tun, als hätte man sich seit gestern nicht gesehen. Beklommen schloss Adina die Tür hinter ihr. Gestern hatte sie ihre Mutter belogen und nun belog sie die bolkoliebe Kranichlakshmi. Sie fühlte sich elend, wusch sich geistesabwesend und saß stumm beim Frühstück.

Flink wie bei der Ankunft brachte der Hotelklopfer Rucksack und Koffer, beide prall gefüllt, zum Adelungwagen. Kranichlakshmi und Klopferpadma warteten bereits vor dem Hotel, um sich zu verabschieden. Winkend verlor Adina sie aus den Augen.

IV

Lava

17

Bahrenfelder Marktplatz – Osdorfer Weg – Zum Hünengrab – Notkestraße: Adina krabbelte aus dem Wagen und öffnete die Wagenpforte; Carla fuhr den Wagen vor die Hüpferstufen; Adina verschloss die Wagenpforte. Eingefasst vom Grünerlei des Gartens ragte das Adelunghaus turmtortenschön in den Himmel. Kühl war es im Schatten hinterm Adelunghaus. Adina und Carla setzten sich unter den Kirschbaum mit den tief hängenden Zweigen. Das Ausräumen des Kofferraums konnte warten. Neugierig beäugte Adina die große Tüte, die ihre Mutter auf den Gartentisch stellte.

»Der Urlaub ist wunderschön gewesen«, sagte Carla. »Wollen wir nächstes Jahr wieder verreisen?«

»Auf jeden Fall.«

»In unserem Leben fehlt so viel. Vor dem Tod deines Papas haben wir jeden Geburtstag in der Familie gefeiert. Kannst du dich daran erinnern?«

»Nein.«

»Ihr seid so klein gewesen.« Carla wurde traurig. »Ich kann mich an jeden Geburtstag erinnern. Heute wäre dein Vater neununddreißig Jahre alt geworden.« Adina umarmte sie. Nach einer Weile hatte sich Carla gefangen.

»Für den Urlaub hatte ich mir vorgenommen, deinen Geburtstag zu feiern. Es war der Tag nach unserer Wanderung ins Exmoor. Mir war so elend.« Carla öffnete die große Tüte. »In Zukunft werden wir unsere Geburtstage immer feiern.«

Sie übergab Adina einen goldgelben Packen. Gerührt löste Adina die kirschrote Schleife und wickelte ihr Geschenk aus: Zilpzalpig die Farbe, kuschelig der Stoff.

»Das ist ja die Bettwäsche aus London!«

Adina stand auf und hielt das Laken hoch, schnupperte an den Bezügen und verlor vor Glück die Stimme. Wie hingeschmolzen saß ihre Mutter unterm Kirschbaum.

»Ist da jemand?«, rief plötzlich ein Klopfer von der Straße.

Carla sprang auf und strebte ums Haus herum. Fest setzte ihre Mutter die Schritte, ging am Adelungwagen vorbei und näherte sich dem Klopfer am Gartenzaun.

»Guten Tag, mein Name ist Woher«, sagte der hoch gewachsene Klopfer. »Sind Sie Frau Adelung?«

»Das bin ich.«

»Ich habe es schon einmal bei Ihnen probiert, Sie aber nicht angetroffen.«

»Worum geht es?«

»Ich bin vom Jugendamt«, sagte der Klopfer bescheiden. »Ist das Ihre Tochter?«

Adina baute sich neben ihrer Mutter auf und sagte:

»Ja, das bin ich.«

»Wir vom Jugendamt bekommen oft Hinweise. Wir sind leider gezwungen, ihnen nachzugehen.« Der Klopfer wurde freundlicher. »Manchmal treffen sie zu, manchmal stellen sie sich als falsch heraus.«

Der Klopfer vom Jugendamt blickte verlegen über den Gartenzaun. Sein Blick irrte umher, sprang vom gepflegten Rasen zu den gepflegten Hecken, sprang zu den gepflegten Bäumen, sprang an die leuchtende Backsteinfassade, hüpfte zu Adina, wie sie dastand in den Plymouth-Kleidern und mit ihrer Thurlestone-Bräune.

»Ich bitte um Entschuldigung, wenn ich es sage.« Der Klopfer trat von einem Bein aufs andere. »Wir haben einen Hinweis bekommen, dass Ihre Tochter verwahrlost wäre. Wir sind bei jedem Hinweis gezwungen, eine Aktennotiz anzulegen.«

»Was die Leute alles reden«, sagte Carla.

»Ich hoffe, dass ich Ihnen nicht den Tag verdorben habe. Ich versichere Ihnen, dass ich einen Vermerk bei der Aktennotiz anbringen werde, dass jeglicher Hinweis auf eine Verwahrlosung Ihrer Tochter haltlos ist.«

Der Klopfer vom Jugendamt lächelte gequält und verabschiedete sich. Als er mit seinem Fahrrad fortradelte, sagte Adina:

»Der sah aus, als wäre er vom Rad gefallen.«

»Der war gefährlich. Bei Klopfern vom Jugendamt musst du vorsichtig sein. Versprich mir, dass du nie einen in unser Haus lässt. Das wäre das Ende.«

Adina versprach es. Sie würde auch niemals etwas über das Adelunghaus erzählen. Sie schulterte den Rucksack, packte den prallen Koffer und die Tüte mit der Zilpzalpbettwäsche. Es knackte und knirschte. Carla verschwand im Adelunghaus. Adina folgte ihr in den Windfang. Aus der Küche schlug ihr alles entgegen, was sie unter den Landhausmarkt-Tüten versteckt hatte. Schwer bepackt, wie sie war, drückte sie sich durch die Müllschlucht hindurch. Vor der müllzerklüfteten Treppe hielt sie inne. Die Selbstbeherrschung ihrer Mutter beeindruckte sie. Von oben kringelten Schwaden des Tigergeruches auf Adina herab. Sie atmete schmallippig, keuchte ihren Widerwillen heraus. Das würde eine Aufgabe für ihre Mutter sein. Vor der aufragenden Müllkistenwand dachte sie sehnsuchtsvoll an die eilfertigen Hotelklopfer, deren Hilfe ihr jetzt willkommen wäre. Klopfer im Haus könnten eine Hilfe sein. Sie schwang die Zilpzalptüte und warf sie auf die Kistenwand. Sie drückte ihr Gepäck in die Räuberhöhle und glitt hinab. In der Räuberhöhle biss der Tigerbächleingeruch nicht mehr so heftig zu. Sie wankte zum Fenster und riss es auf. Frisch strudelte die Augustluft von der Notkestraße herein.

Mit schwindenden Kräften kroch sie in ihr Bett. Voller Bewunderung dachte sie an Carla, die eine so gewaltige Aufgabe vor sich hatte, dass Adina sich nur verstecken mochte. Langsam füllte sich die Räuberhöhle mit leichterer Luft. Adina fühlte den Ehrgeiz, ihrer Mutter zu helfen, und stand wieder auf. Sie warf die Zilpzalptüte hoch in ihr Bett und kletterte hinterher. Zuerst zog sie den Kopfkissenbezug ab. Fusselwürmer kringelten sich in den Ecken des Bezuges. Sie klopfte das gelblich verfärbte, gräuliche, zerknitterte Inlett aus. Ein Staubschwarm rauschte starengleich auf den Räuberhöhlen-Fußboden herab. Sie schnupperte am Federkissen. Herb und würzig kräuselte sich der adinagute Geruch in ihre Nase. Sie bezog das Federkissen zilpzalpig und machte sich über die Bettdecke her. Fusselwürmer kringelten sich in den Ecken des Bezuges. Sie schnupperte an der herbwürzig riechenden Federdecke und bezog sie mit dem Zilpzalpbezug aus London. Zum Schluss streifte sie das Hamburg-Laken ab und zog das London-Laken über die Matratze. Müde sackte sie in sich zusammen und streckte sich. Wann war das Bettzeug zum letzten Mal gewechselt worden? Die Flecken und Flecklein auf dem Hamburg-Bezug holten so viel aus ihrer Erinnerung herauf. Hier roch es noch ein wenig nach Wildrosen. Hier schimmerten Erdspuren von einer Verklopfung. Wann war Carla zum letzten Mal im Kinderzimmer gewesen? Adina besaß kein Gefühl dafür, wie lange es her war. Sie strich in Gedanken über das abgezogene Laken. Ein länglicher Schokoladenfleck stammte vom Schultütentag. Sie hatte ein paar der Glitzerpapiere im Bett abgeleckt. In ihr zuckte etwas. Sie warf das alte Bettzeug über die Bettkante und stand auf. Zielstrebig ging sie auf die Tigertür zu und öffnete sie. Scharfzähnig sprang der Geruch sie an. Adina kletterte die Kistenwand hinauf und krabbelte zum Stühlehaufen, wo sie Bächlein machte. Sie krabbelte zurück in die Räuberhöhle, versperrte die Tigertür und kletterte in ihr Bett, wo sie sich tief in der

London-Bettwäsche vergrub. Carla würde das Adelunghaus in den nächsten Tagen leer räumen. Dann würde alles gut. Adina schluckte, um den Tigergeschmack aus dem Mund zu bekommen, und schlief erschöpft ein.

*

Notkestraße: Nicht einmal die Küche hatte Carla aufräumen können. Osdorfer Landstraße: Der Adelungwagen stand täglich vor der Haustür. Seestraße: Die Wagenhütte quoll vor Müll über. Windmühlenstieg: Adina trug saubere Plymouth-Sachen. Windmühlenweg: Das dritte Schuljahr begann. Die Klasse zog vom Zweitklässler-Flachbau in den obersten Stock des Kreuzbaues um. Adina bekam einen Einzeltisch in der letzten Reihe, von wo sie einen guten Blick auf den Kreuzbauteich hatte. Wie schön wäre es, wenn Lakshmi neben ihr säße und Bolko in die zweite Klasse käme. Allein verbrachte Adina die erste große Pause am Kreuzbauteich. Zu ihrer Überraschung kam sie ohne Verklopfung über den Tag.

Windmühlenweg: Ihre Mutter war am Ende ihrer Kräfte. Windmühlenstieg: Carla würde niemals das Adelunghaus in Ordnung bringen. Seestraße: Es musste sich etwas ändern. Osdorfer Landstraße: Adina würde aufräumen. Notkestraße: Das Adelunghaus wäre bald so sauber wie ein Hotelzimmer. Gartenpforte – Hüpferstufen – Windfang: Adina ging an der Küche vorbei, kehrte um, stieg über »Kommt noch weg« und Krimskrams, öffnete ein Küchenfenster und hieß die Sommerluft in der Adelungküche willkommen. Sie zwängte sich durch »Alles, was wegkommt« und legte in der Noch-immer-Räuberhöhle ihre Schulsachen ab. Sie würde nie wieder Tigerbächlein machen. Sie würde ihrer Mutter eine Freude bereiten.

Adina öffnete den Kleiderschrank und rupfte alle Sachen heraus. Die sauberen Kleidungsstücke legte sie gefaltet zurück in den Kleiderschrank. Es waren ansehnlich viele: Hamburg-Sachen, Minehead-Sachen, Plymouth-Sachen. Auf dem Räuberhöhlenboden machte sie drei Haufen: Bolkosachen; Adinasachen, altmodisch und schmutzig; Adinasachen, jungmodisch und schmutzig. In das abgezogene Laken wickelte sie die Bolkosachen ein, in den abgezogenen Bettbezug stopfte sie die altmodischen und schmutzigen Adinasachen und im abgezogenen Kopfkissenbezug sammelte sie die jungmodischen und schmutzigen Adinasachen. Mit dem prallen Laken und dem prallen Bettbezug kroch sie in die Lebkuchenräuberhöhle. Seit Bolkos Tod war sie nicht mehr dort drinnen gewesen. Sie schnupperte prüfend umher. Der Tigerhöhlenduft war hier kaum in die Nase zu bekommen, dafür roch es kräftig nach altem Holz und Gerümpel. Sie verstaute die Kleiderballen in der Lebkuchenhöhle und kroch zurück zum Kleiderschrank. Den prallen Kopfkissenbezug stopfte sie dort hinein und bekuckte stolz ihr Werk: Aufräumen war so einfach.

Ihr wurde klar, dass Carla sich gar nicht über die zurückgewonnene Ordnung freuen würde, wenn sie am Abend nach Hause käme. Sie zwängte sich nie durch »Alles, was wegkommt«. Den Kleiderschrank würde Carla am Abend nicht öffnen, sie würde Adina nicht durch die lakshmilangen Haare streichen, sie würde sie nicht loben.

Entschlossen kletterte Adina zur Räuberhöhle hinaus, um dort sauber zu machen, wo es Carla entdecken würde. Sie holte sich aus der »Kommt noch weg«- und Krimskrams-Küche Putzlappen und Putzbürste und schloss das Küchenfenster. Im Bimssteinzimmer knipste sie das Licht an. Nichts glänzte. In Paris-London-Minehead-Thurlestone waren die Wasserhähne so blank, dass man sich darin spiegeln konnte. Im Adelungwasserhahn konnte sie sich nicht spiegeln. Zuerst würde sie den Wasserhahn blank wienern, dann das Waschbecken, dann die Zahnputzbecher-Ablage, dann den Bimssteinzimmer-Spiegel und dann den Rest. Das ganze Bimssteinzimmer würde blitzen und funkeln wie Bigbury Bay und Bananenteich zusammen. Der Bimsstein sollte sich wohl fühlen und am Abend käme Carla strahlend zu Adina und wäre stolz auf ihre Tochter.

Adina begann zu rubbeln, nichts von dem Schmutz löste sich. Sie begann zu schrubben, ein wenig von dem Schmutz löste sich. Adina strengte sich an, rubbelte und schrubbte, atmete durch, rubbelte und schrubbte, wischte sich den Schweiß von der Stirn, rubbelte und schrubbte, setzte sich erschöpft aufs Örtchen, rubbelte und schrubbte, schüttelte die schmerzenden Hände, lockerte die verspannten Arme und Schultern, rubbelte und schrubbte, wischte sich den Schweißesschweiß aus dem Gesicht, rubbelte und schrubbte, bis sie nicht mehr konnte. Erschöpft und lebkuchenglücklich bekuckte sie ihr Werk. Der Wasserhahn blitzte und funkelte wie Bigbury Bay und Bananenteich zusammen. Sie drehte Kaltwasser auf, säuberte die wehen Hände, streichelte mit kaltwasserkalten Fingern über den Bimsstein, spiegelte sich im tropfenblanken Wasserhahn und wischte den Stahl.

Mit Schultern wie ausgekugelt, mit Armen wie abgefallen, mit Fingern wie verklopft zwängte sie sich durch »Alles, was wegkommt«. Müde kletterte sie in ihr Oberbett und rollte sich unter die London-Bettwäsche. Kopfkissenbezug und Bettdeckenbezug rochen nach Urlaub. Bis weit in den Abend schlief Adina. Sie war zu erschöpft, um ins Badezimmer zum blitzblanken Wasserhahn zu gehen. Wahrscheinlich war Carla bereits im Haus. Es war schade, dass ihre Mutter sie nicht gleich loben würde. Aber aufgeschoben war nicht aufgehoben. Dann würde sie eben beim Frühstück für ihr Putzwerk gelobt. Sie löschte ihren Durst aus der Wasserflasche, die sich immer gefüllt in der Wandertasche befand, stellte mit wehen Fingern Klingel- und Klackerwecker, kletterte mit schmerzenden Armen und Schultern zurück ins Bett und lag im Räuberhöhlenzwielicht lange wach.

Wie es Lakshmi wohl ginge? Schade, dass nicht einmal Kranichmenschen das Adelunghaus betreten durften. Wie es Erla wohl ginge? Die jungen Kraniche lernten wohl gerade über dem Brook das Fliegen. Stolz dachte Adina an das Rubbeln und Schrubben zurück. Sie hätte nicht gedacht, dass das Blankputzen eines Wasserhahnes so viel Kraft kostete. Morgen würde sie mit dem Waschbecken weitermachen. Das Waschbecken war etwa zehnmal so groß wie der Wasserhahn. Nach dem Waschbecken wären die Zahnputzbecher-Ablage, der Spiegel, das Örtchen, die Kacheln und Fliesen an der Reihe. Adina stellte sich in Wasserhähnen vor, wie viel sie putzen müsste. Sie dachte an den Duvenstedter Brook und die Stare, die sich gesammelt hatten. Zuerst waren es viele gewesen, die schwatzten und schwiegen. Dann waren es mehr geworden, die schwatzten und schwiegen. Am Ende waren sie über sie hinweggerauscht und hatten den Himmel schwarz gefärbt. Im Adelunghaus gab es nicht nur das Bimssteinzimmer, sondern auch den Flur, den Windfang, die Küche, das untere Wohnzimmer, das Carlazimmer, den Keller, die Treppe mit den Zeitungen, den oberen Flur, das versteckte Badezimmer, die Räuberhöhle und das Tigerbächleinzimmer.

Der erste Wecker klingelte. Adina erwachte und stöhnte auf. Hände, Arme, Schultern schmerzten, als würden sie ausgerissen. Sie blieb vor Schmerzen liegen. Der zweite Wecker klackerte. Adina mochte nicht aufstehen. Was jetzt in ihr um sich biss, war schlimmer als alles zuvor. War das die Strafe dafür, dass sie ohne Erlaubnis sauber gemacht hatte?

Sie musste zur Schule gehen. Sie biss die Zähne zusammen und quälte sich aus dem Bett. Ohne die Kleidung zu wechseln, nahm sie ihren Ranzen und schleppte sich zur Kistensteilwand. Sie bliebe einfach zu Hause. Für einen Augenblick gefiel ihr die Vorstellung. Sie würde nicht Gefahr laufen, verklopft zu werden. Doch sie hatte noch nie die Schule geschwänzt. Ihre Hände und Arme schmerzten. Na und? Sie quälte sich samt Ranzen die Kisten hoch und verbot sich zu stöhnen. Ihre Arme gehorchten, brüllten aber vor Schmerzen. Es half nichts. Sie musste zur Schule gehen und sie wollte zur Schule gehen. Flur – Treppe – Flur: Adina trank Wasser im Bimssteinzimmer, besprenkelte ihren Glücksstein. Trotz aller Schmerzen freute sie sich an ihrem Spiegelbild im Wasserhahn. Sie aß schnell eine Banane und verließ das Haus, ohne von ihrer Mutter gelobt worden zu sein.

18

Sie hatte nur ein wenig geputzt und schon lehnte sich alles in ihr auf gegen die drohende Entmüllung. In der ersten Stunde quälte sie sich durch das Deutschdiktat. Bei jedem Wort brannten ihre Finger. Nach jedem Satz musste sie ihre Hand lockern. Sie verschrieb sich oft, konnte nichts verbessern, da das Diktat unerbittlich voranschritt.

Am nächsten Morgen klangen die Wasserhahnschmerzen allmählich ab. Ihre Mutter kam aus dem Bad, als sich Adina zum Gehen anschickte. Jetzt würde ihre Mutter sie für den bigburybayblanken Wasserhahn loben. Aber Carla verschwand in ihrem Zimmer. Enttäuscht ließ es Adina knacken und knirschen. Hatte ihre Mutter den bigburybayblanken Wasserhahn überhaupt bemerkt? Vielleicht hatte sie sich beim Putzen nicht genügend angestrengt.

*

Im Treppenhaus des Kreuzbaus hörte sie die scharfe Stimme von Chagga »Entspann dich«. Sie hatte einen Einfall. Frau Lange gab die Deutschdiktate zurück. Mit Fingern, die allmählich wieder geschmeidig wurden, blätterte sie ihr Heft auf. Die Note war so schlecht wie noch nie. Sie ärgerte sich. Der Ärger wallte zu Wut auf. Sie war tigerig entschlossen, ihren Einfall in die Tat umzusetzen. In der großen Pause forderte sie Chagga »Entspann dich« und seine Freunde auf, mitzukommen. Verdutzt folgten sie ihr aufs Jungenörtchen.

»Wir können es hier machen«, sagte Adina. »Ich werde nicht schreien.«

Vergnügt packten die Chaggas Adina, vergnügt begann Chagga »Entspann dich« loszuklopfen; vergnügt verschwanden sie nach der Verklopfung ins Treppenhaus. Adina unterdrückte ihre Schmerzen. Chagga »Entspann dich« hatte fest zugeschlagen. Doch es war schneller vorüber gewesen als sonst. Für heute hätte sie von den Chaggas nichts mehr zu befürchten. Die nächste Verklopfung würde sie sich erst wieder morgen abholen. Fast etwas vergnügt wankte Adina die Treppe hinunter und setzte sich für den Rest der großen Pause an den Kreuzbauteich, wo die Spatzen hüpften.

An den nächsten Tagen hielt es Adina wie am Mittwoch. Sie ging auf die Chaggas zu und forderte sie zur Verklopfung auf. In der Schule fühlte sie sich von Tag zu Tag besser. Sie bestimmte, was geschah. Im Adelunghaus fühlte sie sich hingegen immer unwohler. Carla ging ihr aus dem Weg und Adina hatte nicht den Eindruck, dass sie das Adelunghaus in Ordnung brächte.

Am Freitagabend saß Adina unterm Kirschbaum im Schatten der tief hängenden Zweige und starrte auf die Wagenhütte. Was anfangs als ein Ausweichraum für den Kellermüll gedacht war, schien nun eine dauerhafte Bleibe zu sein. Spät kam ihre Mutter heim. Adina schlenderte zum Adelungeingang, um sie zu begrüßen. Carla wirkte abgekämpft. Während ihre Mutter den Einkauf in der »Kommt noch weg«- und Krimskrams-Küche verstaute, spähte Adina auf den Rücksitz des Wagens. Wo sie während der Urlaubsfahrten gesessen und gelegen hatte, machten sich jetzt zwei Pappkisten breit, randvoll mit »Das kann man doch nicht wegwerfen«. Wie verklopft taumelte sie zurück. Sie flüchtete zum Kirschbaum. So angenehm der Rasen duftete, so voll der Kirschbaum mit Früchten hing, so edel der Efeu die

Rückseite des Adelunghauses herausputzte, die Urlaubsstimmung verfaulte.

Mühsam fand sie den Weg zurück in die Räuberhöhle. Carla war dabei, den Keller wieder voll zu räumen. Erschüttert stellte Adina den Klingelwecker und den Klackerwecker für den morgigen Brookausflug. Zum Glück hatte sie Lakshmi nicht die wahre Anschrift gegeben. Die Einzigen, die hier ein und aus gehen durften, waren Adina und ihre Mutter. Sie würde nie wieder Urlaub machen und niemals eine Freundin haben. Das Leben war kein Hotel.

*

Das Klingeln weckte Adina am Morgen des Brookausfluges. Sie stand auf, bevor der Klackerwecker loslegte. Sie könnte mit frischer Kleidung ins Bad hinuntergehen, die alte Kleidung ausziehen, sich waschen, die neue Kleidung anziehen und das Adelunghaus verlassen. Es wären nur ein paar Schritte hinüber zur Kranichfrau. Sie würde auf die Rückbank schlüpfen und die stille Fahrt genießen. Was machten Zausel und die Tröterin? In Gedanken radelte Adina mit Erla den Brook ab, verscheuchte ein paar Hundebesitzer. Draußen auf der Notkestraße fuhr ein Wagen vor. Es hupte einmal. Erschrocken blieb Adina vor dem stummen Klingelwecker und dem stummen Klackerwecker sitzen. Das musste Erla sein. Die Augenblicke zogen sich in die Länge. Dann hörte Adina erleichtert, wie der pflaumenblaue Wagen wegfuhr. Sie ging ans Fenster und spähte hinaus ins Zwielicht. Leer war der Sandweg der Notkestraße. Sie öffnete die Tigertür, kroch zum Stühlehaufen und machte Bächlein. Erla Meier war eine Klopferin. Ihre Mutter hatte Recht, Adina sollte vorsichtig sein. Sie beschwörte den Untergang des Adelunghauses herauf. Diese Klopferin hatte es gewagt, vor dem Adelunghaus zu hupen. Adina kroch zurück in die Räuberhöhle und nahm sich vor, der Klopferin aus dem Wege zu gehen. Sie wickelte sich in die Bettdecke ein und vertat den Tag in Garten und Räuberhöhle.

Für Sonntag stellte sie weder Klingelwecker noch Klackerwecker. Doch sie wurde früh wach. Sie hörte, wie der pflaumenblaue Wagen vor dem Adelunghaus vorfuhr und anhielt. Ohne zu hupen, fuhr der pflaumenblaue Wagen nach fünf Minuten weiter. Nie wieder würde sie mit Erla Meier reden. Der Fuchs fraß die Maus und der Marder das Eichhörnchen.

*

In der Schule holte sie sich täglich ihre Verklopfung ab. Machtlos schaute Adina zu, wie Carla von Woche zu Woche immer mehr den Keller voll füllte. Doch in Adina ballte sich etwas zusammen. Jeden Morgen und jeden Abend wusch sie sich und widmete sich danach ausgiebig dem Wasserhahn, bis er glänzte wie Bigbury Bay und Bananenteich zusammen. Nach dem Putzen hängte sie das feuchte Tuch über die immer kalte Heizung und legte die Bürste dazu. Den Wasserhahn im Bimssteinzimmer würde sie gegen alle Kleckse und Flecke verteidigen. Alleine würde sie es nie schaffen, das Adelunghaus zu entmüllen und in vollem Glanz erstrahlen zu lassen. Vielleicht würde sich ihr Wunsch irgendwann einmal erfüllen. Am stärksten war ihre Hoffnung, wenn sie den Wasserhahn frisch geputzt hatte und sich im Glitzerstahl spiegelte.

Zu Adinas Überraschung kündigte ihre Mutter für den vorletzten Septembersonnabend einen Ausflug an. Sie wolle ihren siebenunddreißigsten Geburtstag mit Adina feiern. Nicht ein einziges Mal hatte Carla den neuen Glanz des Wasserhahnes gelobt, Adina wollte sich über diesen Vorschlag nicht freuen. Ihre Mutter hatte so viele Versprechen gemacht und so wenige gehalten. Je näher der Geburtstag kam, desto trauriger wurde Adina. Am Morgen des Geburtstages holte sie ihre schönsten Plymouth-Sachen hervor und wusch sich im Bimssteinzimmer.

Ein Vorteil der veränderten Chagga-Angriffe war, dass Adina immer auf dem Jungenörtchen verklopft wurde. So unterblieben die Abreibungen mit Erde und Adinas Brust und Bauch wurden nicht mehr schmutzig. Beim Abtrocknen störte sich Adina an dem muffigen Geruch der Handtücher. So frische Handtücher wie in einem Hotel wären schön. Frisch angekleidet trat sie hinaus und nahm Platz in der »Kommt noch weg«- und Krimskrams-Küche. Sie atmete flach, um dem Geruch der erblühten Doppelbissen unter den Plastiktüten keine Aufmerksamkeit zu schenken. Als ihr Blick über Vorgarten und Notkestraße schweifte, erblickte sie auf einmal Erla, die vom Brötchenholen kam. Sie entdeckte Adina in der Küche und winkte. Adina winkte zurück. Erla blieb kurz stehen, winkte noch einmal. Adina winkte ein zweites Mal und sah, wie Erla weiterging. Zum Glück hatte sie nicht versucht, das Grundstück zu betreten. Obwohl Adina in den letzten Wochen immer vermieden hatte, Erla in die Arme zu laufen, freute sie sich über die Augenbegegnung mit der Kranichfrau.

Als Carla in die Küche kam, wünschte Adina ihr einen schönen Geburtstag. Ihre Mutter freute sich sichtlich auf den Tag, schien jedoch so zu atmen, als säßen sie gerade unterm Kirschbaum. Sogleich fühlte sich Adina etwas besser. Bei ihrer Mutter erwachte der Schwung vom Sommerurlaub und dankbar ließ sich Adina mitziehen.

Notkestraße – Osdorfer Landstraße – Osdorfer Weg: Adina schloss die Augen, um die Augenblicke des Dahinrollens zu genießen. Es war fast wie auf den Fahrten von Hotel zu Hotel. Ihre Mutter wollte das Adelunghaus wieder in Ordnung bringen? Adina dachte darüber nach, wie sie ihr dabei helfen könnte. Sie würde auf jeden Fall den Wasserhahn gegen alle Kleckse und Flecke der Welt verteidigen. Mit jedem Atemzug fühlte sich Adina stärker. Sie hatte auf einmal einen Einfall, wie sie ihrer Mutter beim Aufräumen helfen könnte. Sie würde es nachts machen.

An der Alster parkte Carla den Wagen. Neugierig folgte Adina ihrer Mutter in das Unternehmen. Mit dem Fahrstuhl ging es in den achten Stock hinauf. Staunend blickte sich Adina um. Es roch nicht wie Hotel, es roch auch nicht wie Adelunghaus, es roch ein wenig wie Schule und Krankenhaus zusammen. Nirgends lagerten Kisten, nirgends stapelten sich Zeitungspacken und Plastiktüten im Flur. Groß war der Carla-Raum, weit konnte der Blick über die Alster schweifen. Ehrfürchtig trat Adina an die Fensterreihe. Nicht einmal in Minehead war der Blick so schön gewesen. Allein Thurlestone konnte sich mit Carlas Arbeitszimmer messen. Ein wuchtiger Schreibtisch fing Adinas Aufmerksamkeit ein. Er war aufgeräumt wie ihr Schultisch. Adinas Blick schabte durch das Zimmer. An der Wand hingen zwischen Schränken ein paar »Nicht wegwerfen, noch ankucken«. Ein großes Sofa bot Platz für drei. Weder Fleck noch Kleckser zierten die Polster. Hinter Adina begann es zu rauschen. Sie konnte ihre Mutter hinter der Stellwand nicht erkennen.

»Du hast hier einen Wasserhahn?«

»Ja, mein Schatz.«

»Hat den jeder im Unternehmen?«

»Nein, das ist etwas Besonderes.«

Ihre Mutter trat hinter der Stellwand hervor und trug ganz andere Sachen als am Morgen! Es waren Plymouth-Sachen und sie roch ganz anders – wie nach Wildrosen, nur lieblicher.

»Darf ich mir den Wasserhahn anschauen?«

Sie durfte. Adina ging an Carla vorüber und empfand den Wohlgeruch noch stärker als vom Sofa aus. Am liebsten hätte sie ihre Mutter umarmt, doch gleichzeitig fühlte sie sich auch abgestoßen. Der Wasserhahn blitzte wie Bigbury Bay und Bananenteich zusammen. Und das Waschbecken erst: wolkenweiß das Porzellan und funkelnd der Ausfluss. Auf dem Spiegel war nicht ein einziger Spritzer. Adina packte ein Handtuch und roch daran. Es duftete so frisch, als hätte die Kranichfrau es gerade gewaschen. Im Klopferland lebte Carla wie ein Klopfer. Aufgebracht fragte Adina:

»Warum ist es hier so sauber?«

»Wir haben eine Putzfrau.«

»Warum haben wir für zu Hause keine Putzfrau?«

»Früher hatten wir eine.«

»Warum haben wir sie nicht mehr?«

»Weggezogen.«

»Warum hast du keine neue gesucht?«

»Ach, mein Schatz. Das ist nicht so leicht, wie es sich sagt.«

Das Gespräch versandete, wie alle anderen Gespräche zuvor, die sich um die Herrschaft des Mülls drehten. Adina sei zu klein, um das zu begreifen. Klopfer dürften nicht ins Haus. In Adina wogte Wut auf. Warum war das Unternehmen so sauber und das Adelunghaus nicht? Sie konnte es nicht verstehen. Erschrocken hielt sie inne, als ihnen an der Eingangstür ein Klopfer entgegentrat. Ihre Mutter freute sich, ihn zu sehen. Er beglückwünschte Carla zum Geburtstag und fragte:

»Ist das deine Tochter?«

Ihre Mutter stellte sie dem Klopfer vor, der staunend hervorbrachte:

»Schon so groß und bereits so hübsch! Ganz wie die Mama.«

Verlegen stand Adina da. Sie wollte nicht mit dem Klopfer reden. Carla plauderte mit ihm. Carla hielt sich nicht an ihre eigenen Regeln. Sie redete mit einem Klopfer, als wäre der nicht gefährlich. Wütend dachte Adina daran, was sie gerade gehört hatte. Es habe da eine Putzfrau gegeben, die sauber gemacht hatte. Sie versuchte, sich das vorzustellen: Eine Klopferin bewegte sich frei im Adelunghaus!

Erst an der Alster verebbte Adinas Wut. Niedergeschlagen hörte sie ihrer Mutter zu, was sie zur Feier des Tages geplant hatte. Zuerst gingen sie in die Hamburger Kunsthalle. Danach würden sie zu Mittag essen und später mit dem Alsterdampfer fahren. Am Abend gäbe es noch ein Candlelight-Dinner. Stumm wanderte Adina neben ihrer Mutter durch die Kunsthallensäle, wo parisviele »Nicht wegwerfen, noch ankucken« an den Wänden hingen. Was ihre Mutter zu den Bildern erzählte, ging bei Adina zum einen Ohr hinein und zum anderen wieder hinaus. Beim Verlassen der Kunsthalle traute sie sich zu fragen:

»Warum räumst du nicht bei uns auf?«

»Ich werde das machen, sobald mir das Unternehmen etwas mehr Zeit lässt.«

»Das sagst du immer.«

»Dieses Mal werde ich es tun. Mein Ehrenwort.«

Für einen Augenblick ließ sich Adina von Carlas Zuversicht anstecken. Während des Mittagessens war es wie im Urlaub. Während der Alsterdampferfahrt verlor sich jedoch Adinas Zuversicht. Ihre Mutter würde niemals im Adelunghaus aufräumen. Immer fand sie irgendeine Ausrede. Als der Alsterdampfer an der Gurlittinsel vorbeituckerte, spürte Adina einen Bimsstein im Hals. Das Unternehmen war putzsauber und das eigene Haus verdreckt. Weglaufen? Carla machte noch viele Worte an ihrem Geburtstag. Traurig ertrug sie das Candlelight-Dinner.

Mit einem Kugelbäuchlein saß sie auf der Heimfahrt im Wagen. So lieb war alles gemeint und so elend fühlte sich Adina. In der Dunkelheit kehrten sie ins Adelunghaus zurück. Flach atmend betrat Adina den Windfang, aber Carla bewahrte Haltung. Was ihre Mutter konnte, könnte sie auch! Ihre Mutter verschwand im Bimssteinzimmer. Adina atmete die doppelbissige Küchenluft tiefer ein. Sie würde ebenfalls Haltung bewahren. Nie wieder würde sie Carla auffordern, im Adelunghaus aufzuräumen. Dieser Geburtstag war die letzte Enttäuschung, die Adina erleben wollte. Sie würde allein für Glanz und Ordnung im Adelunghaus sorgen. Als sich Carla in ihr Zimmer zurückgezogen hatte, betrat Adina das Bimssteinzimmer und knipste das Licht an. So verdreckt war alles. Wehmütig-liebevoll schaute Adina auf ihren Wasserhahn. Irgendwann einmal würde das ganze Adelunghaus funkeln wie Bigbury Bay und Bananenteich zusammen. Adina setzte sich aufs Örtchen und machte Bächlein und Häuflein. Sie würde sich nie wieder zu einem Tigerbächlein hinreißen lassen. Kendelleidsatt kuschelte sie sich in die London-Bettwäsche, die bereits fast so gut roch wie das alte Adina-Bettzeug. Sie schlief nicht ein. Tief in der Nacht stand sie auf und kletterte ins Tigerzimmer. In der Dunkelheit kroch sie über die Kisten zum Stühlehaufen und bemühte sich, Bächlein zu machen. Vergeblich. Sie hielt die Luft an, drückte so stark sie konnte und freute sich nach vielen Versuchen umso mehr, als es ihr glückte. Es war zwar nur ein winziges Tigerbächlein, doch es war eins.

19

Nach Klingel- und Klackerklang rappelte sich Adina auf. Es war früher am Morgen als sonst. Noch im Schlafanzug kletterte sie auf den Räuberhöhlenberg und öffnete die Weckerkiste. Sie nahm so viele »Das kann man doch nicht wegwerfen«, wie sie tragen konnte, kletterte hinunter und stopfte den Ranzen damit so voll, dass sie ihn nur noch mit Mühe zuschnallen konnte. Sie würde jetzt jedes Mal auf dem Schulweg Müll mitnehmen. Zuerst würde sie die oberen Kisten entmüllen und sich nach und nach weiter vorarbeiten. Es würde ein wenig dauern, bis sie das Kinderzimmer entmüllt hätte. Doch dann könnte sie es streichen: Tititi-dje-djüe-düe-düi-dju.

Notkestraße – Osdorfer Landstraße – Seestraße: In den Mülleimer am Eckhaus stopfte sie die »Das kann man doch nicht wegwerfen« hinein. Beglückt ging sie weiter. In den ersten Schulstunden schwieg Adina und freute sich über die neu gewonnene Ordnung in der Räuberhöhle. Noch hatte ihre Mutter nichts bemerkt. Doch Adina würde nicht ruhen, bis das ganze Adelunghaus entmüllt war. Zu Beginn der großen Pause forderte sie von Chagga »Entspann dich« die Verklopfung ein. Danach stürmten die Chaggas die Treppe nach unten, Adina folgte ihnen. Die Chaggas stürmten auf den Schulhof. Adina schlenderte zum Kreuzbauteich. Nach der Schule würde sie gleich mit dem Aufräumen weitermachen. Als Erstes würde sie das Waschbecken in Angriff nehmen. Es wäre gelacht, wenn sie es nicht zum Glänzen brächte.

Hüpferstufen – Knacken und Knirschen – Windfang: Adina bewahrte wie ihre Mutter Haltung und betrat das Adelunghaus. Sie zwängte sich durch »Alles, was wegkommt«. Als sie vom Kistenberg hinunterstieg, gähnte sie. Das frühe Aufstehen machte sich bemerkbar. Sie kletterte in ihr Bett. Eigentlich hatte sie das Waschbecken putzen wollen. Dafür würde sie jedoch ihre ganzen Kräfte brauchen. Es wäre besser, erst einmal zu schlafen.

Am Nachmittag wachte sie auf, aß in der »Kommt noch weg«- und Krimskrams-Küche Knäckebrot, schaute im Bimssteinzimmer vorbei. Das Waschbecken starrte vor Schmutz. Mit jedem Lidschlag fühlte sich Adina schwächer. Es würde eine ganze Weile dauern, bis es so glänzte wie der Wasserhahn. Sie wischte mit der bloßen Hand über das Grauerlei und ließ es sein.

Notkestraße – Osdorfer Landstraße – Flottbeker Drift: Adina spazierte durch die Nacht. In fast allen Häusern war das Licht gelöscht. Sie wanderte weiter zum Friedhof. Das wuchtige Schwarzeisentor versperrte den Weg zum Gartengärtlein. Es war gemein, dass Bolko nicht mehr bei ihr war. Traurig machte sie kehrt.

Stiller Weg – Osdorfer Landstraße – Windmühlenweg: Adina blieb vor einer Reihe riesiger Metallkisten stehen. Im Schein der Bogenlampe konnte sie die Beschriftung lesen. Das waren Müllsammelbehälter: für Papier, für Glas und für Kunststoffe. Was für eine Entdeckung! Hätte sie ihren mit Müll gefüllten Ranzen dabei, könnte sie ihn vollständig ausleeren und es wäre immer noch Platz in den Metallkisten.

Adina freute sich. Sie würde jede Nacht hier vorbeikommen und Müll entsorgen. Sie hatte auf einmal Lust, sofort mit der Entmüllung anzufangen. Sie strebte nach Hause, füllte ihren Ranzen mit »Das kann man doch nicht wegwerfen«, schlich sich durch »Alles, was wegkommt« und erreichte die drei Metallkisten. Die Kabel und Schnüre stopfte sie in die Kiste für Kunststoffe. Bei den Weckern zögerte sie. Da es keine Metallkiste für Metall gab, ließ sie die Wecker in die Metallkiste für Glas plumpsen. So leicht hatte ihr der Ranzen noch nie auf der Schulter gelegen. Sie würde vor der Schule keinen Müll mehr entsorgen. Ihr missfiel die Vorstellung, dass Klopfer bei der Entmüllung zusehen könnten. Sie stellte Klingel- und Klackerwecker zurück auf die übliche Zeit und freute sich auf die nächste Nacht.

Notkestraße – Osdorfer Landstraße – Windmühlenweg: Nacht für Nacht machte sich Adina auf und stopfte Kistenkostbarkeiten in Klopferkisten. Nacht für Nacht schlich sie zurück ins Haus – erleichtert. Tag für Tag veränderte sich ihr Schulweg. Von der Seestraße führten vor dem Windmühlenstieg noch drei andere Straßen zum Windmühlenweg: Wolsteinkamp, Staudingerstraße und Von-Thünen-Straße. Nach Lust und Laune erwanderte sie sich die Straßen ihres Viertels. Eines Tages traute sie sich sogar in den Flottbeker Marktweg, wo sie übel verklopft worden war. Sie traute sich weiter, fühlte sich angezogen vom Klopfertreiben auf dem Marktplatz. An zwei Vormittagen boten Händler dort ihre Waren feil. Am Sonnabend kaufte Carla oft auf dem Markt ein. In der Woche war sie jedoch im Unternehmen. Adina schlenderte weiter, bekuckte die Klopfer, die so einkauften, wie ihre Mutter einkaufte. Die Vorstellung, in diesem Trubel Carla in die Arme zu laufen, war ihr unangenehm. Sie würde etwas zu hören bekommen! Nach der Schule sollte sie auf schnellstem Wege nach Hause gehen. Adina bekuckte die harmlosen Warteklopfer, die am Kartoffelstand anstanden. Sie bummelte weiter, aber da war es zum Verstecken bereits zu spät.

»Adina, wie geht es dir?«

Sie ärgerte sich über ihren Leichtsinn. Sonst passte sie immer auf, wer sich näherte. Hier auf dem Marktplatz wimmelte es von Klopfern, überall lockten Waren den Blick an. Sie war unvorsichtig gewesen.

»Wir haben uns so lange nicht gesehen.«

Adina schwieg. Klopfer umklöpfelten sie.

»Ich habe mich oft gefragt, warum du nicht zu unserer Verabredung gekommen bist.«

Adina wollte etwas sagen, aber ihre Zunge wollte nicht. Was sollte sie auch sagen? Vom Adelunghaus durfte sie nichts erzählen.

»Es tut mir Leid, wenn ich mich ungeschickt verhalten habe«, sagte die Kranichfrau. »Ich habe mich wohl wie eine schlechte Lehrerin benommen und dich mit Belehrungen zugeschüttet.«

Adina staunte, wie unsicher Erla nach Worten suchte. So kannte sie die Kranichfrau gar nicht.

»Das liegt an meinem Beruf.«

Adina erinnerte sich an das, was Carla erzählt hatte.

»Mir rutscht das immer wieder raus.«

»Du leitest ein Pressearchiv?«, fragte Adina.

»Ja, man lernt dort unglaublich viel. Nur lernt man dort nicht, wie man sich mit einem Kind unterhält.«

Adina stutzte. Die Kranichfrau hatte sich ihr gegenüber nicht falsch verhalten. Die zurückhaltende Art? Zum Glück hatte Erla nicht versucht, sie pausenlos zu streicheln. Das durfte nur ihre Mutter. Die vielen Hinweise auf das Leben im Brook? Zum Glück hatte Erla nicht versucht, sie auszufragen. Kraniche würden so etwas nicht tun. Adina hatte jeden Augenblick mit Erla genossen. Sie überlegte, ob sie ihr es sagen sollte, fand dann aber, dass ein Kranich das nicht täte.

»Ach, Adina. Auch wenn ich mich wiederhole, es tut mir Leid.«

Belustigt schaute Adina zur Kranichfrau auf. Es gab keinen Grund, dass der Kranichfrau etwas Leid tun sollte, und doch tat ihr etwas Leid. Adina spürte, wie angenehm es war, die Kranichfrau so verletzlich zu sehen.

»Kann ich versuchen, es wieder gutzumachen?«

»Ja«, sagte Adina, obwohl sie wusste, dass da nichts wieder gutzumachen wäre.

»Und wie?«

»Mit einem Apfelpfannkuchen nach einem Tag im Brook.«

»Jetzt am Sonnabend?«

»Um vier Uhr in der Früh bei dir!«, sagte Adina mit Nachdruck.

Die Kranichfrau sollte nicht auf den dummen Gedanken kommen, noch einmal vor dem Adelunghaus zu hupen oder – noch schlimmer – zu klingeln und zu klopfen.

»Ich habe alles eingekauft«, sagte Erla. »Wollen wir zusammen nach Hause gehen?«

»Nein, ich habe noch zu tun.«

Das wäre zu viel geworden. Es gab kein gemeinsames Zuhause, in das sie heimkehren könnten. Adina verabschiedete sich. Im Klopfertrubel ging sie zurück zum Flottbeker Marktweg. Sie hatte nichts zu tun. Seestraße – Wolsteinkamp – Windmühlenweg: Mit jedem Schritt fühlte sie sich sicherer. Carla hatte Recht. Klopfer waren gefährlich. Doch gleichzeitig empfand Adina die Bedrohung, die von der Kranichfrau ausging, als angenehm. Auf einmal stand sie vor den Metallkisten, in die sie die Kostbarkeiten des Adelunghauses Nacht für Nacht hineinräumte. Sie hatte doch nicht gelogen: Es war noch viel zu tun.

*

Osdorfer Landstraße – Windmühlenweg – Metallkiste für Glas: Im Dunkeln schepperten die »Das kann man doch nicht wegwerfen«. Mit einem Kribbeln im Bauch bummelte Adina zurück zur Osdorfer Landstraße. Sie würde gleich die Kraniche wieder sehen. Gemächlich schlenderte sie die Straße Zum Hünengrab hinauf. Jenseits der Wiese lag das Kranichhaus. In den Fenstern wohnte Licht. Links lag hinter Zaun und Baum das Adelunghaus. Hinter schwarzen Mauern barg es seine Kostbarkeiten, die Adina Nacht für Nacht forttrug. Wer in einem Hexenhaus aufwächst, tut gut daran, in einem Lebkuchenhaus ein und aus zu gehen. Die Kranichfrau begrüßte Adina herzlicher als sonst. Sie überschüttete sie mit Aufmerksamkeit. Sie fragte nach. Unruhig saß Adina auf der Rückbank des pflaumenblauen Wagens und hörte sich die Meier-Nettigkeiten an. Am Ende der Notkestraße wurde es ihr zu viel.

»Erla, sei so wie immer. Du hast auf den Autofahrten nie geredet.«

»Ich habe es nur besser machen wollen.«

»Du hast nichts falsch gemacht.«

»Aber ...«

»Kein Aber. Jeder Tag mit dir war schön. Erfüllst du mir einen Wunsch?«

»Ja.«

»Dieser Tag soll auch schön werden.«

Puckaffer Weg – Poppenbütteler Chaussee – Duvenstedter Damm – Duvenstedter Triftweg: Vor dem Haupthaus rüsteten sich Ludger und Ulf für den ersten Rundgang. Sie begrüßten Erla und Adina, wobei sie hervorhoben, dass sie die kleinste Kranichhüterin bereits vermisst hätten. Gerührt nahm Adina die lieben Worte an.

»Komm mit ins Haus«, sagte Ludger. »Da ist etwas für dich gekommen.«

Fusselbart Ludger wühlte auf seinem Schreibtisch herum, der überhaupt nicht so aussah wie der aufgeräumte Carlaschreibtisch im Unternehmen. Nach einigen »Wo hab ich ihn denn« hielt er etwas Weißes in die Höhe.

»Post für dich.«

Verblüfft hielt Adina den Umschlag in den Händen. Auf der Rückseite stand der Absender: Lakshmi Padma, Millner Drive, Cobham, UK. Taumelig vor Freude musste sich Adina erst einmal setzen.

»Du hast einen Brief bekommen?«, fragte Erla. »An diese Adresse?«

Das war wieder eine dieser harmlosen Fragen, die so bedrohlich waren. Adina schwieg, hielt den Lakshmi-Brief in den Händen, schwieg. Eine Kranichmutter würde nie fragen, wo ihr Junges etwas Leckeres aufgepickt hatte und wo nicht. Sie riss den Umschlag auf und entfaltete das Papier. Mühsam las sie die Worte: Dear Adina … Der ganze Brief war auf Englisch. Da stand etwas von Thurlestone, von der Bigbury Bay, vom Bananenteich. Adina reimte sich zusammen, was die Zeilen bedeuteten.

»Sie hat einen Brief aus England bekommen«, sagte Ludger.

»Du hast eine Brieffreundin in England?«, fragte Erla.

»Ich kann kein Englisch.«

»Soll ich dir den Brief übersetzen?«

Geschwind las die Kranichfrau die Sätze auf Englisch vor und übersetzte sie. Bei vielen Sätzen hatte sich Adina das Richtige gedacht. Lakshmi ging wieder zur Schule und schwärmte vom Thurlestone-Urlaub, vom Tauchenlernen, von den Ausflügen ins Dorf. Besonders gerne denke sie an das Geheimnis des letzten Abends zurück. Sie habe noch nie einen so schönen Urlaub verbracht wie mit Adina.

»Was für ein Geheimnis meint sie denn?«

Immer diese Klopferfragen! Adina schätzte ab, was sie erzählen dürfte, ohne etwas vom Adelunghaus preiszugeben. Ihr blieben die Worte im Hals stecken. Wenn sie erzählte, warum Lakshmi sie heimlich im Zimmer besucht hätte, könnte Erla mit der nächsten Frage gefährlich anklopfen.

»Nicht jedes Geheimnis muss man gleich verraten«, sagte Adina. Damit war für sie das Gespräch beendet. Sie verließ die Haupthütte und ging hinaus zum Tandem.

Zausel und die Tröterin übten sich weiter in ihrem Reich ein. Sie verteidigten es vereint gegen andere Kraniche, erkundeten es auf Halm und Zweig, trompeteten nach Kräften. Adina freute sich über das Glück der beiden. So langsam schien sich Erla auch mit den neuen Herrschern im Reich der Könige anzufreunden.

»Warum hat das alte Königspaar seine Küken immer verloren?«, wollte Adina wissen.

»Die meisten wird der Fuchs geholt haben. Dazu kam wohl noch Pech. Wir kriegen nie mit, wann und wo die Jungen umkommen. Wir sehen, wie viele Küken schlüpfen, und sind dann dabei, wenn im Herbst die Jungkraniche flügge werden.«

Bei den anderen Paaren im Duvenstedter Brook sah es gut aus. Die Partylöwen hatten erneut ihre Nachbrut großbekommen. Die seien richtig kess geworden. Ihre Fluchtdistanz betrage auch mit den Jungkranichen nur noch hundert Meter. Die beiden Jungen der Heimlichtuer seien ebenfalls flügge. Nur bei den Tänzern seien beide Jungen im Sommer verschwunden. An der Orchideenwiese fragte die Kranichfrau Adina, ob sie ihr etwas zeigen solle.

»Was?«, wollte Adina wissen.

Am Weg zerteilte Erla die Zweige eines Busches und ließ Adina kucken. Ein Backöfchennest wölbte sich zwischen Zweigen dicht am Boden. Innen war es mit Federn gepolstert.

»Wie zum Hineinkuscheln«, sagte Adina.

»Der Zilpzalp versteckt seine Jungen«, sagte die Kranichfrau. »Er achtet aber darauf, dass sie sich wohl fühlen.«

Zilp-zalp-zelp-zilp-zalp und Trrtrr: Ertappt zuckte Adina zusammen.

»Ist der Zilpzalp böse, weil wir sein Nest ankucken?«, fragte sie.

»Sobald die Zilpzalpe ihr Nest verlassen haben, ist es ihnen gleich. Im nächsten Jahr werden sie ein neues Nest bauen.«

Die Kranichfrau ließ die Zweige zurückfedern und radelte mit Adina zurück zur Haupthütte.

Duvenstedter Triftweg – Duvenstedter Damm – Poppenbütteler Chaussee – Puckaffer Weg: Erschöpft vom langen Tag im Brook schlief Adina ein. Gähnend entstieg sie vor dem Kranichhaus dem pflaumenblauen Wagen. Zum Glück war sie vor ein paar Tagen über den Markt geschlendert, sonst hätte sie den Sonnabend allein verbracht.

»Hast du auch solchen Hunger?«, fragte die Kranichfrau.

»Ich ess deinen mit auf!«

»Dann mache ich uns noch einen dritten.«

Während die Kranichfrau in der Küche das Abendbrot vorbereitete, verschwand Adina in einem Wannenberg aus Wildrosenschaum. Lakshmi hatte ihr einen Brief geschrieben, Zausel und der Tröterin ging es gut und der Apfelpfannkuchen duftete. Schöner konnte es nicht werden.

Als sich Adina mit der Kranichfrau den dritten Pfannkuchen teilte, fragte Erla beiläufig nach Lakshmi. Adina erzählte, wie schön es mit Lakshmi gewesen sei.

»Soll ich dir Englisch beibringen?«, fragte die Kranichfrau.

Ohne nachzudenken, nahm Adina das Geschenk an. Vorher würde Erla aber gerne mit Adinas Mutter reden, ob es ihr recht sei. Auf dem Rückweg zum Adelunghaus befürchtete Adina, dass Carla die Erlaubnis verweigern könnte. Andererseits hatte sie vor ein paar Tagen nichts gegen weitere Brookbesuche gehabt.

Als sie mit ihrer Mutter redete, musste Adina nicht einmal preisgeben, weshalb sie Englisch lernen wollte. Carla schlug vor, gleich am nächsten Abend im Meier-Haus vorbeizuschauen.

»Möchtest du auch einen Pfannkuchen?«, fragte Adina.

»Wenn Frau Meier mich einlädt, gerne.«

»Das macht sie bestimmt.«

Adina zwängte sich durch »Alles, was wegkommt«. Sie kuschelte sich in ihr Zilpzalpnest und vergaß bei den Gedanken an das morgige Abendessen sogar, ihr Tigerbächlein zu machen.

Puckaffer Weg – Poppenbütteler Chaussee – Duvenstedter Damm – Duvenstedter Triftweg: Kraniche trompeteten, stolzierten, flogen fort, kehrten wieder, trompeteten; Rotkehlchen, Zaunkönig und Zilpzalp sangen; die Kranichfrau verscheuchte Hundeklopfer und eine Fußballmannschaft. Puckaffer Weg – Poppenbütteler Chaussee – Duvenstedter Damm – Duvenstedter Triftweg: Zum ersten Mal war nicht der Brook für Adina wichtig, sondern die Heimfahrt.

Carla erschien pünktlich zum Abendessen; Adina hatte bereits gebadet. Zu dritt saßen sie am Küchentisch und plauderten. Auf einmal verging Adina die Freude an ihrem Pfannkuchen. Was wäre, wenn Erla aus Versehen verriete, warum sie Englisch lernen wollte? Bissen für Bissen glitt über ihre Zunge, ohne dass sie die Sonnenscheibe genoss. Carla und Erla plauderten, wie Carla und Mr. Padma miteinander geplaudert hatten. Dieses Mal verstand Adina, worüber geredet wurde. Erla erzählte vom Brook, Adina flocht Erlebtes ein; Erla erzählte von ihrer Arbeit, Carla flocht Erlebtes ein; Erla erzählte von einem Urlaub in Paris, Carla tat es ihr gleich; Erla fragte nach Minehead und Thurlestone, Adina bekam es mit der Angst. Nur einen Satz war Erla von dem Lakshmi-Brief entfernt. Carla erzählte vom Englandurlaub. Es sei für sie eine Fahrt in die Vergangenheit gewesen. Calais, Dover, London, Plymouth: Darüber habe sie als kleines Mädchen nur aus dem Radio gehört.

Erla wurde neugierig, fragte nach, wie die Engländer heute auf Deutsche reagieren würden. Seltsam fremd kamen Adina die beiden Frauen vor. Über welchen Krieg redeten sie? Warum hatte Carla nicht in England erzählt, was sie über den Kriegshafen Plymouth alles wusste? Je länger das Gespräch dauerte, desto sicherer fühlte sich Adina. Die Kranichfrau wäre nicht so dumm, den Lakshmi-Brief zu erwähnen. Am Ende verabredeten die beiden Frauen, dass Adina einmal die Woche, am Mittwochabend, zum Englischunterricht ins Meier-Haus kommen solle.

Auf dem Heimweg zum Adelunghaus fragte Adina ihre Mutter nach dem Krieg und der Zeit, als Carla ein kleines Mädchen gewesen war. Alles sei knapp gewesen, immer habe es Fliegeralarm gegeben, beim großen Bombenangriff auf Hamburg seien viele aus der Familie umgekommen. Adina wurde neugierig, doch Carla mochte nicht mehr erzählen. Sie vertröstete ihre Tochter auf später.

20

Carla wies Adina darauf hin, Erla Meier sei nett, doch dürfe sie nichts über das Adelunghaus erfahren. Niemals dürfe Frau Meier ins Haus. Zum ersten Englischunterricht am Mittwochabend nahm Adina Schreibsachen und ihr Englischwörterbuch mit. Die Kranichfrau hatte ein Englischlehrbuch, das sie ihr schenken wollte. Adina mochte es nicht annehmen, freute sich jedoch, dass sie es geliehen bekam. Am schönsten an der ersten Stunde war das Kranichverhalten der Kranichfrau. Nach der Englischstunde gluckerte Adina rundum zufrieden in der Badewanne und erschnupperte im Wildrosenschaum den Brutzelduft dreier Apfelpfannkuchen.

Zu Hause verbrachte Adina viele Stunden am Tag mit dem Englischlehrbuch und ihrem Wörterbuch. Sie überlegte schon, was sie Lakshmi schreiben wollte. Sie würde ihr nicht alles schreiben können, was sie wollte, weil die Kranichfrau den Brief noch einmal ansehen sollte. Was müsste sie alles verschweigen?

Nachts schleppte Adina weiter Müll zum Windmühlenweg. Langsam leerte sich auch die zweite Kiste in der Räuberhöhle. Adina warf jetzt alles in die Metallkiste für Glas. Dort schepperte es am schönsten, wenn all die Adelungkostbarkeiten auf die »O ist das wichtig« der Klopfer fielen. Bei ihren nächtlichen Wanderungen wechselte sie beständig die Heimwege. Windmühlenweg – Wolsteinkamp – Seestraße: Das war der kurze Heimweg. Windmühlenweg – Röbbeck – Seestraße: Das war die längste Abweichung vom Schulweg.

Eines Abends im Oktober war Adina so munter, dass sie in ihrer Erkundungslust die Seestraße links liegen ließ und den Röbbeck weiterging. Sie erreichte kurz darauf die große Kreuzung, wo die Osdorfer Landstraße den Namen wechselte und zum Osdorfer Weg wurde. Da Adina noch keine Lust hatte, heimzukehren, wanderte sie die Osdorfer Landstraße entlang, bekuckte den leeren Flottbeker Marktplatz und dachte daran, wie viel Glück sie gehabt hatte, dass ihr die Kranichfrau dort über den Weg gelaufen war – so peinlich ihr das gefühlig-klopferische Erla-Verhalten auch vorgekommen war. Hell leuchteten die Bogenlampen die große Kreuzung aus. Sie bestieg eine ummauerte Böschung über der Kreuzung und erklomm das Geländer bei der Ladenzeile. Hier fühlte sie sich wie eine Heidelerche auf einem Wacholder. Zufrieden mit der Nacht und der voranschreitenden Entmüllung, pfiff sie leise das Woodlark-Lied: Düdidüdidüdi. Selten versammelten sich an den Kreuzungsampeln zwei oder drei Klopferautos auf einmal. Alle halbe Stunde kam ein Bus die Osdorfer Landstraße herunter und bog in die Notkestraße ein. Adina konnte in den Autos die Umrisse der Klopfer erkennen. Klopfer zu Fuß waren nicht unterwegs. Sie musste daran denken, was ihr die Kranichfrau im Brook erzählt hatte: Wir Menschen schlafen in der Nacht und verlassen tagsüber unseren Bau. Manche Menschen verlassen auch nachts ihren Bau. Man trifft sie dann an den seltsamsten Stellen.

Auf der anderen Seite der Osdorfer Landstraße näherte sich ein kleiner Klopfer der Schafweide. Bisher hatte Adina vierundsechzig Autos gezählt. Das war der erste Zufußklopfer. Sie äugte im Zwielicht der Bogenlampen hinüber. Irgendwie kam er ihr bekannt vor. Sie fühlte sich unwohl. Sie kannte ihn aus der Schule. Warum war sie nicht einfach nach Hause gegangen? Zum Weglaufen war es zu spät, da der Klopferjunge bereits die Straße überquerte. Adina blieb sitzen. Alles andere wäre Feigheit. Die Hände in die Jackentasche gestopft blickte er zu ihr hoch. Was machte Mammut um drei Uhr nachts auf der Osdorfer Landstraße? Ohne ein Wort zu sagen, ohne die Hände aus den Taschen zu nehmen, baute er sich unterhalb der Düdivogel-Heidelerchen-Woodlark-Warte auf. Kranichhaft stand er da, der kräftigste der Chaggas. Er würde sie nicht verklopfen. Mammut wandte den Blick ab und wanderte die Osdorfer Landstraße weiter. Bei der nächsten Ampel überquerte er die Straße und verschwand im Dunkel.

Am nächsten Vormittag war Mammut wieder bei der Verklopfung mit dabei. Er hielt sie fest, aber schlug sie nicht – wie immer. Chagga »Entspann dich« teilte kräftig aus; Esel-Uwe und Gumpen durften auch einmal auf Adina einklopfen. Als sich die Chaggas verzogen, sackte Adina auf den Fliesenboden. Sie sah, wie Mammut sich im Weglaufen kurz zu ihr umdrehte. Zum ersten Mal fühlte sie sich nicht allein in der Schule.

*

Im Kranichwohnzimmer schrieb Adina einen Satz auf, reichte ihn der Kranichfrau, die ihn übersetzte, und schrieb dann die englischen Worte nieder. Nebenbei erklärte die Kranichfrau, wie sich der Satz im Englischen aufbaute. Begierig nahm Adina die Erklärungen auf. Sie fragte nach, sie verstand, sie wollte ganz genau erklärt haben, warum und wieso. Sie stöberte im Wörterbuch nach passenden Wörtern, um Lakshmi von den Cranes des Duvenstedter Brookes zu erzählen, die sich gerade auf ihre Urlaubsreise ins warme Spanien machten. Sie baute nach und nach in ihre deutschen Sätze englische Wörter ein und merkte gar nicht, wie die Zeit verging. Der Brief war noch nicht fertig, als Erla die Sitzung beendete und Adina fragte, was sie zum Abendbrot haben wolle.

»Graubrot mit Banane und Pfefferminztee.«

Adina legte den Stift beiseite und seufzte. Wie leicht wäre es, wenn sie den Brief auf Deutsch schreiben könnte. Dann wäre er längst fertig. Nach den zwei Stunden Englischlernen entspannte sie sich. Ob sich Lakshmi freute, wenn sie den Brief bekäme? Adina hatte Lakshmis Giggelkichern im Ohr. Warum wohnten die Padmas nicht in Hamburg? Am schönsten wäre es, wenn Lakshmi auch auf die Schule Windmühlenweg ginge. Während Adina die Wärme im Kranichwohnzimmer genoss, zog in ihr Traurigkeit auf. Lakshmi wohnte nicht in Hamburg, sie würde nie auf die Schule Windmühlenweg gehen. Während Erla den Tisch deckte, holte Adina ihr Schreibheft hervor und schrieb in ihren Briefentwurf einen Satz, der in den Brief hineingehörte.

»Nun pack die Sachen weg. Du hast genug Englisch für heute gelernt.«

»Ich hab noch etwas für nächste Woche aufgeschrieben.«

Adina erschnupperte bereits den Pfefferminzduft.

»Was denn?«

»Es ist so schade, dass Lakshmi nicht in Hamburg wohnt.«

Erla fragte noch ein wenig mehr nach dem Englandurlaub. Adina erzählte gerne von Lakshmi und dem Thurlestone Hotel. Das war nicht verboten. Hungrig verspeiste sie den ersten Graubrot-Bananen-Happen. Die Kranichfrau ließ sich beim Essen mehr Zeit, sie trank erst vom Pfefferminztee, nahm sich dann eine Graubrotscheibe, zog die Schale von ihrer Banane ab und schnitt mit dem Messer zarte Scheiben ab. Adina fragte Erla:

»Warum verschmierst du die Bananen nicht?«

»Ach, das schmeckt so viel besser.«

Parisglücklich kaute Adina weiter, während Erla ihr Graubrot mit Banane belegte. Für die nächste Woche verabredete sie sich mit der Kranichfrau bereits zum Mittagessen, da Erla einen freien Tag im Archiv hatte. Mit dem Briefentwurf an Lakshmi im Ranzen machte sie sich auf den Heimweg. Draußen war es herbstlich kalt. Sie zog ihren Mantel fester zu.

Hüpferstufen – Knacken und Knirschen – Windfang: Erhaben wie Carla betrat Adina das Adelunghaus. Sie atmete so weiter, wie sie vorher an der frischen Luft geatmet hatte. Das hier war ihre Welt. An der Mantelwand legte Adina nur den Glitzerglanzspender ab. Ihr war kühl. Sie behielt den Mantel an. Letztes Jahr hatte Carla im Herbst geheizt. Dieses Jahr war das nicht mehr möglich. Adina erinnerte sich, wie Carla im Sommer vor Erleichterung geseufzt hatte, dass kein Heizungsmann mehr ins Haus käme. Jetzt begriff sie die Folgen: Im Adelunghaus gab es keine Heizung mehr. Adina zwängte sich durch »Alles, was wegkommt«, öffnete die Tür des Bimssteinzimmers, um sich am Wasserhahn zu erfreuen, und erschrak. Tüten und Taschen waren übereinander gestapelt, Flaschen lugten oben heraus. Ums Örtchen herum lagerten Zeitschriftenpacken. In der Dusche dahinter türmten sich Stühle und Hocker auf. Beklommen bekuckte Adina ihren Wasserhahn, der immer noch glitzerte wie Bigbury Bay und Bananenteich zusammen. Zum Glück ließen sich Örtchen und Waschbecken noch benutzen. Adina schloss die Tür und zwängte sich durch »Alles, was wegkommt« bis in die Räuberhöhle. Obwohl ihr kalt war, zog sie den Mantel aus und kletterte in die Tigerhöhle. Adina machte Bächlein und fühlte die Kälte des Hauses.

*

Nachts entmüllte Adina das Adelunghaus, tagsüber schleppte ihre Mutter ein Vielfaches herbei. An diesem kalten Dezembermorgen wäre Adina am liebsten in der ausgepolsterten Lebkuchenhöhle liegen geblieben. Grob schmerzte die Hüfte. Sie wühlte sich aus dem Schlaf. Die muffigen Handtücher waren zwar hart, für die kalten Nächte jedoch genau das Richtige. Adina betastete die Druckstellen an ihrer Hüfte, wo sich das verknäuelte Handtuch verewigt hatte, und rubbelte über die Haut, bis sich die Dellen prickelnd mit Blut füllten.

Vor dem Carlazimmer überlegte Adina, ob sie ihre Mutter wecken sollte. Und was sollte sie ihr sagen? Dass sie versprochen hätte, das Haus aufzuräumen? Carla würde antworten, sie sei doch gerade dabei, es aufzuräumen. Oder sollte Adina sagen, schaff den Müll aus dem Badezimmer? Carla würde sagen, das wäre kein Müll. Sollte sie befehlen: Dann schaff die Sachen weg? Sie räume gerade auf, würde ihre Mutter sagen. In der Küche fand Adina außer altem Knäckebrot nichts zu essen. Hungrig verließ sie das Haus.

Sie nahm sich vor, beim Julklapp keine Miene zu verziehen. Sie wusste, es würde geschehen und sie könnte es nicht verhindern. Es war wie Müll, den man besser nicht forträumte, weil es sonst noch ärger über einen kam. Sie schlüpfte als Letzte ins Klassenzimmer. Die beiden Klopfermädchen in der Reihe vor ihr waren nett. Adina freute sich, dass sie Irina beschenken durfte. Carla hatte dieses Jahr ein Julklappgeschenk gekauft, das sich Adina am liebsten selbst schenken würde. Die anderen Schüler brachten bereits die blau eingeschlagenen Julklappgeschenke nach vorne. Frau Lange ermahnte Adina:

»Immer bist du mit deinem Geschenk die Letzte. Komm schon.«

Frau Lange umkränzte den Blauhaufen mit ein paar Tannenzweigen und zündete bei der Tafel eine Kerze an. Für das nächste Jahr kündigte sie etwas Besonderes an. Alle Kinder lauschten gespannt auf ihre Worte. Nachdem der Schulausflug ins Freilichtmuseum so viel Spaß gemacht habe, würde die Klasse im nächsten Mai eine Klassenreise unternehmen. Die Klopferkinder jubelten und klatschten. Erst nach einer Weile kehrte die nötige Julklappruhe ein. Adina saß auf ihrem Platz und beobachtete das Treiben, das sie aus den letzten beiden Jahren gut kannte. Sie würde genau ein Geschenk erhalten, während die anderen ihren Spaß hatten.

In der Reihe vor ihr packte gerade Irina Adinas Geschenk aus. Jubelnd hielt sie das große Sprungseil in der Hand. Das war länger als alle anderen, die es in der Klasse gab. Es war schade, dass sie selbst nie beim Seilspringen mitmachen durfte. Zum Schluss des Julklapps brachte Chagga Adina ein Geschenk. Sein Lächeln ließ nichts Gutes ahnen. Hübsch verpackt nahm es auf ihrem Tisch kaum Platz ein. Adina entfernte behutsam das Papier und hörte es knistern. In der Klasse wurde es ruhig. Zum Vorschein kam ein in Folie verpacktes Näpfchen, an dem ein Löffelchen schlenkerte. Wie niedlich. Behutsam löste Adina den Schleifenknoten und staunte, wie liebevoll ihr Geschenk verpackt war. Im Näpfchen schimmerte es verheißungsvoll rot und braun: Das war etwas zu essen; Adina entfaltete die Knisterfolie. Was für ein hübsches Näpfchen! Sie hob es an und schnupperte an dem roten Klacks.

»Sind das Preiselbeeren?«, fragte Irina.

»Probieren!«, riefen ein paar Klopferkinder.

Adina nahm das Löffelchen und kostete von dem roten Beerenklacks, die rote Masse schmeckte köstlich. Sie nahm noch einen Löffel voll und ließ den Klacks auf ihrer Zunge zergehen. Süße zerfloss über ihren Gaumen. Der Beerenseim schlich sich in alle Rundungen ihrer Mundhöhle und trug die Süße weit hinein, wo das Schlucken begann. Mit der Zunge umspielte Adina die Beerenkrümel, erweichte sie. So etwas Turmtortenleckeres hatte Adina lange nicht mehr gegessen. Mutig geworden löffelte sie eine erste Probe des Fleischbreis in den Mund. Zusammen mit dem roten Klacks vermischte sich der Bissen zu einem herzhaften Geschmack. Das Fleisch, wiewohl kalt, schmeckte vorzüglich. Die ganze Klasse schaute gebannt zu. Hungrig kostete Adina noch einen Löffel voll. Das tat gut. Verlegen sagte sie in die Stille:

»Danke.«

Sie genehmigte sich einen weiteren Löffel voll von der Köstlichkeit. In dem Augenblick stand Chagga vorne in seiner Reihe auf und schritt auf Adina zu. Er beugte sich vor und flüsterte ihr ins Ohr:

»Das ist Hundefutter.«

Sofort drehte er sich feixend um und hüpfte wie ein Irrwisch zurück an seinen Platz, während die Klasse schlagartig in Gelächter ausbrach. Verwirrt schaute die Klassenlehrerin umher. Adina sah nur, dass fast alle in der Klasse lachten – auch die beiden Russenmädchen. Die wussten davon! Adina sprang auf, rannte zum Klassenzimmer hinaus, schlug die Tür hinter sich zu, rannte aufs Mädchenörtchen und spie die letzten Bröckchen ins Waschbecken. Sie drehte den Wasserhahn auf und spülte sich minutenlang den Mund aus. Erst mit dem Pausenklingeln kehrte sie ins Klassenzimmer zurück. Auf ihrem Tisch stand noch immer das Näpfchen in seiner Folienumkränzung. Adina ließ es stehen, wo es stand. Sie packte ihren Ranzen und entzog sich den triezenden Blicken und dem Getuschel. Sie kehrte heim. Es knackte und knirschte. Sie zwängte sich durch »Alles, was wegkommt« und verkroch sich in der Lebkuchenhöhle, um zu schlafen. Adina wachte erst gegen Abend auf – mit zwackendem Magen. Langsam schüttelte sie die Müdigkeit ab und kostete nach kurzem Zögern dem zarten Geschmack in ihrem Mund hinterher: Hundefutter. Warum hatte sie das Näpfchen nicht mitgenommen? Dann könnte sie jetzt davon naschen.

21

Im Winter kroch die Kälte ins Adelunghaus. Adina polsterte die Lebkuchenhöhle zusätzlich mit ihren alten Anziehsachen aus, die sie wie die muffig riechenden Handtücher nach und nach von der Kranichfrau waschen ließ. In der Küche sammelten sich die ersten Holzkisten an. Carla stellte sie einfach schräg auf die Landhausmarkt-Tüten. Zum Glück war fast immer genügend Brot in der Küche. Gemeinsame Mahlzeiten wie noch im Sommer gab es nicht mehr im Adelunghaus, was auch an Adina lag. Sie ging ihrer Mutter aus dem Weg.

Seit im Adelunghaus die Kälte wohnte, freute sich Adina jeden Tag auf die geheizte Schule. Wenn sie nachts durch die verschneiten Straßen wanderte, freute sie sich darauf. Wenn sie den Kreuzbau betrat, genoss sie die verhaltene Wärme im Eingang. Im Unterricht nahm sie alles in sich auf, was ihr ausgekühlter Leib speichern konnte. Der schlimmste Tag war der Freitag. Auf dem Nachhauseweg grauste es ihr. Sie verkroch sich so tief es ging in der Lebkuchenhöhle und hatte dabei ein schlechtes Gewissen, weil sie ihren Wasserhahn nicht mehr putzte.

Bei den Verklopfungen wurde Adina nie mit Schnee eingeseift wie die anderen Kinder, da sie klugerweise mit den Chaggas wie im Sommer aufs Jungenörtchen ging. Es gab Kinder wie Amala, die wurden nie verprügelt oder gehänselt; dann gab es ein paar wie die Näsin, die wurden gehänselt, aber nicht verprügelt. Und manche wurden gehänselt und verprügelt. Adina gehörte nicht dazu. Zwar wurde Adina am häufigsten verklopft, aber gehänselt wurde sie nicht. Ihr fiel auf, dass Mammut sie immer weniger fest anpackte. Nach den Verklopfungen füllte sie ihre Wasserflaschen für zu Hause. Seit Ende Dezember gab es im Adelunghaus kein Wasser mehr.

Der Mittwoch war der schönste Tag in der Woche. Nach der warmen Schule stieg Adina die Hüpferstufen so leicht hoch wie an keinem anderen Tag. Seit die Kraniche Urlaub machten, gab es keine Ausflüge mehr in den Brook. Was blieb, war der Kranichmittwoch. Adina lernte weiter Englisch, obwohl sie keine weiteren Briefe schrieb. Schade war, dass Lakshmi nie geantwortet hatte. Auch nicht auf den zweiten Brief vor Weihnachten. Sie dachte oft an Zausel und die Tröterin. War ihr Urlaub in den spanischen Korkeichenwäldern so schön wie ein Urlaub in Minehead und Thurlestone?

Adina fühlte sich bei der Kranichfrau wohl. Die Kranichfrau stellte fast nie Klopferfragen. Nur einmal tat sie es doch. Als die Kälte tief ins Adelunghaus gekrochen war, fragte Erla, ob bei ihnen nicht geheizt würde, es seien Eisblumen an den Fenstern. Adina war dazu übergegangen, Erlas Klopferfragen mit Schweigen zu beantworten. Bei der Frage nach den Eisblumen kämpfte sie mit der Versuchung, Erla von der abgestellten Heizung und den geplatzten Wasserrohren zu erzählen. Sie krümmte sich über ihr Englischheft und versteckte sich unter dem Schleier ihrer blonden Haare, die wachsen und wachsen durften. Adina kämpfte mit sich. Am liebsten hätte sie die Kranichfrau gefragt, ob sie bei ihr bleiben könne, es sei so kalt zu Hause. Adina gewann den Kampf und schwieg.

*

In der folgenden Woche begann der Schnee zu tauen, Regen fiel, doch im Adelunghaus blieben Wasserhahn und Örtchen trocken. Carla sagte, sie würde das in Ordnung bringen, sobald sie mit dem Aufräumen fertig sei. Adina ließ ihre Mutter reden.

Seit der Winter seine Kraft verlor, fühlte sich Adina von Tag zu Tag besser. In ihr kam der Wunsch auf, wieder mit dem Putzen anzufangen. Eines Tages brachte sie eine zusätzliche Wasserflasche aus der Schule mit nach Hause und drückte die Tür des Bimssteinzimmers auf. Sie holte die Wasserflasche hervor, hängte ein frisches Handtuch an den Handtuchhalter und fing an, ihren Wasserhahn zu putzen. Sie rubbelte und wischte. Seit sie einmal Grund hineingebracht hatte, kostete das Putzen kaum Kraft. Sie rubbelte und wischte noch ein wenig länger, weil es Spaß machte. Zum Abschluss rieb sie ihn liebevoll blank, bis er glänzte wie Bigbury Bay und Bananenteich zusammen. Irgendwann einmal würde im Bimssteinzimmer wieder Wasser sprudeln.

*

Der Februar näherte sich seinem Ende. Die Kraniche kamen zurück. Als das erste Brookwochenende da war, freute sich Adina, dass Zausel und die Tröterin wohlbehalten aus Spanien zurückgekehrt waren. Zum Glück waren sie nicht so wie Lakshmi. Adina machte sich Sorgen um Carla. Es ging ihr seit ein paar Wochen nicht mehr gut. Sie konnte zwar weiter arbeiten und Müll sammeln, bekam aber immer öfter Hustenanfälle. Ihr Gesicht war dann bleich und schweißbedeckt. Als Adina danach fragte, wiegelte ihre Mutter ab, das wäre nur eine vorübergehende Schwäche – wegen der vielen Arbeit.

*

Die Kisten des Räuberhöhlenberges wurden leerer, der Winter verlor seine Kraft. Adina mochte noch nicht umziehen. In der Lebkuchenhöhle war es gemütlich wie in einem Backöfchennest. Sie mummelte sich in ihre Chiffchaff-Decke und vergrub sich unter den alten Adina- und Bolkosachen, wo ihr schnell warm wurde. Sie atmete durch den Chiffchaff-Stoff, es roch nach Adina. Sie hielt ihre Nase in die Lebkuchenhöhle, zart biss der Tigergeruch zu. Bächlein machen im Kalten kostete Überwindung. Adina fühlte sich jedoch nach einem Tigerbächlein besser; genauso gut wie nach dem Entmüllungsscheppern in der Metallkiste für »O ist das wichtig«.

*

Eines Morgens holte Adina wie üblich nach der zweiten Stunde die Chaggas zur Verklopfung und blieb einen Augenblick am Boden liegen, bis die Chaggas verschwunden waren. Beim Aufrichten sah sie einen Umschlag auf den Fliesen liegen. Der hatte vorher nicht dort gelegen. Sie nahm ihn an sich und las die Anschrift. Das war ein Brief an die Eltern von Chagga »Entspann dich«, aber ohne Briefmarken. Adina verzog sich aufs Mädchenörtchen, um ihn genauer zu betrachten. Den bereits geöffneten Brief hatte Frau Lange geschrieben. Er betraf Chagga »Entspann dichs« Verhalten. Die Lehrerin forderte seine Eltern zu einem Gespräch auf. Wieder und wieder las Adina den Brief durch. Er war ein Geschenk, wiewohl er nicht an sie gerichtet war. Es tat gut zu wissen, dass ihr ärgster Feind Schwierigkeiten hatte. Zudem hatte er den Brief verloren. Und Adina wusste nun, wo er wohnte: Oelsnerring. Die Straße kannte sie nicht. Der Oelsnerring musste irgendwo in der Umgebung der Schule liegen. Chagga »Entspann dich« kam auf seinem Schulweg immer den Windmühlenweg aus Richtung der Metallkisten entlang. Dort würde sie in der Nacht mit der Suche beginnen.

Windmühlenweg – Metallkiste – der Schacht: Nägel, Schrauben und Muttern prasselten auf zerbrochene Klopfer-»O ist das wichtig«. Adina knöpfte ihren Mantel oben auf, die Nacht war milde. Sie fühlte ihr Herz schneller schlagen. Sie könnte auch die Suche nach dem Chagga-»Entspann dich«-Zuhause sein lassen und heimgehen. Aber die Neugier siegte. Sie wollte herausfinden, wo er wohnte. Vom Windmühlenweg bog sie in die Ostermeyerstraße ein, die zu einer Neubausiedlung gehörte, und ging die Schlängelstraße bis zum Ende. Dunkel säumten Bäume und Sträucher auf der anderen Seite die Fahrbahn. Das sah viel versprechend aus. Sie ging über die Straße. Sie musste im Zwielicht der Bogenlampen dicht herantreten: Oelsnerring! Das war einfach gewesen. Adinas Herz schlug kräftiger. Hier wohnte er also – in einem dieser weißen Flachdachbauten. Sie ballte ihre Fäuste und zugleich bekam sie Angst. Wenn Chagga »Entspann dich« sie hier entdeckte, wäre sie fällig. Drohend hingen die Schatten in den Büschen. Sie sprach sich Mut zu. Mit klopfendem Herzen wagte sich Adina in den Oelsnerring hinein und hielt nach der richtigen Hausnummer Ausschau. Tief stopfte sie die Fäuste in die Manteltaschen. Heimelig sah es im Oelsnerring aus. Und da, da war es: weiß mit Flachdach, alle Fenster dunkel. Die anderen Flachdachhäuser sahen genauso aus. Chagga »Entspann dich« war ein Klopferjunge wie die anderen. Adina war enttäuscht. Sie hatte etwas Gewaltiges erwartet. Sollte sie an der Tür klingeln? Und sagen: »Hallo, Chagga. Ich habe einen Brief gefunden, der ist für dich«? Adina musste grinsen. Es gab gute Einfälle und schlechte Einfälle. Das war der dümmste Einfall, den sie haben konnte: Nachts um zwei Uhr bei Chagga »Entspann dich« zu klingeln und den Brief von Frau Lange abzugeben.

Neben einem der Fenster war ein halbhoher Holzverschlag und daneben eine Regenrinne. Adinas Blick glitt zum Dach hoch. Vielleicht könnte sie hinaufklettern. Sie bestieg den Holzverschlag, vermied jedes überflüssige Geräusch, bekuckte und betastete die Regenrinne. Die Halterungen standen deutlich ab und böten genügend Halt. Wenn Chagga »Entspann dich« jetzt zur Tür herauskäme, gäbe es keine Ausrede mehr. Noch konnte sie umkehren. Doch sie wollte es wissen. In welchem Zimmer schlief Chagga »Entspann dich«? Das Fenster neben der Regenrinne gehörte zur Küche. Adina umklammerte die Regenrinne und schaffte es aufs Dach. Das war so leicht gewesen, als wäre sie gerade in die Räuberhöhle geklettert. Die Dachpappe dämpfte ihre Schritte. An den warmen Schornsteinsteinen wärmte sie ihre Hände. Kichernd schlich sie zur Rückseite des Hauses und spähte in den hinteren Garten. Zwei Hängelampen erleuchteten den Rasen, trieben Schatten aus den Wacholdern und Tannen. An einem der Fenster bildeten aufgeklebte Buchstaben einen Halbmond. Vor der zugezogenen, weißen Gardine traten sie dunkel hervor und ergaben einen Namen: C H A G G A. Von ihrer Woodlark-Warte ließ Adina den Blick schweifen. Auf allen Dächern ragten stummelige Schornsteine hoch. Adina konnte es nicht fassen, dass alles so friedlich aussah. Es war der scharfe Gegensatz zu dem, was Chagga »Entspann dich« in der Schule machte. Adina schlich an der Regenrinne entlang zum CHAGGA-Fenster.

»Hier wohnst du also«, murmelte sie.

Die schornsteinwarmen Fäuste tief in den Manteltaschen, spähte sie von ihrer Woodlark-Warte hinab. Wenn Chagga »Entspann dich« sich jetzt aus dem Fenster lehnte, könnte sie ihm auf den Kopf spucken. Sollte sie einfach davonschleichen? Der Gedanke gefiel ihr nicht. Sie hatte auf einmal Lust, ihn zu ärgern. Sie trat ein paar Schritte zurück. Das musste die Mitte des Kinderzimmers sein. Irgendwo unter ihr wäre das CHAGGA-Bett. Koboldhaft hüpfte Adina in die Luft. Dumpf polterten ihre Sohlen auf die Dachpappe. Wieder hüpfte sie hoch und ließ ihre Füße mit allem Gewicht auf das Dach donnern. Das tat gut. Wieder hüpfte sie hoch, machte Polterlärm. Plötzlich gliss Licht aus dem CHAGGA-Zimmer in den Garten und eine schwach hörbare Kleine-Jungen-Stimme rief:

»Mami, da ist ein Einbrecher!«

Lachend rannte Adina zur Regenrinne, kletterte hinunter auf den Holzverschlag, sprang auf den Vorgartenrasen und rannte zwischen heimeligen Flachdachhäusern den Oelsnerring entlang. Luftig klapperte der Ranzen auf ihrem Rücken. CHAGGA war ein Mamikind! Adina rannte grinsend über eine autoleere Straße, rannte lange weiter, ehe sie sich umdrehte. Keiner folgte ihr. Sie stellte sich vor, wie CHAGGA seine Mami umklammerte, während Papi nachkuckte, wo der böse Einbrecher war. Sie musste lachen und kichern. Mineheadglücklich schlenderte sie die ihr unbekannte Straße entlang. Sie würde beim nächsten Straßenschild kucken, wo sie war. Das war die schönste Nacht überhaupt seit der Nacht mit Lakshmi in Thurlestone.

Ein Knurren hinter einem Gartenzaun kam näher, riss auf zu einem Bellen. Erschrocken sprang Adina zurück. Der finstere Riesenhund knurrte und bellte. Schwarzes Fell, brauner Bauch und Beine, ein zerfurchtes Maul: Das musste Narbenschnauze sein, mit dem die Chaggas beim Kiekebergausflug geprahlt hatten. Rottweiler – Dobermann – Rottweiler – Dobermann. Zum Glück war der Gartenzaun höher als Adina. Narbenschnauze sprang am Zaun hoch, fletschte die weißen Hammerzähne und knurrte. Adinas Angst legte sich. Der Zaun war ein guter Schutz. Sie musste vor dem Rottweiler keine Angst haben. Der war viel kleiner als ein Keiler. Ein wenig genoss sie sogar den Schrecken, der von Narbenschnauze ausging.

Sie bewegte sich vorsichtig am Zaun entlang, Narbenschnauze begleitete sie hechelnd. Ein metallbeschlagenes Lederband umfasste seinen Hals. Zaunsprosse für Zaunsprosse ging Adina weiter bis zu einer Gartenpforte. Ihr Herz blieb stehen. Die Gartenpforte stand weit offen! Ein bekloppter Klopfer hatte sie nicht abgeschlossen. Narbenschnauze kam langsam näher. Seine Augen blitzten wie Sternschnuppen. Er hechelte Adina an, die sich auf der Gehwegplatte nicht rühren konnte. Jetzt würde er sie zerfleischen. Narbenschnauze schnüffelte an Adinas Mantel herum, beschnüffelte ihr Gesicht. Feucht war seine Nase und kalt. Auf einmal leckte er ihre Wange mit seiner rauen Zunge ab. Wollte er nicht zubeißen? Adina zog ihre schornsteinwarmen Hände aus den Taschen und griff dem Rottweiler, der immer noch ihr Gesicht abschleckte, ins Halsband. Neugierig beschnupperte er ihre Finger und machte sich mit seiner Zunge über sie her.

»Das riecht nach Schornstein. Gefällt dir das?«

Sie kraulte ihm mit der anderen Hand den massigen Nacken, strich ihm durch das kühle Fell. Der hatte so viel Kraft, dass sie ihn nicht an einer Leine festhalten könnte. Sie streichelte ihm den Hals, den Kopf, den Rücken.

»Du bist so allein im Garten.« Sie packte mit beiden Händen sein Halsband. »Ich muss dich jetzt wieder in den Garten bringen. Du kannst nicht frei herumlaufen.«

Willig ließ sich Narbenschnauze in den Garten drücken. Adina zog die Gartenpforte ins Schloss und schaute dem Riesenviech in die Augen. Ein trauriger Blick kam zurück.

»Ich muss nach Hause. Schlaf gut, großer Hund.«

Den Schrecken und die Erlösung im Herzen zog Adina ihres Weges. Vor ihr gabelte sich die Straße. Hier musste irgendwo der Windmühlenweg sein. Wenige Häuser weiter tauchte das vertraute Straßenschild auf.

Am nächsten Morgen hörte Adina bereits im Kreuzbau-Treppenhaus, was Mamikind Chagga allen, die es hören wollten und die es nicht hören wollten, von dem unglaublichen Vorfall letzte Nacht erzählte. Geistesgegenwärtig hätte er einen schwer bewaffneten Einbrecher in die Flucht geschlagen. Sogar die Polizei sei da gewesen. Adina schmunzelte. Von Esel-Uwe bis Gumpen zollten alle Mamikind Chagga Achtung. Allein Mammut schien gleichmütig wie immer. Vielleicht war er aber nur müde.

Adina kannte das, nach wachen Nächten saß man eher in Watte gepackt als aufgekratzt in der Schule. Schade, dass Mammut mit Mamikind Chagga befreundet war.

*

Baumtruhe – Pfefferminztee – Fernglas: Wie schon am Sonnabend kümmerten sich Zausel und die Tröterin um ihre zwei Küken. Die waren so winzig, sie reichten ihren Eltern nicht einmal bis zu den Knien. In einem Monat wären sie hühnergroß. Zausel und die Tröterin kümmerten sich liebevoll um die Kleinen. So aufmerksam Adina seit einem Jahr die Kraniche beobachtete, noch nie hatte sie gesehen, dass Kraniche sich berührten. Selbst bei den Reichskämpfen wurde das Hacken mit dem Schnabel nur angedeutet. Kraniche berührten sich nur während des Kükenmachens für ein paar Sekunden, das hatte die Kranichfrau erzählt.

Die stillen Stunden im Brook durchdrangen Adina mit Geruch und Klang. Da sang der Fitis schwermütig die Willow-Warbler-Melodie, die Amsel trug ihr Blackbird-Lied vor und der Seeadler riss mit seinem Ruf den Brook auf. Die Seeadler waren die mächtigsten Vögel im Brook. Sogar Reiher erbeuteten sie. Nur die erwachsenen Kraniche ließen sie in Ruhe. Adina sah, wie Zausel und die Tröterin sich schützend über ihre Jungen stellten. Sie würden sie gegen den Seeadler verteidigen. Lange schaute Adina ihm nach, bis er bei der Ammersbek herabstieß.

Nach einer Weile erhob sich die Tröterin und flog zur Gänsewiese, die gleich neben der Futterwiese lag. Sie trieb die Gänse von ihren Nestern und hackte dann dort herum, wo die Gänse gesessen hatten. Gebannt verfolgte Adina den Angriff.

»Was macht sie dort?«

»Sie zerstört die Gelege der Gänse«, sagte Erla. »Ich glaub's nicht.«

»Warum macht sie das?«

»Ich weiß es nicht.«

»Haben die Könige das auch getan?«

»Die haben friedlich mit den Gänsen Wiese an Wiese gelebt. Und die Tröterin … das ist rohe Gewalt.«

Adina mochte Zausel und die Tröterin. Aber jetzt? Die Tröterin zerstörte ein Gänsegelege nach dem andern. Gänse, die nicht weit genug fortflogen, wurden verfolgt, und das Hacken mit dem Schnabel deutete die Tröterin nicht nur an. Gebannt schaute Adina zu, wie die Tröterin zum Nest zurückflog, sich mit Zausel ablöste. Auch Zausel flog zur Gänsewiese und jagte die Gänse.

Elbgaustraße – Luruper Chaussee – Notkestraße: Erst beim Abendessen wurde die Kranichfrau wieder gesprächiger. Adina fragte:

»Du hast das Königspaar sehr gemocht?«

»Mmh.

»Und das neue Paar magst du nicht?«

»Als Kranichhüterin muss man die Vögel so nehmen, wie sie sind. Aber es tut weh zu sehen, wie die Könige letztes Jahr ihr Reich verloren haben, und es tut weh zu sehen, an wen sie es verloren haben.«

Adina mochte es, dass Erla so an dem alten Königspaar hing. Sie verspeiste den letzten Apfelhalbmond und fragte:

»Magst du deine Pfannkuchenhälfte nicht mehr essen?«

»Iss nur.« Die Kranichfrau schob Adina ihren Teller hin. »Ich habe keinen Appetit mehr.«

»Ich bin auch satt. Darf ich den Pfannkuchen mitnehmen?«

Bereitwillig wickelte die Kranichfrau den halben Pfannkuchen ein. Sie fragte noch, ob sie nicht einmal etwas anderes kochen sollte. Der Vorschlag stieß bei Adina auf keine Gegenliebe. Sonnenscheibe, Apfelhalbmonde und Mandelschnuppen waren unverzichtbar für den Ausklang eines Kranichtages.

In der Räuberhöhle holte sie ihre Zahnbürste hervor, schraubte ihre letzte Wasserflasche auf, drückte Zahnpasta auf die Borsten und putzte ihre Zähne. Sie spülte den Mund sauber, schluckte das Schaumwasser hinunter, wischte ihre Lippen trocken und genoss den frischen Geschmack im Mund. Der Aprilabend war milde. Adina überlegte, ob sie mit ihren Bettsachen wieder umziehen sollte, kroch dann aber doch in die Lebkuchenhöhle. Sie hatte sich an ihren Winterschlafplatz gewöhnt.

Um drei Uhr nachts holte sie der Schrillwecker aus dem Schlaf. Adina stopfte ein paar »O ist das wichtig« in ihren Ranzen. Auf dem Schreibtisch lag die Erla-Gabe. Bei der Heimkehr von der Entmüllung würde die halbe Sonnenscheibe mit Apfelhalbmonden und Mandelschnuppen auf sie warten. Knacken und Knirschen – Hüpferstufen – Notkestraße: Die Nacht war mild. Warum hatten Zausel und die Tröterin die Gänse angegriffen? Es musste etwas mit ihren Jungen zu tun haben. Sie waren gewiss besorgt, sonst täten sie so etwas nicht. Adina bog von der Osdorfer Landstraße in den Windmühlenweg ein. Je näher sie den Metallkisten kam, desto deutlicher hörte sie es. Da war jemand, der ihre Metallkiste für Glas benutzte. Das Scheppern kannte sie zu gut. Sie verlangsamte ihren Schritt. Einen Klopfer an ihrer Metallkiste konnte sie nicht gebrauchen. Wenn es nötig wäre, müsste sie für eine Warteschleife in den Wolsteinkamp abbiegen. Adina kam näher und erkannte den Nachtklopfer. Eine Flasche nach der anderen holte er aus einer Einkaufstüte. Ein leerer Rucksack und eine leere zweite Einkaufstüte standen daneben. Adina näherte sich langsam von der Seite. Mammut blickte sie kurz an, erstarrte für einen Lidschlag und fuhr dann fort, die Flaschen in den Schacht zu drücken. Es schepperte. Adina sagte kein Wort. Sie hatte ihren Rucksack, Mammut hatte seinen. Süßlich unangenehm wallte der Schnaps-Rotwein-Geruch aus dem Schacht. Als Mammut fertig war, trat er beiseite, schulterte den Rucksack, ergriff die leeren Einkaufstüten und blieb stehen. Adina stellte sich vor den Schacht, ließ ihren Ranzen zu Boden gleiten und begann die »O ist das wichtig« in den Schacht zu schieben. Noch nie hatte ihr jemand dabei zusehen dürfen. Sie fühlte, wie sich Mammuts Blick an jedes der »O ist das wichtig« heftete. Es tat ihr weh, wie er dastand. Er sollte weggehen. Sie sagte kein Wort, stopfte eine Adelungkostbarkeit nach der anderen in den Schacht. Das letzte Scheppern verklang, der leere Ranzen wurde geschultert. Sie schaute Mammut in die Augen. Er sagte nichts, stand nur vor ihr. Adina machte langsam ein paar Schritte Richtung Wolsteinkamp. Mammut ging neben ihr her, bis sie in den Wolsteinkamp einbog. Hinter sich hörte sie seine Schritte verhallen.

22

Knacken und Knirschen – Hüpferstufen – Kofferraum: Adina verstaute ihren Koffer im Wagen. Sie machte sich Sorgen um ihre Mutter, die zwar sagte, sie wäre wohlauf, die jedoch einen kränklichen Eindruck machte. Im Wagen erzählte Carla, dass sie sich für die nächsten zwei Wochen Urlaub genommen habe, um im Adelunghaus endlich aufzuräumen. Notkestraße – Osdorfer Landstraße – Seestraße: Je mehr ihre Mutter davon erzählte, was sie alles tun würde, desto bereitwilliger hörte Adina zu. Es machte Sinn, was sie erzählte. Es würde einige Zeit dauern, das Adelunghaus in Ordnung zu bringen. Als sie sich voneinander verabschiedeten, glaubte Adina wieder an ihre Mutter. Es wäre so schön, nach der Klassenreise in ein aufgeräumtes Adelunghaus zurückzukehren.

Im Bus fand Adina wieder einen Doppelplatz für sich allein. Sobald sich die erste Aufregung gelegt hatte, rief Frau Lange die Schüler auf, sich für die Vierer- und Fünferzimmer im Schullandheim passend zusammenzutun. Sofort machten sich die Klopferkinder daran, die Belegung der Zimmer auszuknobeln. Vor Schreck achtete Adina kaum auf das Ergebnis des Klopfergetues. Sie würde in Lauenburg kein Einzelzimmer haben, wie im Urlaub mit ihrer Mutter. Es gab nur Vierer- und Fünferzimmer. Da keines der Klopferkinder Adina mit in die Planung einbezog, entspannte sie sich allmählich. Seit sie im Kranichhaus ihre wöchentlichen Glitzerglanzbäder genießen durfte, war ihre Haut ganz weich und weiß geworden. Zudem hatte die

Kranichfrau beim letzten Mal alle ihre Kleidung für die Reise gewaschen. Adina strich über ihre Hose. Weder Klecks noch Fleck zeigten sich darauf. Lauenburg? Sie würde sich überraschen lassen.

Die Sonne schimmerte zwischen aufgerissenen Wolken, die Klopferkinder quatschten und tratschten. Anfangs säumten Felder und Häuser die Fahrbahn. Hinter Hamburg grub sich die Straße tief in das Grün und Braun eines dichten Waldes. Das Lichterspiel von Sonne und Wolken zauberte eine Stimmung herauf wie im Brook. Das Quatschen und das Tratschen verrauschten. Adina dachte an die Kraniche und Erla, an einen Starenschwarm, der die Luft so aufwirbelte, dass man es in den Haaren fühlte. Sie sah ihr verschwommenes Spiegelbild in der Fensterscheibe. Lang waren ihre blonden Haare geworden. Sie strich eine Strähne über ihre Wangen und fing den letzten Rest Wildrosenduft ein.

Der Wald lichtete sich, die Häuser wurden dichter. Hamburger Straße – Berliner Straße – Großer Sandberg: Steil führte die Straße zur Elbe hinab, wo die Häuser kuckig wurden. Lauenburg sah in der Oberstadt so aus wie die Hamburger Vororte, die Adina kannte, in der Unterstadt fehlte jedoch auf eine reizvolle Art das Jungmodische: überall Backstein und Fachwerk, schräg vom Alter die Mauern, rissig die Balken. Der Bus rollte langsam durch die enge Elbstraße. Er hielt vor einem schmucken Gebäude. Parisglücklich stieg Adina mit der Tuschelschar aus. Sie beobachtete Frau Lange. In welches Zimmer sie wohl käme?

Der Hausvater lotste die herumwuselnden Schüler die Treppen hinauf zu den Zimmern. Frau Lange wies Adina ein Zweibettzimmer gleich unter dem Giebel zu und kümmerte sich im Trubel um die Belegung der übrigen Zimmer. Ein Zimmer für sich allein. Londonglücklich legte Adina ihren Koffer auf dem Bett am Fenster ab und staunte sich die Augen aus dem Kopf.

Ein Knirscheln und ein Knarzen: Adina streckte den Kopf hinaus. Tief unter ihr breitete sich eine Terrasse aus, die bis zur windgekämmten Elbe reichte. Eine Hügelkette schlängelte sich am Horizont. Darüber erstrahlte im Wolkenkrimskrams die Sonne. Efeuüberwucherte Mauern schützten das Jugendhaus vor Blicken von den Seiten. Zwei Wochen würde sie diesen mineheadguten Ausblick für sich haben. Und bei der Heimkehr hätte ihre Mutter das Adelunghaus blank geputzt wie den Bimsstein-Wasserhahn.

Ein Stampfen und Rumpeln drang von der Elbe herauf. Ein langer Elbkahn schob sich am Jugendhaus vorbei. Durch die Notkestraße, dachte Adina lächelnd, hatte sich so ein Gefährt noch nie geschoben. Wie wohl der Wasserhahn im Waschraum aussähe? Ihren Koffer könnte sie später auspacken. Sie stieg die schmale Treppe hinunter. Auf dem Flur war es ruhig geworden. Nur aus einem der Klopfermädchenzimmer drang lautes Gerede. Frau Lange stand in der Tür, blickte auf ihren zerknitterten Zettel und dann auf die Zahl an der Tür.

»Das hier ist Zimmer Nummer zwei«, sagte sie kopfschüttelnd. »Ein Fünfbettzimmer.«

»Hier sind aber nur vier Betten«, beklagte sich die Näsin.

Vorsichtig warf Adina einen Blick hinein. Amala, Wiebke, Ute, Gisela und Shirin drängelten sich zwischen den beiden Hochbetten.

»Für ein fünftes Bett ist es hier zu eng«, sagte Frau Lange. »Das Jugendhaus ist vollständig belegt. Eine von euch muss in das Zweibettzimmer zu Adina.«

Zwei Wochen ein Einzelzimmer, das wäre ein Geschenk gewesen. Jetzt würde sie es mit einem Klopfermädchen teilen müssen. Frau Lange fragte, wer hinüberginge. Keine wollte. Shirin fragte, ob man nicht doch ein fünftes Bett aufstellen könnte. Die Antwort gaben sich die fünf Klopfermädchen selbst. Gespannt, wer es würde, lehnte sich Adina an die Wand und beobachtete, wie die fünf unzertrennlichen Freundinnen beratschlagten. Frau Lange verlor die Geduld.

»Wie wäre es mit dir, Wiebke?«

»Auf keinen Fall!«

Klang da Widerwillen heraus? Dass ihre Kleidung kranichgut gewaschen war, schien nichts zu nützen.

»Und du, Gisela?«

»Mit der gehe ich in kein Zimmer!«

Das tat weh. Keine dieser Mistklopfer wollte mit ihr in ein Zimmer. Dann sollten sie doch für sich bleiben. Am liebsten wäre Adina weggegangen. Sie konnte sich jedoch nicht von der Stelle bewegen. Ihr Blick verkroch sich in den Ritzen des Fußbodens.

»Sie haben uns doch ein Fünfbettzimmer versprochen.«

Das war wieder die Näsin, Mistwiebke. Frau Lange entschuldigte sich noch einmal. Sie habe sich nur nach der Liste gerichtet und die weise hier ein Fünfbettzimmer aus. Das Geschachere setzte sich fort und tat Adina in der Brust weh. Es gäbe in der ganzen Klasse nicht ein einziges Klopferkind, das mit ihr in einem Zimmer übernachten wollte. Wie schön wäre es, wenn Lakshmi hier sein könnte.

»Ich gehe.«

Überrascht blickte Adina auf. Ein Koffer wurde hochgehoben. Vier Klopfermädchen stießen hervor:

»Du kannst nicht gehen.«

Der Koffer wurde über die Schwelle getragen.

»Hallo, Adina. Zeigst du mir dein Zimmer?«

Adina ließ die vier Klopfermädchen stehen und wies ihrer zukünftigen Zimmergenossin den Weg. Im Zimmer unterm Giebel sagte sie:

»Ich habe meinen Koffer auf das Bett gestellt. Möchtest du das Bett am Fenster haben?«

»Ach, nein. Ich nehme das am Schrank.«

Adina schaute zu, wie Amala auf ihr Bett plumpste.

»Hübsch haben wir es hier.« Amala lachte. »Ich freue mich auf die zwei Wochen.«

Vor dem Mittagessen machte Adina mit Amala ab, dass sie sich zu ihren vier Freundinnen setzen sollte. Adina nahm am Tisch der großen Klopfer Platz. Neben ihr saß Frau Lange und gegenüber hatten die zwei Mitmütter Platz genommen. Es gab Gulasch mit Nudeln und Kartoffeln. Das hörte sich parisgut an. Zum Schluss sollte es noch einen Nachtisch geben. Die drei großen Klopfer waren glücklich, dass die Anreise gut verlaufen war. Am meisten Worte machten sie über das Fünfbettzimmer, das ein Vierbettzimmer war. Adina mochte das: still dasitzen, während die anderen plauderten. Sie stippte eine Nudel in die Gulaschsoße, ließ sie über die Lippen gleiten und zerkleinerte sie mit den Schneidezähnen. Frau Lange war zum ersten Mal mit einer Klasse in Lauenburg. Von einer Kartoffel schnitt Adina eine zarte Scheibe ab, stippte die Kartoffelscheibe in die Gulaschsoße, ließ sie über die Lippen gleiten und zerkleinerte sie andächtig mit den Schneidezähnen. Die beiden Mitmütter waren ganz begeistert von der malerischen Unterstadt und diesem Kopfsteinpflaster. Adina ließ den Blick über ihre Klasse schweifen. Die beiden wichtigsten Tische befanden sich an den Seiten: Amala mit ihren Freundinnen und Mamikind Chagga mit seiner Bande. Hin und wieder warf die Näsin einen Blick zu Adina herüber und tuschelte dann am Tisch. Bei Chagga fiel Adina auf, dass er nicht locker dasaß. Leicht schief im Kreuz hielt er sich aufrecht. Seltsam. Auf den Holzstühlen ließ es sich gut sitzen. Als Nachtisch gab es Vanillepudding mit Himbeersoße. Klacks auf Klacks löffelte Adina aus ihrem Näpfchen. Die nächsten zwei Wochen würde sie die Mahlzeiten an diesem Klopfertisch einnehmen. Eigentlich waren die Klopferinnen nicht viel anders als die Kranichfrau.

Am Nachmittag erkundeten die Kinder die Altstadt und die

Uferpromenade. Amala und ihre Tuschelfreundinnen bummelten die Elbe entlang. Adina wählte die andere Richtung. Sie war Amala dankbar, dass sie sich nicht geziert hatte, das Zimmer ihrer Freundinnen zu verlassen. Von allen Kindern mochte Adina sie am meisten. Der Klopfergeruch störte sie gar nicht mehr. Dennoch war es schön, die nächsten zwei Wochen nicht in einem Fünfbettzimmer verbringen zu müssen. Adina schlenderte die Elbstraße entlang. Die Mitmütter hatten Recht. Das Kopfsteinpflaster war gehenswert: so tief die Fugen, so hubbelig die Steine. Beim Anleger für die Ausflugsschiffe entdeckte sie ein Lädlein für Eis. Einige Klopferkinder standen dort an. Adina war noch satt vom parisguten Mittagessen. Gumpen war gerade an der Reihe. Überrascht blieb ihr Blick an ihm hängen. Er bezahlte. Es machte Klick. So eine Geldbörse hatte Adina noch nie gesehen. Er schob das Wechselgeld zurück in seine Geldtrommel. Es machte Klick. Am liebsten hätte sich Adina dieses »Das kann man doch nicht wegwerfen« genauer angekuckt. Als Gumpen sich umdrehte, blickte sie schnell wieder weg. Für Lauenburg erwartete sie eigentlich nicht, verklopft zu werden. Die Zeit für die Verklopfung war immer die erste große Pause. Hier in Lauenburg gab es keine großen Pausen. Dennoch war es besser, Abstand zu halten. An der Uferpromenade bummelte Adina zurück zum Jugendhaus. Hoch schwappte die Elbe über die Uferböschung. Unterhalb der Jugendhausterrasse saßen ein paar der Klopferkinder zusammen. Sie tuschelten und schauten zu Adina herüber. Es sprach sich herum, dass Adina und Amala in einem Zimmer wohnten. Adina schlenderte weiter. Auf einmal fiel ihr ein, dass sie etwas vergessen hatte. Sie nahm den Durchweg zur Elbstraße und kehrte eilig zurück ins Jugendhaus. Rasch stieg sie die Treppen hinauf, strebte zum Ende des Mädchenflurs und öffnete die Tür. Zwei Reihen von weißen Waschbecken empfingen sie. Im Mädchenwaschraum roch es anders als in den Hotelbadezimmern und anders als im Badezimmer der Kranichfrau. Kein Duft. Nur Frische, die Adina leicht aufdringlich umwickelte. Sie strich über einen der Wasserhähne. Gut sah er aus.

Sie zog sich zurück und legte sich aufs Bett. Ihre Mutter räumte in Hamburg gerade auf. In zwei Wochen würde das Adelunghaus in vollem Glanz erstrahlen. Was für ein Gefühl wäre es wohl, ins Kinderzimmer hineinzuspazieren wie früher? Keine Kiste im Flur und keine Kiste mitten darin. Das Bimssteinzimmer wäre frei von Tüten und Packen. Das Waschbecken würde glänzen wie der Wasserhahn. Und überall im Hause röche es so wie im Klopferland.

Nach dem Abendessen legte sich Adina auf der Terrasse in einen der Liegestühle. Sie dachte viel über die letzten Jahre nach. Milde war der Abend, kleine Wellen plätscherten an die Uferböschung. Im Spielzimmer an der Terrasse tobten die Tuschelkinder noch eine ganze Weile. Es war ein Zwang, dass sie sich aus allem heraushalten musste. Wenn es gar keine Klopfer gäbe, sondern lauter Kranichmenschen, müsste sie nicht dem Zwang gehorchen. Die Schatten wurden länger. Frau Lange sammelte die Tuscheltobekinder im Spielzimmer ein. Adina drückte sich tief in den Liegestuhl und streckte sich behaglich. Sich hinlegen, um eine ganze Nacht zu schlafen: Das kannte sie kaum noch. Die Nachtwanderungen würden ihr in Lauenburg fehlen.

»So ein Abend tut gut«, sagte Frau Lange. Sie lehnte sich an das Holzgeländer der Terrasse. »Du hast so eine hübsche Bluse, Adina! Mein kleiner Dreckspatz wird allmählich eine kleine Dame.«

Die Kranichruhe der Klassenlehrerin tat ihr gut. Im Spielezimmer war es still geworden. Man hörte die Tuscheltobekinder jetzt in den oberen Stockwerken. Für einen Lidschlag überkam Adina das Gefühl, es wäre schön, ein wenig mit Frau Lange zu reden: über das Kopfsteinpflaster, den Vanillepudding und das

Fünfbettzimmer, das keines war. Stattdessen musste sie auf einmal gähnen. Frau Lange gab das Zeichen zum Aufbruch.

Als Adina ins Giebelzimmer trat, schlüpfte Amala bereits unter die Bettdecke. Adina war im Waschraum allein, wusch sich in aller Ruhe, putzte ihre Zähne, trocknete sich ab, zog ihren Schlafanzug an. Die Frische umwickelte sie wie am Mittag. Die Becken glitzerten, überall waren Wassertropfen und auf den Fliesen glänzten Tropfenteiche. Adina nahm ihr Handtuch und wischte über den Wasserhahn ihres Beckens, sie rubbelte kräftig, hauchte den Stahl an, rubbelte, hauchte den Stahl an, wischte noch einmal leicht über den Wasserhahn, kuckte prüfend und verließ thurlestoneglücklich den Mädchenwaschraum. Ihr Wasserhahn war der einzige Wasserhahn im Waschraum, der glänzte wie Bigbury Bay und Bananenteich zusammen.

Adina schlüpfte unter ihre Bettdecke und überlegte, ob sie etwas sagen sollte. Sie könnte über das Kopfsteinpflaster reden oder über den Vanillepudding oder über das Fünfbettzimmer, das keines war. Das unterlag keinem Zwang. Adina kuschelte sich unter ihre Decke und dachte zurück an Thurlestone. Den Zwang, den sie in Hamburg kannte, hatte Adina in Thurlestone nicht gespürt. Damals waren die Tage so unbeschwert gewesen, weil ihre Mutter immer wusste, dass sie mit Lakshmi spielte. Carla räumte gerade das Adelunghaus auf. Sie wusste, dass Adina auf Klassenreise war. Je mehr Adina über Lakshmi und ihre Mutter nachdachte, desto gelöster lag sie in ihrem Bett.

»Adina, ich möchte dir noch was sagen.« Amala drehte sich in ihrem Bett auf die Seite. »Es tut mir Leid wegen heute Mittag.«

»Da ist nichts gewesen.«

»Ach, doch. Immer bist du für dich. Nie beklagst du dich.« Amala machte eine Pause. »Sei bitte meinen Freundinnen nicht böse.«

Die Kranichworte taten gut, wie die Kranichworte auf der Terrasse gut getan hatten.

»Ich bin ihnen nicht böse.«

»Das ist lieb.« Amala stützte den Kopf auf den Arm. »Hast du das mit Chagga gesehen?«

»Der sitzt schief.«

»Und bewegt sich seltsam. Wir haben schon den ganzen Nachmittag darüber gerätselt. Mit dem ist was.«

»Und hast du Gumpens seltsame Geldbörse gesehen?«, fragte Adina zurück.

»Der hat eine Geldbörse?«

»Beim Eiskaufen hat er sie hervorgeholt.«

»Der hat sich Eis gekauft?« Amala wurde munter. »Der bekommt doch gar kein Taschengeld.«

»Der hat so eine Art Geldtrommel. Die ist mit Münzen gefüllt.«

»Ich weiß, was du meinst. So eine hab ich schon mal gesehen.« Amala stieß Luft durch die Nase. »Alle glauben, der arme Gumpen hat nichts in der Tasche. Und dann das.«

Über der Elbe war es Nacht geworden. Das Geplausche im Zweibettzimmer mochte kein Ende nehmen. Zu guter Letzt redeten die beiden auch über das Kopfsteinpflaster, den Vanillepudding und das Fünfbettzimmer, das keines war.

Am Dienstag hielten es Adina und Amala wie verabredet. Amala kümmerte sich um ihre Tuschelfreundinnen, Adina durfte für sich bleiben. Am Vormittag versammelte sich die Klasse vor dem Jugendhaus zu einer Wanderung. Frau Lange führte die Kinder durch die Altstadt zum Lauenburger Hafen. Adina beobachtete Chagga. Sie sah es jetzt auch, was Amala gesehen hatte. Mit seinen Bewegungen stimmte etwas nicht. Ihr fiel auch auf, dass sich Chagga kaum um die anderen Kinder, geschweige denn um Adina kümmerte. Er war mit seinen Tobefreunden zusammen und machte Späße auf ihre Kosten.

Am Elbe-Lübeck-Kanal kündigte Frau Lange zum ersten Mal eine Rast an. Die Klasse verteilte sich. Die Chaggas stromerten zum Kanal. Auf einmal hielt Chagga etwas in der Hand, das er Gumpen abgenommen hatte. Gumpen bedrängte Chagga. Das Lachen der Klopferjungen drang vom Kanal herüber. Chagga schubste Gumpen weg. Als Gumpen ihn wieder bedrängte, warf er das, was er Gumpen weggenommen hatte, in hohem Bogen zu Mammut, der sich nach Kräften streckte, um es zu fangen. Doch Chaggas Wurf war viel zu hoch. Das, was Gumpen gehörte, segelte in den Kanal. Das ferne Lachen verstummte. Nach einer Weile löste sich die Runde auf. Bis auf Gumpen wanderten die Chaggas weiter. Adina war neugierig geworden, was da im Kanal gelandet war. Sie ging zielstrebig auf Gumpen zu, der allein am Kanal stand. Adina zögerte. War es leichtsinnig, einen der Chaggas anzusprechen? Ihre Neugier war stärker. Sie stellte sich neben ihn und blickte von oben auf das Wasser tief unter ihnen.

»War das wichtig?«

Gumpen schien überrascht. Er zögerte, bis er etwas sagte:

»Das war meins.«

»Deine Geldbörse?«

»Ja.«

»Dann hol sie dir doch wieder.«

Der Vorschlag war keck. Adina rechnete nicht damit, dass er angezogen zwei Meter in die Tiefe spränge. Vergnügt schob sie einen Satz nach:

»So tief ist das Wasser nicht.«

Sie genoss sein Schweigen. Auf einmal sagte er ängstlich:

»Das kann ich nicht.«

»Schwimmen kannst du aber?«

Was Gumpen antwortete, war kaum zu hören. Es klang wie

erstickt. Adina schaute ihn an. Er starrte auf das Wasser und zitterte vor Todesangst. Sie bereute ihren Vorschlag, dass er doch ins Wasser springen könnte. Als Frau Lange ihre Schüler zusammenrief, wandten sich Adina und Gumpen wortlos vom Kanal ab. Erst auf der Wiese trennten sie sich.

Im Verlauf der Wanderung beobachtete Adina Gumpen. Er hatte sich wieder den Chaggas angeschlossen. Doch er tobte nicht mehr so tobefreudig wie die anderen. Er feixte nicht mehr so feixefreudig wie die anderen. Er hielt Distanz, obwohl er dabei war. Sein Verhalten ähnelte Mammuts Verhalten.

Hungrig aßen die Kinder im Jugendhaus zu Mittag, danach verschwanden die Tuscheltobekinder zur Mittagsruhe auf ihren Zimmern. Adina und Amala schliefen sofort ein. Beim Aufwachen war Adina allein im Zimmer. Sie blickte zum Fenster hinaus. Unten auf der Terrasse saß Amala im Liegestuhl, umringt von ihren Freundinnen. Adina dachte an Gumpen und an den Kanal. Es tat ihr Leid, dass sie sich über ihn lustig gemacht hatte. Sie packte ihre Badesachen in ihre Wandertasche und verließ das Jugendhaus. Bis zum Abendessen war noch genügend Zeit. Vielleicht könnte sie für Gumpen die Geldtrommel aus dem Kanal holen. Auf der Elbstraße kamen ihr die Zwillinge Shirin und Vincent entgegen. Sie grüßten sie. Überrascht grüßte Adina zurück. Zum ersten Mal hatten die beiden sie beachtet. Nach der Elbstraße ging es an der Werft vorbei die Hafenstraße entlang. Auf der einen Seite strömte die Elbe vorbei, auf der anderen Seite erhob sich der Geestrücken. In der Unterstadt konnte man sich nicht verlaufen. Als Adina die Wiese erreichte, sah sie, dass sie beim Tauchen im Kanal nicht allein wäre. Da stand jemand an der Stelle, wo Chagga Gumpens Geldtrommel ins Wasser geworfen hatte. Sie ging bedächtig näher und stellte sich neben ihn. Wortlos schauten sich Adina und Gumpen-Wilken an. Sie fühlte, dass er verzweifelt war. Er besaß kaum Geld und traute sich nicht, danach zu tauchen. Dabei schien das

Wasser nicht tief zu sein und eine Strömung war im Kanal nicht zu erkennen.

»Weißt du die Stelle, wo es hineingefallen ist?«, fragte Adina.

»Da vorne.«

Das war dicht an der Kanalwand. Eine Leiter führte nicht weit davon hinab. Adina zog sich hinter ein Gebüsch zurück, schlüpfte in ihren Badeanzug und zwängte ihre Haare unter die Badekappe.

»Was willst du tun?«, fragte Wilken.

Adina stieg die Sprossen der Leiter hinunter. Sie dachte an die vielen Tauchstunden in Thurlestone. Sie würde es schon schaffen. Als sie ihren Fuß ins Wasser setzte, zuckte sie zusammen. Das Wasser im Elbe-Lübeck-Kanal war nicht bananenteichwarm. Eine Gänsehaut raspelte über ihre Beine den Rücken hinauf. Adina biss die Zähne zusammen und ließ sich ins schneekalte Wasser gleiten. Sie paddelte zur Stelle, auf die Wilken gezeigt hatte, holte Luft und tauchte. Das Wasser war hier viel tiefer als im Bananenteich und so trübe, dass sie ihre Hand nicht vor Augen sehen konnte. Sie wühlte mit den Fingern im Schlamm, während sie die Luft anhielt und sich gegen die drückende Kälte wehrte. Es war aussichtslos. Sie sah nichts und war dabei zu erfrieren. Sie tauchte auf.

»Hast du sie?«, rief Wilken.

»Noch nicht.«

Adina holte Luft, spürte, wie der Wunsch erstarkte, die Geldtrommel zu finden. Sie paddelte mit den Beinen auf der Stelle und tauchte erneut. Sie bekam Steine und Stöcke in die Hand, jedoch nichts, was sich so anfühlte wie die Geldtrommel. Mit steifen Gliedern tauchte sie auf.

»Hast du sie?«

»Ich kann da unten nichts sehen.«

Einmal würde sie noch tauchen können, dann müsste sie sich aufwärmen. Sie holte Luft und tauchte dieses Mal zwei Meter weiter im Kanal. Vielleicht hatte Gumpen die Stelle nicht genau gesehen. Sie schwamm mit kräftigen Stößen bis zum Grund und wühlte im Schlamm mit Fingern, die kaum gehorchten. Die Beine schlugen nur noch, weil Adina ihnen jede Zuckung befahl. Geldtrommel – Geldtrommel – Geldtrommel. Schlamm war Grund, Schlamm war Kälte. Auf einmal hielt sie etwas Faustgroßes in der Hand. War das die Geldtrommel? Ihre tauben Hände waren zu steif, um es zu ertasten. Adina stieß sich vom Schlamm ab, brach durch die Wasseroberfläche und starrte auf das, was sie in ihrer Hand hielt. Sie reckte ihre Beute in die Höhe und rief Wilken zu:

»Ist sie das?«

Einhändig ergriff Adina die erste Sprosse und kletterte mit tauben Gliedern nach oben. Sie hielt Wilken die Geldtrommel entgegen. Wie erfroren freute er sich. Adina stakste bibbernd zum Gebüsch, wo sie ihre Wandertasche abgelegt hatte, und rubbelte sich mit dem Handtuch trocken und rubbelte weiter, bis sie ihre blaue Haut wieder fühlte. Sie streifte ihre Sachen über, während Wilken jede Münze einzeln abtrocknete. Klick, klick, klick. Adina setzte sich zu ihm ins Gras. Klick, klick, klick.

»Alles da?«, fragte Adina. »Oder soll ich noch einmal tauchen?«

»Nicht eine Münze fehlt.«

»Du bekommst kein Taschengeld, oder?«

»Meine Großmutter steckt mir manchmal was zu.« Wilken barg die trockengeriebene Geldtrommel im Schoß und schaute Adina an. »Zum Geburtstag hat sie mir letzte Woche die Taschenkasse geschenkt. Ich hab mein ganzes Geld aus der Spardose hineingetan.«

»Wie benutzt man eigentlich die Taschenkasse?«

Wilken drückte mit dem Daumen eine Münze aus dem Schacht. Klick. Die unteren Münzen wurden nach oben gedrückt. Er hielt die Geldtrommel schräg und deutete auf eine Stahlfeder, die den Münzstapel im Schacht nach oben drückte.

»Da fällt keine raus.«

Er klopfte mit der Geldtrommel recht kräftig auf den Boden. Adina bekuckte Wilkens rasche Bewegungen, die so leicht daherkamen, als wäre sein ganzes Geld nie im Schlamm des Elbe-Lübeck-Kanals versunken gewesen. Noch immer waren ihre Glieder vor Kälte steif und taub. Sie fühlte sich jedoch von Augenblick zu Augenblick wohler.

»Kannst du schwimmen?«, fragte sie ihn.

Wilkens Hand verkrampfte sich um die Geldtrommel. Seine Lippen zogen sich zusammen. Wieder spürte Adina bei ihm die Angst, die ihn schon am Vormittag gewürgt hatte. Am liebsten hätte sie gefragt, warum er sich so vor dem Wasser fürchtete, doch in ihr sträubte sich etwas gegen eine solche Klopferfrage.

Auf dem Kopfsteinpflaster vor dem Jugendhaus sagte Wilken zum Abschied:

»Du kannst gut tauchen. Warum hast du das Geld nicht für dich behalten?«

»Es ist deins.«

Wilken schien die Antwort einzuleuchten und gleichzeitig zu verblüffen. Er zögerte, bis er hervordruckste: »Danke.«

Er verschwand im Jugendhaus. Adina mochte ihn auf einmal. Zum Glück hatte er ihr nicht ein paar Münzen als Finderlohn zustecken wollen. Die hätte sie nicht haben wollen. Sie folgte ihm nach einer Weile ins Jugendhaus. Im Vorbeigehen sah sie, dass im Flur der Klopferjungen Trubel war. Sie sah, wie Wilken Chagga anstarrte, der ihm die Geldtrommel abgenommen hatte und die Münzen zählte. Freudig verkündete er dem entsetzten Gumpen, dass man seine Freunde auch einmal einladen müsse. Sie würden vom Geld für die Nacht Süßigkeiten einkaufen. Die anderen Chaggas stimmten dem Vorschlag freudig zu und zogen den schnaubenden Gumpen mit, um einzukaufen. Adina verdrückte sich schnell nach oben. Zum Glück war sie nicht mit Chagga befreundet.

Zum Abendessen gab es Kohlrouladen mit Erbsen und Wurzeln sowie Kartoffeln. Hungrig spießte Adina mit der Gabel eine Erbse nach der anderen auf und freute sich diebisch an der Entgrünung ihres Tellers. Die Kälte war aus ihrem Körper verschwunden. Angenehm leicht umschmiegten ihre Finger die Gabel, die spitz durch die Erbsen drang, ohne sie zu zerdrücken. Frau Lange und die Mitmütter plauschten über den Tag und die kommenden Tage. Die eine Mitmutter, Frau Winter, hatte schwarze Haare, dunkelbraune Augen und eine leicht bräunliche Haut, nicht ganz so dunkel wie bei Lakshmi. Frau Winter war die Mutter von Shirin und Vincent. Die andere Mitmutter hieß Frau Schmidbauer. Frau Lange erzählte, dass das Wasser im Freibad nur zwanzig Grad habe. Frau Winter schüttelte sich. Das sei aber kalt.

»Wir werden morgen baden gehen«, sagte Frau Lange zu Adina. »Mir sind zwanzig Grad ein wenig zu kalt. Wie geht es dir?«

»Wie warm ist die Elbe?«, fragte Adina.

»Da kannst du höchstens einen Finger reinstecken«, sagte Frau Winter.

»Die ist zu dreckig, um darin zu baden«, sagte Frau Lange.

»Wer darin badet, wird krank«, sagte Frau Schmidbauer.

»Und wie ist es mit dem Elbe-Lübeck-Kanal?«, fragte Adina.

»Da kannst du auch nur einen Finger reinstecken«, sagte Frau Winter und schüttelte sich bibbernd.

»Im Kanal ist das Wasser wie in der Elbe«, sagte Frau Lange.

»Wenn es dir morgen im Freibad zu kalt ist«, sagte Frau Schmidbauer, »musst du nicht baden.«

Adina hatte ihren Teller vollständig entgrünt und schnitt sich die erste Scheibe von der braunen Kohlroulade ab. Die Wurzelstückchen würde sie sich als roten Schlussgenuss aufsparen.

Noch während sie ihren Teller entrötete, erhob sich Frau Lange und kündigte den Schwimmbadbesuch an. Außerdem kündigte sie eine Klassenaufgabe für die Zeit nach Lauenburg an. Alle Kinder, die ein Haustier hatten, sollten nach dem Abendessen im Speisesaal bleiben, um sich in die Liste einzutragen. Adina verließ den Speisesaal und machte sich Sorgen, weil sie daran denken musste, was Frau Schmidbauer gesagt hatte. Krank wollte sie nicht werden. Sie stieg die Treppen ins Mädchenstockwerk hoch und wusch sich sorgfältiger als sonst. Zum Abschluss wischte sie ihren Wasserhahn blank und kehrte zurück in ihr Zweibettzimmer. Es hatte seinen Preis, dass sie Wilken geholfen hatte. Bis ans Kinn zog sie die Bettdecke. Wie lange würde sie krank sein? Sie horchte in ihren grünbraunrot gefüllten Bauch, horchte in ihre Beine und in ihre Gelenke. Das mit der Krankheit ginge bestimmt gleich los. Während sie horchte, wurde es draußen dunkel. Spät in der Nacht wurde Adina geweckt.

»Warum kommst du so spät?«, fragte sie schläfrig.

»Wir waren noch bei den Jungs im Zimmer.« Amala trug bereits ihren Schlafanzug, sie stellte ihre Waschsachen in den Schrank. »Frau Lange hat zweimal das Zimmer überprüft, weil es so laut war. Unter den Betten hat sie uns nicht entdeckt.«

»Was habt ihr bei den Jungen gemacht?«

»Gefeiert. Chagga hatte jede Menge Süßigkeiten aufgetrieben.«

»Hat Gumpen mitgefeiert?«

»Nein. Der lag stumm in seinem Bett.«

Adina überlegte, ob sie Amala von der Geldtrommel erzählen sollte. Da sie unsicher war, fragte sie etwas anderes:

»Wie ist das wohl, wenn die eigene Mutter mit auf Klassenreise ist?«

»Das wäre schön.« Amala drehte sich auf die Seite. »Meine Mutter wollte am liebsten auch mit nach Lauenburg kommen.«

»Warum ist sie nicht hier?«

»Mein Vater wollte nicht, dass meine Mutter alleine reist.«

»Hier wär sie nicht allein.«

»Du verstehst nicht.« Amalas Stimmung trübte sich ein. »Mein Vater ist streng.«

Adina begriff nicht, was ihre Zimmergenossin meinte.

»Mein Vater«, sagte Amala, »ist sehr streng.«

»Wie streng?«

»Meine Freunde dürfen mich nicht besuchen, wenn er zu Hause ist.«

»Redet dein Vater mit dir?«

»Kaum.«

»Beim Essen?«

»Nie.«

Aus Amalas Stimme war der letzte Nachklang der Süßigkeitenfeier verschwunden. Sie wirkte auf einmal traurig, wie sie da auf ihren Arm gestützt zu Adina herüberschaute.

»Und dein Vater?«, fragte Amala. »Ist der streng?«

»Mein Vater ist tot.«

»Oh, das tut mir Leid.«

»Ist schon lange her.«

»Und deine Mutter – ist die streng?«

So kalt griff Amalas Frage in den Schlamm, dass es wehtat. Adina durfte nicht antworten. Gleichzeitig wühlte sich in ihr etwas frei, das sich danach sehnte zu antworten. In Adinas Brust wurde es warm, in ihren Schläfen pochte es. Carla hatte Recht mit ihrer Warnung vor den Klopfern. Amala war jedoch ein Kranichmädchen.

»Meine Mutter ist streng«, flüsterte Adina.

»Wie streng?«

»Sehr streng.«

»Redet sie mit dir?«

»Kaum.«

»Beim Essen?«

»Nie.«

»Dürfen dich deine Freunde besuchen, wenn sie da ist?«

»Nein.«

»Und wenn sie weg ist?«

»Auch nicht.«

»Dann dürfen dich deine Freunde nie besuchen?«

»Ich darf keine Freunde haben.«

Adinas Herz schlug bis in die Kehle, drückte ihr die Stimme ab. Sie musste schlucken. In der Stille hörte sie das Plätschern der Elbe. Was würde geschehen? Sie hatte getan, was sie nicht tun durfte. Je länger die Stille währte, desto stärker wuchs sich der Zwang zur Angst aus. Sie hatte etwas Unverzeihliches begangen. Grausam würde die Bestrafung ausfallen.

»Deine Mutter ist strenger als mein Vater«, sagte Amala.

Kranichruhig war die Stimme ihrer Zimmergenossin. Das lange Schweigen tat Adina gut. Die Beklemmung löste sich, ihr Herz schlug ruhiger und ihre Stimme kehrte zurück.

»Amala, ich habe eine große Bitte. Erzähl nicht weiter, was ich dir gesagt hab. Meine Mutter hat mir verboten, darüber zu reden.«

»Ich werde es niemandem erzählen«, sagte das Kranichmädchen. »Ich habe auch eine Bitte. Außer meinen vier besten Freundinnen weiß niemand, wie mein Vater ist. Bitte erzähl es nicht weiter.«

»Ehrenwort.«

»Mein Vater nimmt mich fast nie in den Arm«, sagte das Kranichmädchen. »Macht das deine Mutter bei dir?«

»Nie.«

In Adina wurde noch mehr Schlamm aufgewühlt. Kälte durchströmte sie. Es war zu viel. Der Schlamm floss über ihre Zunge in die Kehle. Das Kranichmädchen sagte:

»Deine Mutter sieht aber nicht so aus.«

»Woher kennst du meine Mutter?«

»Sie stand am Tag der Einschulung neben meiner Mutter.«

»Daran kannst du dich erinnern?«

»Deine Mutter ist so groß und trägt so elegante Kleidung. Außerdem sah dein Bruder mit den beiden Schultüten süß aus. Warum geht er nicht auf unsere Schule?«

Weil es im Adelunghaus einen Keller gab, den man nicht betreten durfte. Dort gab es Schokolade, die bitter schmeckte. Der Wasserhahn befand sich jedoch im Erdgeschoss. Und überall stapelte sich Müll, überall floss Schlamm. Ihr Bruder war verreckt im Dreck. Deshalb ging er nicht auf die Grundschule Windmühlenweg. Deshalb hatte er nie in seinem Leben die große Schultüte am Tag seiner Einschulung gegen die kleine Schultüte seiner Schwester eintauschen können. Deshalb gab es im Zweitklässler-Flachbau keinen Bolko, dem es verboten war, Freunde zu haben. Adina atmete ruhiger. Sie begriff auf einmal, warum ihre Mutter Recht hatte. Sie würde niemals erzählen können, wie es war, im Adelunghaus zu leben.

»Auf welche Schule geht dein Bruder?«, fragte Amala nach.

»Auf die Grundschule Stiller Weg.«

»Die kenn ich nicht. Darf ich noch was fragen?«

Adina fühlte Unheil auf sich zukommen. Das Kranichmädchen würde fragen, warum Adina nicht immer nach Kranichhaus gerochen hätte. Sie fühlte Röte ins Gesicht steigen. Zum Glück war es im Zweibettzimmer unterm Giebel dunkel. In die Stille sagte sie mit einer Duvenstedter-Brook-Stimme:

»Man muss nicht immer eine Frage stellen, um eine Antwort zu bekommen.«

Elbewellen plätscherten gegen die Uferpromenade. Es blieb ruhig im Zimmer. Der Schlamm in Adina sank nieder. Amala war ein Kranichmädchen. Sie würde nicht fragen, obwohl sie kerzenneugierig war. Es gab eine Zeit, da hatte Adina gerochen. Sie wollte nicht wissen, ob man noch immer riechen könne, dass sie in einem Haus voller Dreck wohnte. Sie überlegte, wie sie das Gespräch von dem Adelunghaus weglotsen könnte. Sie drehte sich auf die Seite und stützte ihren Kopf auf. Auf der anderen Seite des Zimmers sah sie die Umrisse des Kranichmädchens. Adina fragte:

»Möchtest du wissen, woher Chagga das Geld hat?«

»Du weißt das?«

Adina erzählte von Gumpen und den Chaggas, von der Geldtrommel, die ins Wasser gesegelt war, von Gumpen, der kein Taschengeld bekam, vom Schlamm im Kanal, von Gumpen, der sich nicht getraut hatte, selbst nach seinem Geld zu tauchen, von Chagga im Jugendhaus, wie er die Geldtrommel geplündert hatte, um für die Nacht einzukaufen.

»Gumpen ist doch sein bester Freund!«, stieß Amala hervor.

»Warum hat er Angst vor dem Wasser?«

»Der ist mal fast ertrunken.«

»Wann?«

»Das war noch vor der Grundschule. Ohne Uwe wäre Gumpen jetzt tot. Der hat ihn aus dem Schwimmbecken gezogen.«

»Ah, deshalb sind die beiden Freunde.«

»Gumpen lässt auf Uwe nichts kommen, obwohl die beiden eigentlich nicht zueinander passen.« Amala legte sich auf den Rücken. »Was Chagga getan hat, dafür wird er bezahlen.«

Groll lag in ihrer Stimme. Draußen plätscherten die Elbewellen. Adina horchte in sich hinein. Ihr grünbraunrot gefüllter Bauch fühlte sich gut an. Vielleicht könnte sie ja doch im Freibad dabei sein. Zwanzig Grad: Das klang nach Bananenteichwärme.

Blau war der Himmel am Mittwoch, kraftvoll strahlte die Sonne. Im Freibad über der Elbe planschten und tobten die Schüler. Gumpen traute sich nicht ins Wasser. Er blieb die ganze Zeit bei Frau Winter, die das Wasser unsäglich kalt fand. Unermüdlich tauchte Adina im Becken mit den Klopfermädchen um die Wette. Keine konnte sich mit ihr messen. Vergnügt ging der Tag zu Ende. Den Abend verbrachten Adina und Amala im Giebelzimmer. Das Kranichmädchen kannte alles und jedes in der Klasse. Nicht ein Mal fragte sie Adina nach dem Adelunghaus. Das Vertrauen zwischen ihnen blieb. Erst tief in der Nacht schliefen sie ein.

Amala verbrachte die Tage mit ihren Tuschelfreundinnen und Adina durfte für sich bleiben. Dampferfahrt reihte sich an Deichwanderung, Busausflug folgte auf Schnitzeljagd. Jeden Tag dachte Adina an ihre Mutter und an das Adelunghaus, das immer tiefer entmüllt wurde.

In der zweiten Woche saß Adina nach einem Badeausflug hungrig am Mittagstisch und stippte Kringelnudeln in die Bratensoße. Frau Winter begnügte sich mit ein paar Kartoffeln ohne Soße. Sie habe keinen rechten Hunger. Die anderen langten kräftig zu. So ein Vormittag im Freibad machte hungrig.

Im Verlauf des Nachmittags bekam Adina mit, dass immer mehr Schüler sich schlecht fühlten, auch Amala. Sie hatten Durchfall und verschwanden ständig auf den Örtchen. Gegen Abend fanden sich nur Adina und Frau Winter im Speisesaal ein. Ein Arzt war im Haus und entschied im Einverständnis mit Frau Lange, die ebenfalls an Übelkeit litt, dass die Klasse noch in Lauenburg bliebe, bis alle wieder reisefähig wären. Adina sollte am besten sofort mit Frau Winter nach Hamburg zurückreisen, da Ansteckungsgefahr bestünde.

Adina packte ihren Koffer. Gegenüber lag Amala im Bett. Alle Farbe war aus dem Gesicht verschwunden. Kein Lächeln schaffte es mehr in die Mundwinkel. Von einer Mahlzeit auf die andere war die heitere Urlaubsstimmung zerdrückt worden.

»Du tust mir so Leid«, sagte Adina.

»Du musst jetzt gehen.«

»Es ist so schade.«

»Nächste Woche in Hamburg sehen wir uns wieder.« Da war es wieder, das Lächeln des Kranichmädchens. »Geh, sonst steckst du dich noch an.«

Adina nahm den Koffer, verabschiedete sich von dem Kranichmädchen und stieg die Stiege vom Giebelzimmer zum Mädchenflur hinunter. Sie stellte ihren Koffer ab und betrat den Mädchenwaschraum. Verbrauchte Frische umwickelte sie. Adina strich über ihren Wasserhahn, wo kein Tropfen glitzerte, und fühlte sich auf einmal so wohl wie in einem Schaumbad. Die Tür wurde aufgestoßen. Die Näsin eilte in den Waschraum, hatte kaum Zeit, Adina anzuschauen, eilte zum Nebenraum, wo die Örtchen waren. Nach einer Weile kehrte sie erleichterten Schrittes zurück. Ohne ein Wort zu sagen, verließ sie den Waschraum. Sie hatte sich die Hände nicht gewaschen, dachte Adina. Die Tür ging auf, Shirin eilte herein, lächelte leidgeprüft und verschwand im Nebenraum, wo die Örtchen waren. Adina mochte ihr Koboldgrinsen nicht mehr unterdrücken.

23

In der Dämmerung brachte Frau Winter Adina bis zur Bushaltestelle am Othmarschener Bahnhof. Sie wollte sie auch im Bus begleiten, was Adina dankend ablehnte. Ihr Zuhause liege gleich neben der Bushaltestelle. Allein im klopfervollen Bus fuhr Adina zur Trabrennbahn hoch. Sie beschützte ihren Koffer. In Lauenburg lagen alle mit Durchfall in den Betten. Sie stellte sich vor, wie die Chaggas näsinnengleich aufs Örtchen wanderten. Schade eigentlich, dass sie diese Genugtuung nicht mit eigenen Augen sehen konnte. Hoffentlich erholte sich Amala schnell. Ihretwegen klang der Lauenburgurlaub schöner aus als Paris, London, Minehead und Thurlestone zusammen.

Der Bus hielt an der Notkestraße. Adina trug ihren Koffer ins Freie. Im Kranichhaus brannte Licht im Wohnzimmer und im Flur. In den anderen Häusern waren die Fenster ebenfalls erleuchtet. Nur das Adelunghaus lag dunkel hinter Busch und Baum. Nicht einmal die Außenbeleuchtung war angeschaltet. Sie schleppte ihren Koffer über den Sandweg. In den Blättern rauschte der Wind. Ein unheimliches Gefühl überkam Adina. Der Adelungwagen stand vor der Wagenhütte. War das ein schlechtes Zeichen? Sie kam ein paar Tage zu früh zurück. Vielleicht war Carla mit dem Leerräumen der Wagenhütte noch nicht fertig. Es war ein gutes Zeichen! Ganz bestimmt. Adina stieg die Hüpferstufen hinauf. Es knackte und knirschte. Sie drückte die Tür auf und machte Licht. Ihre Mutter lag zusammengerollt auf dem Fußabtreter und schlief. Obwohl die Deckenlampe den ganzen Windfang ausleuchtete, wachte ihre Mutter nicht auf. Mild strich die Mailuft ins Haus. Stoßweise atmete Adina ein und aus, versuchte zu begreifen, begriff nichts, sackte in sich zusammen. Mailuft und Adelungatem vermischten sich. Carla lag da mit gerötetem Gesicht. Adina befühlte die Stirn ihrer Mutter – sie war heiß – und berührte ihre Schulter: Carla bewegte sich, blinzelte, murmelte etwas.

»Bist du krank?«

»Ich fühle mich nicht.«

Adina strich über die Stirn ihrer Mutter, strich über die zimtbraune Narbe.

»Du hast Fieber. Warum liegst du nicht im Bett?«

»Hier ist es schön.«

Adina sackte nach hinten weg, drückte mit ihrem Rücken die Tür zu. Es knirschte. Das hier war der Windfang! Eine Ahnung beschlich sie. Carla hatte in den letzten zehn Tagen nicht aufgeräumt. Sie hatte das Haus derart mit Müll voll gestopft, dass man nicht mehr hineinkam.

»In mein Zimmer kann ich nicht mehr, oder?«

»Ich bin gerade am Aufräumen.«

»Carla«, Adinas Stimme brach weg, »du bist krank.«

Sie stemmte sich hoch. Es knirschte. Sie stieg die Hüpferstufen hinunter und setzte sich auf die unterste Stufe. Durch die Büsche und Bäume konnte sie zum Kranichhaus hinüberschauen. In den Fenstern wohnte Licht. Adina vergrub ihr Gesicht in den Händen, atmete gegen den Klumpen im Hals. Das war das Ende.

Ihre Mutter musste ins Krankenhaus, konnte selbst aber nicht mehr fahren. Sie brauchte Hilfe. Doch ohne ihre Zustimmung würde Adina nichts unternehmen. Es knirschte. Ihre Mutter sank neben ihr auf die Stufen.

»Es tut mir Leid«, sagte Carla. »Ich habe es versucht.«

Adina fühlte erneut die Stirn ihrer Mutter. Nach einigem Hin und Her sah Carla ein, dass sie zum Arzt musste. Sie war damit einverstanden, dass ihre Tochter Erla Meier um Hilfe bat. Mit zittrigen Beinen ging Adina über den Notkestieg. Am Vormittag war sie im Lauenburger Freibad noch um die Wette getaucht, zu Mittag hatte sie die Kringelnudeln in Bratensoße gestippt und nun war sie heimgekehrt. Beim Anblick des Kranichhauses wurde Adina ruhiger. Dort gab es einen Flur, den man betreten konnte, ein Wohnzimmer, in dem man Platz nehmen konnte.

»Wir haben erst Mittwoch«, sagte die völlig überraschte Erla. »Ihr wolltet doch bis Sonntag bleiben.«

Adina ging mit ins Haus. Mit jedem Satz, den sie sagen durfte, fühlte sie sich besser. Erla erklärte sich sofort bereit, ihre Mutter zum Arzt zu bringen. Gemeinsam fuhren sie im Kranichwagen das kurze Stück zum Adelunghaus. Schon vom Wagen aus sah Adina, dass Carla ihren Koffer fortgeschafft hatte. Er würde jetzt im Windfang stehen, dem einzigen Teil des Adelunghauses, den man noch betreten konnte. Ihre Mutter kam die Auffahrt herunter, eine Tasche in der Hand. Erla und Carla begrüßten sich. Ihre Mutter wollte zu einem Professor Müllerleile, den sie kannte. Erleichtert drückte sich Adina in den Rücksitz. Jetzt würde alles gut. Die Kranichfrau lenkte den pflaumenblauen Wagen um Kurven und über Kreuzungen. Schon beim Betreten des Krankenhauses fühlte Adina, dass sie am richtigen Ort war. Sie erschnupperte Sauberkeit, die stärker war als alle anderen Gerüche. Ihre Mutter trat recht sicher auf. Vielleicht ging es ihr bereits wieder besser. Professor Müllerleile erschien und bemühte sich um ihre Mutter. Die beiden schienen sich gut zu kennen, sie sagten du zueinander. Carla war so glücklich, dass er an diesem Abend Dienst hatte. Sie bekam ein eigenes Zimmer. Kraftlos ließ sie sich auf das Bett fallen. Adina strich ihr durchs Haar und streichelte ihre Stirn: heiß wie Strandsand in der Mittagshitze.

Carla und Erla beredeten noch ein paar rechtliche Fragen. Es ging um die Pflegschaft für Adina während des Krankenhausaufenthaltes. Adina hörte aufmerksam zu. Ihre Mutter stellte für Erla Meier eine Vollmacht aus. Sie war glücklich, ihre Tochter in guten Händen zu wissen. In der Tüte, die Carla von zu Hause mitgebracht hatte, waren zwar Waschzeug und ein Schlafanzug. Doch sie würde noch ein paar Sachen brauchen. Sie gab Adina ihren Schlüsselbund und machte mit ihr ab, dass sie die Sachen aus dem Haus holen sollte. Für einen Vormittagsbesuch wäre die Zeit zu knapp, schoss es Adina durch den Kopf. Sie wüsste nicht, wie lange sie brauchte, um sich bis zum Zimmer ihrer Mutter vorzukämpfen.

Auf der Heimfahrt redeten Adina und die Kranichfrau die ganze Zeit: Carla würde bald wieder gesund, der Professor sei außergewöhnlich nett, das Zimmer so hübsch, die Bushaltestelle gleich vorm Krankenhaus. Adina ließ sich auch erklären, was das mit der Pflegschaft bedeutete.

Vor dem Adelunghaus setzte Erla sie ab. Dunkel erhob sich die Backsteinfront vor ihr. Kein Licht brannte im Haus, kein Zimmer war mehr zu betreten. Adina strebte zum Eingang. Es war wichtig, dass das Grundstück ordentlich aussah. Im Freien ließ Carla nirgendwo Müll herumstehen. Adina stieg die Hüpferstufen empor. Der Schlüsselbund lag schwer in ihrer Hand. Es knackte und knirschte. Der vertraute Adelunggeruch umhüllte Adina. Da stand er wirklich, wie sie vermutet hatte. Ihre Mutter war so krank, dass sie nicht mehr Wagen fahren konnte. Den Koffer hatte sie aber ins Haus geschleppt. Adina schloss die Kellertür auf. Eine Handbreit ließ sie sich öffnen, dann war auch mit Kraft nichts mehr zu bewegen. Aus dem Müll-Gerümpel-Kostbarkeiten-Durcheinander ragte ein metallbeschlagenes Stuhlbein in Adinas Gesicht. Die ganze Treppe war voll gestellt. Adina zog die Kellertür zu. Was für ein Glück, dass der Windfang noch zu betreten war, dachte sie. Außer ihrem Koffer stand dort nichts, was Platz wegnahm. Es wäre so schön, wenn alles verschwände. Hätte sie nur einen Wunsch frei, dann den, dass sie die Tür zum Flur mit leichter Hand öffnen könnte. Sie drückte die Klinke herunter und wollte die Tür aufschieben. Einen Spaltbreit gab die Flurtür nach, dann bewegte sie sich nicht mehr. Adina lehnte sich dagegen und auf einmal ruckte die Tür ein Stück weiter auf. Sofort rutschten Müll-Gerümpel-Kostbarkeiten von oben herab. Zeitungen flatterten in großer Zahl nach unten. Ein zerfledderter Schirm hing in den Windfang. Krampfhaft zerrte Adina an der Klinke, um die Tür zu schließen. Oben und an der Seite quollen die Müll-Gerümpel-Kostbarkeiten hervor. Aufgewühlt blickte sich Adina um. Jetzt lagen überall auf dem Boden Sachen, die Platz wegnahmen. Eine Zeitung schmiegte sich bereits an ihren Koffer. Adina griff sich die Zeitungen, stopfte sie zurück in den Flur, wobei die Tür jedes Mal zuckte. Entsetzt sprang Adina zurück, als der zerfledderte Regenschirm herabfiel und ihr Gesicht streichelte. Sie könnte versuchen, die Müll-Gerümpel-Kostbarkeiten hinter der Kellertür zu verstauen, da war noch Platz. Prüfend schaute sie die Flurtür an. Sie könnte dort herauszupfen, was sich herauszupfen ließ, und es ebenfalls hinter der Kellertür zwischenlagern. Dann wäre wenigstens der Windfang wieder aufgeräumt. Adinas Blick irrte am Rand der Flurtür herab, wo Müll-Gerümpel-Kostbarkeiten hervorquollen, streifte die Gebeine des zerfledderten Regenschirms, blieb hängen an der Zeitung, die sich an ihren Koffer schmiegte. Sie konnte nichts mehr machen.

Adina trat ins Freie hinaus, atmete die kühle Mailuft ein, stieg die Hüpferstufen hinunter. Sie könnte die Haustür abschließen, sie könnte sie offen lassen. Wenn irgendein Klopfer Lust hätte, das Adelunghaus zu betreten, dann sollte er es nur tun. Weiter als in den Windfang käme keiner. Adina trug ihren Koffer bis zum Kranichhaus. Sie klingelte. Noch im Eintreten erschnupperte Adina einen verlockenden Duft. Ja, sie war hungrig. Den Koffer stellte sie im Flur ab, hängte ihre Jacke an den Haken der

Mantelwand und strebte an Erla vorbei in die Küche. Erschöpft rutschte sie auf ihren Platz. Sie mochte an nichts mehr denken. Die Kranichfrau würde sich um alles kümmern. Sie bekäme ein Abendessen, ein Glitzerglanzbad und ein daunenweiches Bett. Sie würde nicht im Windfang auf dem Fußabtreter übernachten.

Still war die Nacht und leicht der Schlaf. Nach dem Duschen machte sich Adina über das Frühstück her, das ihr so gut schmeckte wie alle Erla-Speisen. Die Kranichfrau trank Kaffee und machte wie üblich nur wenig Worte. Adina dachte an ihre Mutter. Wie lange bliebe sie wohl im Krankenhaus? Sie freute sich darauf, sie nachher zu besuchen und ihr die Sachen zu bringen. Bestimmt ginge es ihr bereits viel besser. Es war erholsamer, in einem weichen Bett zu schlafen als auf einem Fußabtreter. Und wie fühlte sich Amala? Es sollte noch bis zum Wochenende dauern, bis sie wieder wohlauf wäre. Für die zwei letzten Tage der Woche hatte Adina schulfrei. Am Montag würde sie Amala wieder sehen. Bevor Erla zur Arbeit fuhr, überreichte sie ihr einen Schlüssel für das Kranichhaus. Glücklich winkte Adina ihrer Pflegemutter nach.

Dann machte sie sich auf den Weg. Sie musste es schaffen, die Sachen aus dem Haus zu holen. Gartenpforte – Vorgarten – Hüpferstufen: Die Haustür stand einen Spalt offen. Es knirschte. Im Windfang lagen Zeitungen und der zerfledderte Regenschirm. Kein Klopfer hatte sich ins Haus getraut. Gelähmt schaute Adina auf die Flurtür, hinter der Müll-Gerümpel-Kostbarkeiten ins Freie drängten. Es ging nicht.

Es knirschte und knackte. Mit dem Bus fuhr sie hoch zur Trabrennbahn. Wenn sie mehr Geld hätte, könnte sie kaufen, was ihre Mutter brauchte. Carla wäre bestimmt überrascht, dass sie so früh käme. Der Bus rauschte unter der S-Bahn-Brücke am Othmarschener Bahnhof hindurch. Gleich würde sie ihre Mutter wieder sehen. Voller Ungeduld stieg Adina am Krankenhaus aus dem Bus. Durch die Empfangshalle strebte sie zum Fahrstuhl, der ohne Halt emporsurrte.

Auf dem Flur kam ihr Professor Müllerleile entgegen. Sie wolle ihre Mutter besuchen? Das sei nicht möglich. Er nahm sie mit in sein Arbeitszimmer, wo er ihr einen Stuhl zuschob. Er selbst setzte sich hinter seinem ausladenden Schreibtisch zurecht. Adina müsse jetzt tapfer sein. Sie rutschte auf ihrem Stuhl hin und her. Was meinte er damit? Der Professor richtete sich auf und schaute ihr in die Augen. Adina hörte auf, hin und her zu rutschen. Erstarrt griff sie nach jedem Wort, das der Professor mühsam hervorbrachte. Um drei Uhr in der Nacht sei er noch bei ihr gewesen, sie habe ruhig geschlafen. Um halb vier habe die Nachtschwester nach ihr gesehen. Sie müsse an einer Thrombose gestorben sein. Das sei völlig überraschend geschehen, schließlich habe sie sich am Abend noch mit ihm unterhalten.

»Wo ist eigentlich dein Bruder?«

Die Frage holte Adina aus ihrer Entrückung. Aber antworten konnte sie nicht, sie zuckte mit den Schultern. Der Professor brachte sie in das Zimmer einer Psychologin, die sich um sie kümmern sollte. In einem unbeobachteten Augenblick entfloh Adina aus dem Arbeitszimmer, surrte im Fahrstuhl nach unten und erwischte vor dem Krankenhaus einen Bus, der sie zurück in die Notkestraße brachte.

So kurz war der Weg über die Kranichwiese, so weh tat er. Carla war tot. Sie holte den Kranichschlüssel aus ihrer Jackentasche. Es klickte und schabte. Kranichgeruch umfing sie. Sie stieg die Treppe hoch zum Gästezimmer, wo sie ihren Koffer bereits ausgepackt hatte. Was war eigentlich eine Thrombose? Sie schmiss sich aufs Bett. Ein Bimsstein brach in ihr auf, drückte ihr Herz in die Kehle, ließ ihre Augen feucht werden. Sie wühlte ihren Kopf ins Kissen. Es war so unheimlich. Trauer schwemmte alles fort, durchspülte Adina. Jedes Tigerbächlein, dass sie sich gegönnt hatte, rann an ihr herab, und das Plätschern trug ihr die Worte zu: Du bist schuld.

Am Abend erwachte sie mit dem Duft von Tomatensoße in der Nase. Erla war in der Küche und bereitete das Abendbrot zu. Adinas Lider waren verklebt. Sie rieb vorsichtig die getrockneten Tränen aus den Wimpern. Carla verschwand einfach. Wütend dachte sie an ihre Mutter. Warum hatte sie das Haus so vermüllt? Der Tomatenduft wurde stärker. Erla rief von unten ihren Namen. In der Küche erzählte Adina der Kranichfrau sofort, dass ihre Mutter gestorben war. Lange Zeit verbrachte sie in Erlas Umarmung. Sie fing an zu weinen. Sie war schuld am Tod ihrer Mutter. Die Kranichfrau hielt sie umschlungen, gab ihr Trost. Irgendwann setzte sich Adina an den Tisch. Die Nudeln mit der Tomatensoße taten ihr gut. Sie stippte jede einzelne Nudel in die Soße und kaute bedächtig. Nach dem letzten Bissen sagte sie zu Erla:

»Ich muss dir was zeigen.«

Sie führte die Kranichfrau zum Adelunggrundstück. Gartenpforte – Vorgarten – Hüpferstufen: Es knackte und knirschte. Sie betrat mit Erla den Windfang. Adina sah, dass die Kranichfrau die Nase rümpfte.

»Es riecht hier, oder?«, fragte Adina.

Die Kranichfrau nickte und starrte abwechselnd auf die spaltbreit geöffnete Flurtür und auf den zerfledderten Regenschirm. Adina nahm allen Mut zusammen.

»Meine Mutter hat alles mit Sachen voll gestopft.« Da die Kranichfrau zuhörte, redete sie weiter. »Wir können das Haus nicht mehr betreten.«

Ungläubig drückte Erla die Klinken von Flurtür und Kellertür herunter. Sie schien nicht zu begreifen. Adina erzählte ihr, wie ihre Mutter immer mehr Müll in das Haus geschleppt hatte.

Erla schüttelte ungläubig den Kopf. Erst als Adina sie ums Haus herum zur Wagenhütte führte und ihr durch die Seitentür, die sich noch öffnen ließ, einen Blick auf die bis zur Decke gestapelten Müll-Gerümpel-Kostbarkeiten erlaubte, begriff sie das ganze Ausmaß. Erschüttert kehrte sie mit Adina ins Kranichhaus zurück. Bis weit in die Nacht saßen die beiden im Kranichhaus-Wohnzimmer zusammen. Adinas Wunsch, dass niemand das Adelunghaus betreten möge, lehnte Erla mit dem Hinweis ab, dass sich jetzt das Amtsgericht einschalten würde. Die Kranichfrau erklärte ihr alles, soweit sie es selbst wusste.

»Warum brauche ich einen Vormund?«, fragte Adina. »Ich komme auch allein zurecht.«

»Bis zur Volljährigkeit dauert es noch ein wenig.«

»Wie lange noch?«

»Im Juli wirst du neun Jahre alt. Volljährig bist du mit achtzehn Jahren.«

Adina sackte zurück in das Polster des Sofas. Sie wollte nichts mit dem Amtsgericht und dem Jugendamt zu tun haben. Die Kranichfrau erklärte ihr alles ein zweites Mal. Auf einmal erinnerte sich Adina an den Mann vom Jugendamt, der sie letztes Jahr nach dem Englandurlaub aufgesucht hatte. Ihre Mutter hatte Recht. Die Klopfer waren gefährlich und sie hatten Macht.

»Dann lauf ich weg«, stieß Adina hervor.

»Mach das nicht. Du würdest mich sehr traurig machen«, sagte Erla. »Das Ganze klingt bedrohlicher, als es ist. Du wirst nicht so viel mit den Beamten zu tun haben.«

Das hörte sich schon besser an.

»Deine Mutter hat beim Amtsgericht ein Testament hinterlegt, in dem du als Alleinerbin eingesetzt bist. Außerdem hat sie in dem Testament bereits einen Vormund für dich benannt.«

»Davon weiß ich nichts.«

»Im Winter hat mich deine Mutter gefragt, ob sie mich als

Vormund in ihrem Testament benennen dürfe. Sie hat sich sehr darüber gefreut, dass wir uns so gut verstehen. Ich habe ihr versprochen, dir nichts zu sagen. Sie wollte nicht, dass du dir Sorgen machst.«

»Was bedeutet das für mich?«

»Dass ich als dein Vormund bestellt werden kann. Ich würde es aber nicht gegen deinen Willen wollen. Du kannst dir mit deiner Entscheidung Zeit lassen.«

»Ich brauche keine Zeit. Ich will bei dir bleiben.«

*

Kranichgartenpforte – Kranichwiese – Notkestraße: Am Montagmorgen machte sich Adina auf den Weg in die Schule. Sie war dankbar, dass sich Erla um alles kümmerte. Als sie an ihrem Elternhaus vorbeikam, pfiffen ihr alle möglichen Gedanken durch den Sinn. Am schrillsten pfiff einer, der sie noch bis zur Osdorfer Landstraße beschäftigte: Wie viele Klopfer hatte sie vom Adelungküchentisch aus beobachtet? Und jetzt war sie selbst einer!

Bevor sie in die Seestraße einbog, blickte Adina über die Kreuzung zum Stillen Weg hinüber. Am Mittwoch wäre die Beerdigung. Alles würde sich von innen nach außen kehren. Jetzt kämen Klopfer vom Amtsgericht, die sich einfach Zutritt zum Adelunghaus verschaffen könnten. Seestraße – Windmühlenstieg – Windmühlenweg: Völlig machtlos fühlte sich Adina. Von rechts stromerten Gumpen und Esel-Uwe heran. Überrascht nahm sie zur Kenntnis, dass Gumpen ihr zunickte. Er hatte sie gegrüßt! Von Chagga war weit und breit nichts zu sehen. Im Klassenzimmer war sie eine der Ersten. Auch Shirin und Vincent grüßten sie. Adina zog sich auf ihren Platz in der letzten Reihe zurück, damit sie nicht vergaß, was wichtig war. Sie würde neun Jahre durchhalten müssen. Strahlend kam Amala auf sie zu.

»Das war schlimm in Lauenburg. Du kannst dir nicht vorstellen, was wir durchgemacht haben. Ich dachte, ich sterbe.«

Es sprudelte aus Amala heraus. Das Wichtigste war: Chagga war im Krankenhaus. Er bliebe zwei Wochen weg.

»Was hat er?«

»Ich hab es von Gumpen.« Amala blickte zu Frau Lange, die zur Tür hereinkam. »Ich erzähl es dir später.«

Amala huschte auf ihren Platz neben der Näsin, die eifersüchtig zu Adina herüberschaute. In der ersten Stunde wurde über Lauenburg geredet. Es war so, wie Amala gesagt hatte. Die Klasse hatte in Lauenburg drei bittere Tage durchlitten. Bis auf Chagga waren alle da. Gut erholt sah keiner aus. Am glücklichsten wirkte Malte, der sein Meerschweinchen dabeihatte. Immer wieder kuckten die Kinder zu seinem Haustier.

In der ersten großen Pause ging Adina zum Lehrerpult und übergab Frau Lange einen Brief. Im Treppenhaus warteten die chaggalosen Chaggas. Roland Mäusezahn machte Anstalten, Adina den Weg zu versperren. Er wurde von Gumpen und Mammut zurückgehalten. Adina suchte ihren Platz am Kreuzbauteich auf. Das Schilf wogte, die Wasseroberfläche kräuselte sich, Wolken glitzerten über möhrenroten Fischen. Nicht alles veränderte sich, manches blieb erhalten, dachte sie in einem Anflug von Bimssteinglück. Am Nachmittag käme ein Behördenklopfer zu ihr ins Kranichhaus. Sie würde mit ihm reden, doch sie würde nur das Nötigste sagen.

Erschrocken erlebte Adina, was sich zu Beginn der nächsten Stunde vor ihr ausbreitete. Die ganze Klasse drehte sich um und staunte sie an, als wäre sie ein Meerschweinchen. Frau Lange hielt den Brief von Erla in der Hand und teilte den Schülern mit, dass Adinas Mutter letzte Woche gestorben sei.

Am schmerzhaftesten war, dass eine in der Klasse war, deren Betroffenheit Adina erreichte. Nebelbleich schaute diese eine Adina an, schüttelte leicht den Kopf, als wollte sie es nicht wahrhaben. Nach der Stunde kam Amala zu ihr und sprach ihr Trost zu. Mit jedem Satz fühlte Adina, wie sich in ihr etwas sammelte. Es war traurig, dass Carla tot war. Doch gestorben war sie schon viel früher. Amala wusste nicht im Geringsten, was Adina für ihre Mutter empfand. Doch als das Kranichmädchen schlucken musste, überkam Adina der Wunsch, es zu umarmen. Sie zog sie zu sich heran und strich ihr über die lakshmilangen Haare, die so blond waren wie ihre eigenen.

Würde sie jemals dem Kranichmädchen sagen können, dass sie bei aller Trauer auch glücklich war über Carlas Tod? Zum ersten Mal fühlte sie den Zwiespalt derart klar. Die Näsin und die anderen Amala-Freundinnen schauten verlegen zu ihr herüber. Adina löste sich plötzlich aus der Umarmung.

»Ich will lieber für mich sein.«

»Das kann ich gut verstehen«, sagte Amala, die mit den Tränen kämpfte.

Kreuzbauteich – Flachdachgang – Schultor: Adina schritt auf den Windmühlenweg hinaus. Das Gefühl, völlig machtlos zu sein, war verschwunden. Jeder Schritt machte sie stärker. Windmühlenstieg – Seestraße – Osdorfer Landstraße: Sie brauchte ihre Mutter nicht. Alles war gut. Sie brauchte überhaupt keinen Menschen. Vergnügt schlurfte sie über den Sandweg, trat mit den Hacken so kräftig auf, dass es knirschte, schob die Sohlen über knirschenden Sand, zog eine Schlurfspur hinter sich her. Vergnügt sprang sie auf einmal los, machte ein paar schnelle Schritte und schlurfte weiter. Erst als sie das Adelunggrundstück erblickte, fiel die Verspieltheit von ihr ab. Erla und eine Klopferin betraten den Garten. Das war unglaublich! Mit einer Selbstverständlichkeit betraten hier zwei das Adelunggrundstück, die das überhaupt nicht durften. Adina beschleunigte ihre Schritte, fasste mit den Händen an die Riemen ihres Ranzens und schnaubte vor Wut. Gartenpforte – Vorgarten – Hüpferstufen: Die zwei, die nicht hier sein durften, waren bereits im Windfang. Bevor Adina sich Luft machen konnte, begrüßte Erla sie liebevoll und stellte sie der Behördenklopferin vor. Die sagte nicht viel, nur:

»Hier stinkt es.«

Das war zu viel. Adina drehte sich um und war schneller aus dem Windfang hinaus, als sie hineingekommen war. Im Adelunghaus roch es besser als im ganzen Klopferland! Auf den Hüpferstufen hörte sie die Behördenklopferin sagen:

»Das Kind hat Recht. Hier kann man es nicht aushalten.«

Adina hielt sich die Ohren zu und rannte los: über den Vorgarten, durch das Gartentor, über den Sandweg. Sie lief mit klapperndem Ranzen über den Notkestieg und über die Kranichwiese zum Kranichhaus. Es klickte und schabte. Sie rannte die Treppe hoch, schlug die Tür hinter sich zu, riss den Ranzen vom Rücken und warf sich aufs Bett. Es war fürchterlich. Zuerst war sie nur wütend auf ihre Mutter, die einfach gestorben war. Dabei hätte Carla das, was gerade geschah, verhindern müssen. Dann überschwemmte sie in ihrer abgrundtiefen Wut bittere Trauer. Sie weinte, dass es in ihr knackte und knirschte. In dem Augenblick wurde die Tür geöffnet und die Behördenklopferin wollte sich mit ihr unterhalten.

»Das arme Kind.«

Die Behördenklopferin brach den Versuch ab. Die Tür wurde geschlossen.

24

Notkestraße – Zum Hünengrab – Osdorfer Landstraße: An diesem Montagmorgen genoss Adina es, über den leeren Marktplatz und den Flottbeker Marktweg zu bummeln. Den ganzen Mai über war sie unbehelligt geblieben. Seestraße – Windmühlenstieg – Windmühlenweg: Sie würde sich nie wieder verklopfen lassen. Seit drei Jahren besuchte sie die Grundschule, sie hatte keine Lust mehr, für die Chaggas da zu sein. Adina war beim Betreten des Kreuzbaues eins mit ihrer Entscheidung. Oben vor dem Klassenzimmer lief ihr Amala in die Arme.

»Chagga ist wieder da. Er hat sein Haustier dabei.«

»Warum ist er im Krankenhaus gewesen?«

»Das war so eine heikle Sache.« Amala tat geheimnisvoll und deutete dabei kichernd auf ihre linke Pobacke. »Sie mussten ihn operieren, weil da ein Härchen eingewachsen war.«

Auf Chaggas Tisch thronte ein Käfig, der von allen Kindern bestaunt wurde. Chagga selbst saß schief auf seinem Stuhl und sah matt aus von der Zeit im Krankenhaus.

»Kuck mal, wie stolz er ist, unser Angeber«, raunte Amala ihr zu. »Ich wusste gar nicht, dass er ein Haustier hat.«

Adina hatte das auch nicht gewusst. Sie hatte aber auch noch nie darüber nachgedacht. Das Kranichmädchen jedoch hatte für solche Feinheiten einen Blick. Adina zog sich auf ihren Platz in der letzten Reihe zurück und beäugte Chagga, wie er schief auf seiner rechten, gesunden Pobacke saß. Von dem würde sie sich nie wieder verklopfen lassen. Darauf einen Schwur.

Frau Lange trat gehetzt ein. Sie begrüßte die Klasse und entschuldigte sich, sie müsse gleich wieder zurück ins Lehrerzimmer. Da gäbe es eine Sache, die ein wenig Zeit beanspruchen würde. Jan solle sein Streifenhörnchen in den Nebenraum bringen und Amala, die Klassensprecherin, solle darauf achten, dass die Klasse ruhig bleibe. Frau Lange eilte hinaus. Sogleich brach eine freudige Unruhe aus. Chagga, die Chaggas im Gefolge, trug den Käfig in den Nebenraum, der durch eine große Glasscheibe vom Hauptraum getrennt war, und stellte ihn auf dem Maltisch ab. In der Tür stehend prahlte er damit, was er im Krankenhaus erlebt hatte. Adina fiel auf, dass die ganze Klasse zuhörte, obwohl er sich den Anschein gab, nur zu seinen Freunden zu reden.

»Das hat höllisch wehgetan. Die Ärzte haben richtig tief geschnitten.« Er deutete genauso, wie Amala es getan hatte, auf seine linke Pobacke. »Da ist ein richtiges Loch drin.«

»Dann hast du jetzt zwei Arschlöcher«, sagte Gumpen.

Mamikind Chagga glotzte seinen Freund an und schnappte nach Luft. Gefährlich ruhig war es in der Klasse. Adina konnte sich nicht mehr zurückhalten. Es platzte aus ihr heraus:

»Du bist ein doppeltes Arschloch!«

Einen Lidschlag später lachten die Kinder in der Klasse los. Mammut grinste, Gumpen griente. Selbst Esel-Uwe und Roland Mäusezahn schmunzelten. Mamikind Chagga blickte sich verunsichert um. Verwirrt kratzte er sich an seiner linken Pobacke, wo ihm ein Härchen herausgezupft worden war. Jetzt gab es kein Halten mehr! Schallend prasselte das Gelächter über Mamikind Chagga herein. Mammut hielt sich vor Lachen den Bauch, Gumpen kugelte sich am Boden. Mamikind Chaggas Linke zuckte von seiner Pobacke weg. Zornesrot machte er ein paar Schritte auf Adina zu, die sofort aufsprang. Sie fühlte sich stark und sie war genauso groß wie das Mamikind. Er zischte sie an:

»Deine Mutter ist eine Schlampe!«

In Adina ballte sich alles zum Kampf. Jetzt würde sie Rache nehmen. Alles hätte er sagen dürfen, nur das nicht. In der Klasse verstummte erschrocken das Gelächter.

»Du entschuldigst dich!« Adina ballte ihre Fäuste. »Sofort!«

»Spinnst du!«

Chagga sprang auf Adina zu, die geschickt zur Seite auswich und von seinem Schlag nur am Kopf gestreift wurde. Sie schubste ihn, er strauchelte, rutschte aus und landete jaulend auf seiner linken Pobacke. Als er sich ungeschickt aufrappelte, trat Adina mit aller Kraft zu. Chagga fiel wieder jaulend auf seinen Po. Voller Hass sprang er auf, stürmte auf Adina zu und schrie:

»Ich bring dich um!«

Mit aller Kraft packte Adina zu, nahm seinen Schwung auf und schleuderte ihn gegen die Fensterbank. Wieder schrie Chagga laut auf. Sie knallte seinen Kopf auf ihren Einzeltisch. Chagga schrie. Sie fühlte, wie sein Widerstand nachließ, und knallte seinen Kopf noch einmal auf ihren Einzeltisch. Chagga schrie. Es gefiel ihr, ihn leiden zu lassen. Chagga winselte:

»Hör auf! Bitte! Aufhören!«

Sie schleuderte ihn zu Boden, trat ihm mit der Fußspitze gezielt in die linke Pobacke. Er schrie auf. Jetzt wollte Adina ihn leiden lassen. Sie schleifte ihn ins Nebenzimmer, wo der Käfig stand. Mit ihm zu ihren Füßen fühlte sie sich mächtig. Sie wollte ihn im Innersten treffen. Wut und Macht steigerten sich zu einem Rausch.

»Du Mamikind, pass auf!«

Voller Angst starrte der am Boden liegende Chagga sie an. Adina öffnete das Käfigtürchen, griff hinein und packte das Streifenhörnchen. Mit dem Rücken zur Klasse hielt sie Chaggas Liebling vor ihre Brust, dann griff sie sich einen Bleistift vom Maltisch, warf noch einen Blick auf Chagga. Sie wollte sicher sein, dass er genau zuschaute. Dann tat sie es. Adina warf das quiekende Streifenhörnchen Chagga zu, der es entsetzt auffing.

»Und jetzt verschwinde!«

Drohend hielt sie den Bleistift in der Faust. Sie würde zustechen, wenn er sie noch einmal angriffe. Sie hätte richtig Lust dazu! Völlig verängstigt steckte Jan das quiekende Streifenhörnchen in den Käfig. Adina betrat mit dem Bleistift in der Hand die Klasse und sah mit Genugtuung, dass keiner der Janfreunde für ihren Anführer einen Finger krümmte. Gumpen schien den Anblick sogar zu genießen. Jan schulterte seinen Ranzen, packte den Käfig und humpelte zur Klasse hinaus. Die Klasse schwieg, wie sie noch nie geschwiegen hatte. Dann brach an den Tischen Unruhe aus.

»Ruhe!«, befahl Adina.

Sofort erstarb das Gemurmel. Niemand traute sich, etwas zu sagen. Adina ging zu ihrem Einzeltisch und schaute aus dem Fenster zum Kreuzbauteich. Wenn Jan ins Lehrerzimmer ginge, bekäme sie Schwierigkeiten. Ihr Zorn verebbte. Sie atmete ruhiger. Das mit dem Bleistift war ein Fehler gewesen. Aber es hatte fürchterlich Spaß gemacht. Zu ihrer Überraschung sah sie Jan mit seinem Käfig am Kreuzbauteich vorbeihumpeln. Er ging nicht ins Lehrerzimmer. Er ging nach Hause. So ein armer Wicht.

Sie packte ihre Sachen und warf lediglich Amala einen Blick zu, bevor sie das Klassenzimmer verließ. War das Kranichmädchen entsetzt, oder bewunderte es sie? Adina war sich nicht sicher, wie sie Amalas seltsamen Gesichtsausdruck deuten sollte.

Seestraße – Osdorfer Landstraße – Notkestraße: Sie kehrte zu dem Weg zurück, den ihr vor drei Jahren Carla gezeigt hatte. Damals war sie beim Schulwegüben zum ersten Mal Jan begegnet. Sie schlich gesenkten Hauptes über den Sandweg. Die Jubelstimmung des Kampfes war verflogen. Was hatte sie eigentlich getan? Dieser Ausbruch an Gewalt erschreckte sie. Noch mehr erschreckte sie, dass sie es genossen hatte. Vor allem das mit dem Streifenhörnchen.

*

Knäckebrot – Banane – Pfefferminztee: Adina überlegte, ob sie Erla doch noch von der Auseinandersetzung mit Jan erzählen sollte. Sie ließ es bleiben. Sie hatte sich die Sache selbst eingebrockt. Außerdem wollte sie der Kranichfrau nicht den Morgen verderben.

»Allmählich gewinnen wir Land. Am Wochenende können wir wieder in den Brook fahren.« Die Kranichfrau räumte das Frühstücksgeschirr ab. »Deine Mutter hat in ihrem Unternehmen tadellos Ordnung gehalten. Euer Zuhause braucht jedoch noch ein wenig Zeit, bis es wieder glänzt. Die gestrige Besprechung mit Frau Hansen von der Behörde ist gut gelaufen. Du wirst einen zweiten Vormund bekommen.«

»Wieso?«, fragte Adina. »Ich bin mit dir zufrieden.«

»Das scheint nötig zu sein, weil das Mündelvermögen so groß ist.«

»Was heißt das?«

»Ich habe dir ja gesagt, dass deine Mutter für dich vorgesorgt hat.«

»Warum hast du mir das nicht gestern gesagt?«

»Ich musste eine Nacht darüber schlafen. Dieser Widerspruch zwischen dem Vermögen deiner Mutter und dem Zustand eures Hauses wollte mir nicht aus dem Kopf. Es war nicht Armut, dass du so leben musstest.«

Die Kranichfrau fegte die letzten Krümel vom Frühstückstisch in die Hand. Es waren diese Augenblicke der Verunsicherung, die Adina bei Erla so mochte. Da war mehr als ein zartes Band. Sie fühlte sich auf eine seltsame Weise zu ihrer Pflegemutter hingezogen. Gleichzeitig spürte sie ihr schlechtes Gewissen wegen der Sache in der Schule.

»Mach dir nicht zu viele Gedanken«, sagte Adina. »So schlimm ist es bei uns nicht gewesen.«

Die Kranichfrau stutzte, schüttelte den Kopf und klopfte zart auf Adinas Schulter. Nachdem Erla aus dem Haus gegangen war, überlegte Adina, ob sie wirklich in die Schule gehen sollte. Sie zauderte, überlegte hin und her und dann war es plötzlich kurz vor acht. Sie könnte natürlich einfach doch losgehen. Bei dem, was sie sich gestern geleistet hatte, wäre es nicht weiter schlimm, wenn sie deutlich zu spät käme. Je mehr Adina an die Schule dachte, desto schlechter fühlte sie sich. Drei Jahre hatte sie sich aus allem herausgehalten und dann forderte sie das Klassenungeheuer vor allen seinen Freunden heraus. Das hätte böse enden können. Ihr wurden die aufbrechenden Gefühle zu viel. Sie musste sich ablenken – am besten mit Lesen. Als Erla mittags von der Arbeit zurückkam, lag Adina vergraben in einem Kranichbuch auf ihrem Bett.

Am Nachmittag grub sich Adina tiefer in die Welt der Kraniche ein. Es klingelte unten. Erla öffnete und rief laut die Treppe herauf:

»Adina, du hast Besuch.«

Überrascht klappte sie den Bildband zu. Würde sie jetzt der Schule verwiesen? Da stand ihr Besuch bereits in der Tür und begrüßte sie.

»Du musst dir keine Sorgen machen«, sagte Amala. »Jan ist von der Schule geflogen.«

Amala setzte sich zu ihr aufs Bett und erzählte, was sich nach Adinas Verschwinden ereignet hatte. Die Lehrer hätten sie, die Klassensprecherin, befragt. Sie habe alles erzählt, was sie von Chaggas Gemeinheiten wisse. Die anderen Chagga-Opfer hätten Amalas Berichte bestätigt. Noch am Montag sei Chagga von der Schule verwiesen worden. Am Dienstag sei er noch einmal im Klassenzimmer gewesen. Sogar die Polizei sei gekommen. Und dem Schulleiter habe er ans Schienbein getreten. Wieder und wieder erzählte Amala die Geschichte. Gebannt hörte Adina zu. Von dem Streifenhörnchen und dem geklauten Bleistift erwähnte das Kranichmädchen kein Wort. Dafür erzählte sie, wie Chagga Vincent in den Kreuzbauteich geworfen und wie er Shirin einen Goldfisch unter den Pulli gesteckt habe. Und Malte hätte Chagga eine Wespe in die Unterhose gesteckt. Und bei Wiebke hätte er ... aber das würde sie ihr ein anderes Mal erzählen. Zum Abendbrot wolle sie nicht bleiben. Sie müsse nach Hause – wegen ihres Vaters.

25

Notkestraße – Luruper Chaussee – Elbgaustraße: Erst am späten Sonnabendvormittag fuhren Adina und Erla zum Duvenstedter Brook. Die Kranichfrau hatte noch ein Geschenk für Ulfs Geburtstag kaufen müssen, der über Mittag in der Haupthütte gefeiert werden sollte.

Adina freute sich, die vertraute Strecke zu fahren und den Brook wieder zu sehen. Zum Glück gab es wegen der Sache mit Jan kein Nachspiel. Alle in der Schule waren froh, dass er fort war. Seit Ende April war sie nicht mehr in der Baumtruhe gewesen. Seitdem war so viel geschehen: Lauenburg mit den Amala-Abenden – Gumpens Geldtrommel – die Heimkehr und ihre Mutter im Windfang – Professor Müllerleile. Nur zur Beerdigung war Adina auf dem Friedhof gewesen. Wenn sie an ihre Mutter dachte, fühlte sie Wut und Trauer. Der Schmerz ließ sie taub werden. Manchmal lächelte sie gequält. Es tat weh.

So neugierig Erla war, so zurückhaltend zeigte sich die Kranichfrau im Gespräch. Warum hatte Carla das alles getan? Diese Frage stellte die Kranichfrau nicht.

Puckaffer Weg – Poppenbütteler Chaussee – Duvenstedter Damm – Duvenstedter Triftweg: Ulf trat aus der Hütte heraus. Sofort beglückwünschte Erla ihn. Leise tat es Adina ihr nach. Neben Ludger saßen noch ein halbes Dutzend andere Kranichhüter an der kerzengeschmückten Kuchentafel. Ulf packte seine Geschenke aus, während Erla Kaffee und Tee einschenkte.

Ausgelassen redeten die Geburtstagsgäste durcheinander. Alles kreiste um den Brook: Die Partylöwen hätten ein Junges an den Fuchs verloren, bei den Sängern sei die Nachbrut geschlüpft und die zwei Jungen von Zausel und der Tröterin gediehen prächtig, der Fluch der Könige sei gebrochen. Dabei seien Zausel und die Tröterin doch so unerfahren. Ihre erste Brut. Aufmerksam lauschte Adina dem Gespräch. Auf einmal zuckte ein Gedanke in ihr auf.

»Hat jemand in den letzten Wochen bei Zausel und der Tröterin den Fuchs gesehen?«

Überrascht von Adinas lauter Frage, verstummte das Tischgemurmel. Sie stellte ihre Frage noch einmal. Die Kranichhüter schüttelten die Köpfe. Adina ließ ihren Gedanken stärker aufblitzen:

»Und wo brüten die Gänse?«

»Jetzt bei den Partylöwen«, sagte Ludger.

»Adina, willst du etwa sagen, dass Zausel und die Tröterin die Gänse vorausschauend vertrieben haben?«, fragte Ulf.

Ein hitziges Gespräch entbrannte, an dem sich alle Kranichhüter beteiligten. Hatten Zausel und die Tröterin erkannt, dass die Gänsewiese für ihre Jungen eine Gefahr darstellte, weil die vielen Gänseküken den Fuchs anlockten? Klug genug für eine solche Leistung waren Kraniche. Kaffee und Tee wurden nachgeschenkt, weitere Kuchenstücke aufgetischt. Die armen Partylöwen hatten den Zusammenhang noch nicht herausgefunden. Zwei gut bewachte Kranichküken waren für den Fuchs keine lohnende Beute. Hundertfünfzig Gänseküken boten für die Jagd bessere Aussichten. Die Kranichküken waren nichts als ein Gelegenheitsfang. Alle Kranichhüter hatten unabhängig voneinander beobachtet, dass der Fuchs häufig auf der Futterwiese der Partylöwen herumstreifte. Adina lehnte sich zurück und genoss es, dabei sein zu dürfen. Diese Runde kam ohne Chaggareien aus. Seit Jan aus der Klasse verschwunden war, atmeten alle in der Klasse auf. Die Jungen balgten sich weiterhin, doch verprügelt wurde keiner.

Am Nachmittag radelten Adina und Erla durch den Brook. Bei den Partylöwen lief ihnen der Fuchs über den Weg.

»Du liegst, glaub ich, richtig«, sagte Erla.

In der Baumtruhe beobachteten sie geduldig die Futterwiese von Zausel und der Tröterin. Nach einiger Zeit erspähte Adina im Fernglas, wie die Kranicheltern ihre Jungen ausführten.

»Die Küken sind groß«, raunte sie Erla zu.

»In einem Monat werden sie so groß sein wie ihre Eltern.«

Es entspann sich eines der vielen Gespräche über Kraniche, die Adina so liebte. Sie wollte wissen, welche Kraniche Erla am schönsten fände. Für die Kranichfrau waren das die Mandschurenkraniche mit ihrem schneeweißen Gefieder. Adinas Lieblinge waren die Graukraniche, gerade weil sie so unscheinbar aussahen.

»Gibt es rote Kraniche?«, fragte sie.

»Nein, Kraniche sind keine Flamingos.«

»Ich will aber, dass es rote Kraniche gibt! Die Jungen von Zausel und der Tröterin werden, wenn sie groß sind, nicht grau sein, sondern rot wie Lava.«

Vergnügt spann Adina ihren Wunsch aus. In ein paar Jahren wären alle Hamburger Graukraniche lavarot und viel schöner als die schneeweißen Mandschurenkraniche. Ein kräftiger Juniregen pladderte auf das Dach der Baumtruhe. Zurückgelehnt betrachtete Adina die Tropfenmassen, die das Gras auf der Wiese tanzen ließen. Lavarote Kraniche zögen über dem Duvenstedter Brook ihre Kreise.

»Warum jagen Seeadler keine Kraniche?«, fragte Adina.

»Die sind ihnen zu wehrhaft.«

»Was ist eine Thrombose?«

»Ein Blutgerinnsel.«

»Reiher sind auch groß«, murmelte Adina.

»Aber nicht so groß wie Kraniche. Junge Kraniche kämen für den Seeadler als Beute sehr wohl in Frage.«

»Warum kann man im Brook auch nachts gut sehen?«

»Das liegt an Hamburg. Die Lichter der Großstadt werden von der Wolkendecke reflektiert. Am dunkelsten ist es in sternenklaren Nächten bei Neumond.«

Der Regen pladderte auf das Baumtruhendach. Das mochte Adina an der Kranichfrau. Sie durfte im Gespräch einfach etwas fragen, was nichts mit dem Gespräch zu tun hatte. Der Waldduft bei Regen gefiel Adina so gut, dass sie am liebsten eine Tasche voll davon eingesteckt hätte. Der Regen hörte auf und die Sonne kam hinter mächtigen Wolken hervor. Lavarote Wolken wären auch schön.

Auf der Rückfahrt mit dem Tandem spritzte es kräftig. Überall bedeckten Pfützen die Sandwege. An der Haupthütte spritzte die Kranichfrau das vor Schmutz starrende Tandem mit dem Gartenschlauch ab, während Adina einen Regenwurm beobachtete, der sich in einer Pfütze kringelte.

»Kann man Regenwürmer essen?«

»Warum fragst du?«, antwortete die Kranichfrau und drehte das Wasser ab.

»Eine Freundin von Amala hat in ihrem Brötchen einen halben Regenwurm aufgegessen.«

»Igittigitt!« Erla schüttelte sich. »Wie ist der da hineingekommen?«

»War ein Dummer-Jungen-Streich.« Adina lupfte den tropfenden Regenwurm aus der Pfütze und hielt ihn Erla hin. »Wie schmecken Regenwürmer?«

»Probier einen.«

Adina steckte den Regenwurm in den Mund, kaute, ließ den Regenwurmbrei über die Zunge gleiten und schluckte ihn herunter.

»Um Himmels willen!« Erla machte ein Gesicht, als hätte sie selbst eine Madenamsel verschluckt. »Das habe ich im Scherz gesagt.«

*

Ein Wolkenballen schob sich vor die Sonne und leuchtete grell auf. Adina spazierte beschwingt über die Kranichwiese. Sie schlurfte geräuschvoll über den Sandweg der Notkestraße. Am Adelunghaus hielt sie inne. Der Rasen im Vorgarten war kräftig gewachsen, seit sie im Mai zum letzten Mal in ihrem Haus gewesen war. Wie sähe der Rasen aus, wenn sie ihn neun Jahre wachsen ließe? Adina schlurfte weiter zum Drögenkamp. Osdorfer Landstraße – Flottbeker Drift – Stiller Weg: Unsicher, ob sie weitergehen sollte oder nicht, umrundete Adina das Rhododendronrundbeet mehrere Male. Zum Gartengärtlein, wo Vater, Mutter und Bruder Steine hatten, führte der Weg unter den Bäumen hindurch. Adina umrundete weiter das Rhododendronrundbeet. Sie wollte gerne das Familiengrab aufsuchen und schreckte gleichzeitig davor zurück. Stiller Weg – Osdorfer Landstraße – Windmühlenweg: Seit sie im Kranichhaus wohnte, war sie nie mehr nachts unterwegs. Erla hatte sie darum gebeten. Adina stopfte ihre Hände mammutgleich in die Hosentaschen. Bei der Ostermeyerstraße radelte ein kleines Mädchen an ihr vorbei, fuhr einen Kreis und hielt neben ihr. Die braunen Haare waren mit einer roten Schleife zu einem Pferdeschwanz zusammengebunden.

»Du bist Adina, oder?«

»Warum fragst du?«

»Chagga hat mir erzählt, was du getan hast.«

»Was soll ich getan haben?«

»Das mit meinem Streifenhörnchen. Es hätte sterben können.«

Sie schaute Adina voller Verachtung an. Adina könnte dieses

regenwurmige Klopfermädchen vom Rad stoßen. Schwups. Es würde quieken, als zupfte man ihm ein Härchen aus.

»Du hast auch ein Streifenhörnchen?«, fragte Adina.

»Chagga hat keins. Seine Eltern wollen das nicht«, sagte das Regenwurmmädchen. »Er hat sich meins für die Schule ausgeliehen, weil er kein Haustier hat. Und du hast ihm wehgetan!«

Schwups. Es würde Spaß bringen, dieses Regenwurmmädchen vom Fahrrad zu schubsen. In Gedanken trat Adina dem Regenwurmmädchen in den Hintern. Es würde chaggagut quieken. Und noch einen Tritt. Die geballten Fäuste in den Taschen, schaute Adina sich um, weit und breit war niemand zu sehen.

»Du bist der böseste Mensch, den ich kenne!«, sagte das Klopfermädchen.

Dieses Mädchen schien sich der Gefahr nicht bewusst zu sein, in der es schwebte. Aber es war mutig, was Adina Anerkennung abnötigte. Stolze Mädchenfinger umklammerten den Lenker. Langsam rutschte ein Bimsstein in Adinas Hals. Am liebsten wäre sie weggerannt. Doch sie blieb stehen. Sie wollte auch diesen Kampf gewinnen. Sie schluckte, suchte nach Worten, brauchte lange, bis sie stammelte:

»Es tut mir Leid.«

Das Pferdeschwanzmädchen wandte sich schweigend ab und fuhr in die Ostermeyerstraße. Gebannt schaute Adina dem Pferdeschwanz und der kirschroten Schleife hinterher. Es hätte Spaß gemacht, den Wurm vom Rad zu stoßen. Spätestens nach dem ersten Tritt hätte er chaggagut gequiekt.

*

Gut war, dass Erla sich um alles kümmerte. Schlecht war, dass Adina versprochen hatte, nicht fortzulaufen. Am Wochenende schaute sie zu, wie Erla die Unterlagen aus Carlas Unternehmen sichtete. Sie waren umfangreich, geordnet und vollständig, wie die Kranichfrau mehrmals betonte. Am Montag sollten die Aufräumarbeiten im Adelunghaus beginnen. Die Behördenklopferin hatte das angeordnet.

In der Schule saß Adina inmitten einer Klasse, die wieder ein Meerschweinchen zu bekucken hatte. Sie sehnte das Ende der letzten Stunde herbei und beeilte sich, nach Hause zu kommen. Vor dem Adelunghaus war eine Ladepritsche abgestellt, auf die Gestalten mit weißen Hauben Müll-Gerümpel-Kostbarkeiten warfen. Es waren nicht nur zwei oder drei Klopfer, die da hinaustrugen, was Carla gehortet hatte. Es mussten ein Dutzend räuberischer Klopfer sein. Ohne Unterlass krachten und knallten Müll-Gerümpel-Kostbarkeiten auf die Ladepritsche. Adina war nicht groß genug, um hineinzusehen. Irgendwo ganz unten musste der zerfledderte Regenschirm liegen, der ihr Gesicht gestreichelt hatte. Sie bekam eine Gänsehaut, als sie die erste Landhausmarkt-Tüte in den Handschuhklauen eines Weißkopfklopfers erblickte. Die Luft um die Ladepritsche veränderte sich. Da war nicht mehr der unverwechselbare Adelunggeruch in seiner Mischung aus Müll, Gerümpel und Kostbarkeiten. Die Weißkopfklopfer schleppten auch Tüten heraus, unter denen Adina ihre Doppelbissen versteckt hatte. In Adina zog sich alles zusammen, was sich zusammenziehen konnte. Der Aufmarsch der Weißkopfklopfer mit den Landhausmarkt-Tüten nahm kein Ende. Würgend verließ Adina den Ort der Entmüllung. Sie mochte den ganzen Tag nichts mehr essen.

Kranichgartenpforte – Kranichwiese – Notkestraße: Am Dienstagmorgen blickte Adina mit Schmerz und Ekel zum Adelunghaus. Noch waren die Weißkopfklopfer nicht dabei, ihren Beutezug fortzusetzen. Aber sie würden später am Morgen kommen! Zum Hünengrab – Osdorfer Landstraße – Seestraße: Dieser Weg zur Schule gefiel Adina so gut, dass sie ihn für den Heimweg beibehielt. Sie konnte so den Anblick vermeiden, der sie verletzte und verwirrte: Weißkopfklopfer plünderten das Adelunghaus. Jegliche Freude über die Aufräumarbeiten blieb ihr im Halse stecken.

Seestraße – Osdorfer Landstraße – Zum Hünengrab: Eine Woche des Haustierbekuckens, eine Woche der großen Pausen am Kreuzbauteich war vorüber. Auf der Kranichwiese hielt Adina inne. Noch immer klaubten die Weißkopfklopfer das Adelunghaus leer. Kranichgartenpforte – Kranichvorgarten – Kranichschlüssel: Es klickte und schabte. Adina stellte ihren Ranzen ab und ging zurück auf die Kranichwiese. Durch das Laub der Büsche und Bäume sah sie das Adelunghaus. Ganz oben war das Fenster, von wo sie mit ihrem Bruder immer auf die Kranichwiese gekuckt hatte. Auf einmal blitzte dort ein Weißkopfklopferkopf auf. Es knackte und knirschte in Adina. Sie musste zum Haus und mit eigenen Augen sehen, was dort geschah.

Bei der Ladepritsche umhüllte Adina eine Wolke, die gar nicht mehr nach Müll, Gerümpel und Kostbarkeiten roch.

Die Weißkopfklopfer schleppten Stühle heran, einige waren gebleicht und verkrustet. Es roch nach Tigerhöhle. Zwei Weißkopfklopfer redeten miteinander.

»Zum Glück gibt es kein Ungeziefer.«

»Das hätte noch gefehlt.«

Adelungwagenpforte – Adelungauffahrt – Hüpferstufen: Die Weißkopfklopfer beachteten Adina nicht, schleppten weiter Müll, Gerümpel und Kostbarkeiten aus der Tigerhöhle zu ihrer Ladepritsche. Als Adina in den Windfang schlüpfte, umfing sie sogleich der Adelungbrodem. Die Kellertür stand offen. Die ganze Treppe war frei geräumt. Adina versteckte sich hinter der Tür und ließ zwei Weißkopfklopfer vorbeistampfen. Sie schlüpfte hinaus und betrat den leeren Flur, der so weit und tief war, dass sie ihn nicht wiedererkannte. Da waren die Küchentür, die Wohnzimmertür, und auf der anderen Seite die

Carla-Tür. Adina betrat die Küche: Alles leer. Keine einzige Landhausmarkt-Tüte mehr. Sie ging zum Wintergarten. Kein »Kommt noch weg«, kein Krimskrams knisterte unter ihren Füßen. Sie schaute zum Fenster hinaus. Die Mittagssonne goss einen Kübel Helligkeit aus. Säße ihre Mutter hier, ihr blondes Haar würde über der zimtbraunen Narbe glitzern.

Im Flur marschierten die Weißkopfklopfer ohne Unterlass. Adina schlüpfte zur Küche hinaus und strebte zur Treppe, als ein herunterstampfender Weißkopfklopfer, eine Tigerhöhlenkiste in den Armen, fauchte: »Das hier ist kein Spielplatz!«

Adina ließ ihn vorbei und versteckte sich im Bimssteinzimmer. Alles leer! Nicht einmal den Bimsstein fand Adina am Waschbecken. Traurig strich sie über den Wasserhahn. Als es im Flur ruhig war, lief sie die leer geräumte Treppe hoch. Der Saumpfad war kein Saumpfad mehr, alle »Das will ich mir noch ankucken« waren fortgeschafft.

»Aus dem Weg da!«, rief ein kistenschleppender Weißkopfklopfer.

Schnell eilte Adina über den leer geräumten Flur zum Kinderzimmer. Nicht eine Kiste versperrte die Tür, nicht ein »O ist das wichtig« klickerte in den Flurborden. Wie groß war das Kinderzimmer! Kein Räuberhöhlenberg, kein Doppelstockbett, kein Kleiderschrank: Alles war fort. Neben dem Fenster war die Tigerhöhlentür halb geöffnet. Das hatte sie nicht gemacht! Sie hatte die Tigerhöhlentür immer geschlossen. Sie riss sie ganz auf: Zwei Weißkopfklopfer wuchteten in der halb leer geräumten Tigerhöhle Kisten zur Flurtür, wo sie von treppensteigenden Weißkopfklopfern gepackt wurden.

»Das Kind ist ja noch immer hier!«

»Schaff mal einer das Kind raus!«

Ein Weißkopfklopfer kam auf Adina zu. Sie wich zurück in die Nichtmehrräuberhöhle, wo sie sich am liebsten in der verschwundenen Lebkuchenhöhle versteckt hätte.

»Ich tu dir nichts«, sagte der Weißkopfklopfer. »Aber du kannst hier nicht bleiben.«

»Warum?«

»Zu gefährlich.«

»Wieso?«

»Der Gestank, der Dreck«, sagte der Weißkopfklopfer und zeigte auf seinen Weißkopfklopferkopf. »Man kann hier nur mit Atemschutzmaske arbeiten, sonst wird man krank. Komm, ich bring dich nach unten. Jede Sekunde hier ist eine Sekunde zu viel.«

Diese Einschätzung des Adelunghauses bezwang Adina. Willig ließ sie sich aus dem Kinderzimmer führen. Auf der Treppe, wo sie dem verschwundenen Saumpfad eine stille Achtung erwies, lächelte sie das erste Mal. Auf den Hüpferstufen fragte sie den zurück ins Haus strebenden Weißkopfklopfer:

»Das ist hier kein Spielplatz, oder?«

»Viel zu gefährlich!«

»Das hat der andere auch gesagt«, sagte Adina keck.

»Nein, das hab ich zu dir gesagt.«

Der Weißkopfklopfer verschwand im Windfang, wich im Flur einem kistenschleppenden Weißkopfklopfer aus und stampfte die Treppe nach oben. Adina ging die Auffahrt hinunter. Auf der Ladepritsche wölbten sich die geplünderten Müll-Gerümpel-Kostbarkeiten. Ein pritschenloser Pritschenlaster wurde gerade herangewinkt, um die Ladepritsche fortzuschaffen. Ein zweiter pritschenbepackter Pritschenlaster wartete am Drögenkamp, um eine leere Ladepritsche bereitzustellen. Im Ächzen und Knallen des Aufladens begriff Adina, dass dieser Weißkopfklopfer-Ladepritschenpritschenlaster auch einen Bimsstein und zwei »Das kann man doch nicht wegwerfen« fortschaffte. Nie wieder würden sie klingeln und klackern.